MAIGRET EN BRETAGNE

Le Chien jaune

Les Mémoires de Maigret

Georges Simenon (1903-1989) est le quatrième auteur franco-phone le plus traduit dans le monde. Né à Liège, il débute très jeune dans le journalisme et, sous divers pseudonymes, fait ses armes en publiant un nombre incroyable de romans « populaires ». Dès 1931, il crée sous son nom le personnage du commissaire Maigret, devenu mondialement connu, et toujours au premier rang de la mythologie du roman policier. Simenon rencontre immédiatement le succès, et le cinéma s'intéresse dès le début à son œuvre. Ses romans ont été adaptés à travers le monde en plus de 70 films, pour le cinéma, et plus de 350 films de télévision. Il écrivit sous son propre nom 192 romans, dont 75 Maigret et 117 romans qu'il appelait ses « Romans durs », 158 nouvelles, plusieurs œuvres autobiographiques et de nombreux articles et reportages. Insatiable voyageur, il fut élu membre de l'Académie royale de Belgique.

GEORGES SIMENON

Maigret en Bretagne

Le Chien jaune

Les Mémoires de Maigret

PRESSES DE LA CITÉ

ISBN : 978-2-253-16125-7 – 1ʳᵉ publication LGF

Le Chien jaune

1

Le chien sans maître

Vendredi 7 novembre. Concarneau est désert. L'horloge lumineuse de la vieille ville, qu'on aperçoit au-dessus des remparts, marque onze heures moins cinq.

C'est le plein de la marée et une tempête du sud-ouest fait s'entrechoquer les barques dans le port. Le vent s'engouffre dans les rues, où l'on voit parfois des bouts de papier filer à toute allure au ras du sol.

Quai de l'Aiguillon, il n'y a pas une lumière. Tout est fermé. Tout le monde dort. Seules, les trois fenêtres de l'*Hôtel de l'Amiral*, à l'angle de la place et du quai, sont encore éclairées.

Elles n'ont pas de volets mais, à travers les vitraux verdâtres, c'est à peine si on devine des silhouettes. Et ces gens attardés au café, le douanier de garde les envie, blotti dans sa guérite, à moins de cent mètres.

En face de lui, dans le bassin, un caboteur qui, l'après-midi, est venu se mettre à l'abri. Personne sur le pont. Les poulies grincent et un foc mal cargué claque au vent. Puis il y a le vacarme continu du ressac, un déclic à l'horloge, qui va sonner onze heures.

La porte de l'*Hôtel de l'Amiral* s'ouvre. Un homme paraît, qui continue à parler un instant par l'entre-bâillement à des gens restés à l'intérieur. La tempête le happe, agite les pans de son manteau, soulève son chapeau melon qu'il rattrape à temps et qu'il maintient sur sa tête tout en marchant.

Même de loin, on sent qu'il est tout guilleret, mal assuré sur ses jambes et qu'il fredonne. Le douanier le suit des yeux, sourit quand l'homme se met en tête d'allumer un cigare. Car c'est une lutte comique qui commence entre l'ivrogne, son manteau que le vent veut lui arracher et son chapeau qui fuit le long du trottoir. Dix allumettes s'éteignent.

Et l'homme au chapeau melon avise un seuil de deux marches, s'y abrite, se penche. Une lueur tremble, très brève. Le fumeur vacille, se raccroche au bouton de la porte.

Est-ce que le douanier n'a pas perçu un bruit étranger à la tempête ? Il n'en est pas sûr. Il rit d'abord en voyant le noctambule perdre l'équilibre, faire plusieurs pas en arrière, tellement penché que la pose en est incroyable.

Il s'étale sur le sol, au bord du trottoir, la tête dans la boue du ruisseau. Le douanier se frappe les mains sur les flancs pour les réchauffer, observe avec mauvaise humeur le foc dont les claquements l'irritent.

Une minute, deux minutes passent. Nouveau coup d'œil à l'ivrogne, qui n'a pas bougé. Par contre un chien, venu on ne sait d'où, est là, qui le renifle.

— C'est seulement à ce moment que j'ai eu la sensation qu'il s'était passé quelque chose ! dira le douanier, au cours de l'enquête.

Les allées et venues qui succédèrent à cette scène sont plus difficiles à établir dans un ordre chronologique rigoureux. Le douanier s'avance vers l'homme couché, peu rassuré par la présence du chien, une grosse bête jaune et hargneuse. Il y a un bec de gaz à huit mètres. D'abord le fonctionnaire ne voit rien d'anormal. Puis il remarque qu'il y a un trou dans le pardessus de l'ivrogne et que de ce trou sort un liquide épais.

Alors il court à l'*Hôtel de l'Amiral.* Le café est presque vide. Accoudée à la caisse, une fille de salle. Près d'une table de marbre, deux hommes achèvent leur cigare, renversés en arrière, jambes étendues.

— Vite !... Un crime... Je ne sais pas...

Le douanier se retourne. Le chien jaune est entré sur ses talons et s'est couché aux pieds de la fille de salle.

Il y a du flottement, un vague effroi dans l'air.

— Votre ami, qui vient de sortir...

Quelques instants plus tard, ils sont trois à se pencher sur le corps, qui n'a pas changé de place. La mairie, où se trouve le poste de police, est à deux pas. Le douanier préfère s'agiter. Il s'y précipite, haletant, puis se suspend à la sonnette d'un médecin.

Et il répète, sans pouvoir se débarrasser de cette vision :

— Il a vacillé en arrière comme un ivrogne et il a fait au moins trois pas de la sorte...

Cinq hommes... six... sept... Et des fenêtres qui s'ouvrent un peu partout, des chuchotements...

Le médecin, agenouillé dans la boue, déclare :

— Une balle tirée à bout portant en plein ventre... Il faut opérer d'urgence... Qu'on téléphone à l'hôpital...

Tout le monde a reconnu le blessé. M. Mostaguen, le principal négociant en vins de Concarneau, un bon gros qui n'a que des amis.

Les deux policiers en uniforme – il y en a un qui n'a pas trouvé son képi – ne savent par quel bout commencer l'enquête.

Quelqu'un parle, M. Le Pommeret, qu'à son allure et à sa voix on reconnaît immédiatement pour un notable.

— Nous avons fait une partie de cartes ensemble, au *Café de l'Amiral*, avec Servières et le docteur Michoux... Le docteur est parti le premier, voilà une demi-heure... Mostaguen, qui a peur de sa femme, nous a quittés sur le coup de onze heures...

Incident tragi-comique. Tous écoutent M. Le Pommeret. On oublie le blessé. Et le voici qui ouvre les yeux, essaie de se soulever, murmure d'une voix étonnée, si douce, si fluette que la fille de salle éclate d'un rire nerveux :

— Qu'est-ce que c'est ?...

Mais un spasme le secoue. Ses lèvres s'agitent. Les muscles du visage se contractent tandis que le médecin prépare sa seringue pour une piqûre.

Le chien jaune circule entre les jambes. Quelqu'un s'étonne.

— Vous connaissez cette bête ?...

— Je ne l'ai jamais vue...

— Sans doute un chien de bateau...

Dans l'atmosphère de drame, ce chien a quelque chose d'inquiétant. Peut-être sa couleur, d'un jaune sale ? Il est haut sur pattes, très maigre, et sa grosse tête rappelle à la fois le mâtin et le dogue d'Ulm.

À cinq mètres du groupe, les policiers interrogent le douanier, qui est le seul témoin de l'événement.

On regarde le seuil de deux marches. C'est le seuil d'une grosse maison bourgeoise dont les volets sont clos. À droite de la porte, une affiche de notaire annonce la vente publique de l'immeuble pour le 18 novembre.

Mise à prix : 80 000 francs...

Un sergent de ville chipote longtemps sans parvenir à forcer la serrure et c'est le patron du garage voisin qui la fait sauter à l'aide d'un tournevis.

La voiture d'ambulance arrive. On hisse M. Mostaguen sur une civière. Les curieux n'ont plus d'autre ressource que de contempler la maison vide.

Elle est inhabitée depuis un an. Dans le corridor règne une lourde odeur de poudre et de tabac. Une lampe de poche éclaire, sur les dalles du sol, des cendres de cigarette et des traces de boue qui prouvent que quelqu'un est resté assez longtemps à guetter derrière la porte.

Un homme, qui n'a qu'un pardessus sur son pyjama, dit à sa femme :

— Viens ! Il n'y a plus rien à voir... Nous apprendrons le reste demain par le journal... M. Servières est là...

Servières est un petit personnage grassouillet, en paletot mastic, qui se trouvait avec M. Le Pommeret à l'*Hôtel de l'Amiral*. Il est rédacteur au *Phare de*

Brest, où il publie entre autres chaque dimanche une chronique humoristique.

Il prend des notes, donne des indications, sinon des ordres, aux deux policiers.

Les portes qui s'ouvrent sur le corridor sont fermées à clef. Celle du fond, qui donne accès à un jardin, est ouverte. Le jardin est entouré d'un mur qui n'a pas un mètre cinquante de haut. De l'autre côté de ce mur, c'est une ruelle qui débouche sur le quai de l'Aiguillon.

— L'assassin est parti par là ! annonce Jean Servières.

C'est le lendemain que Maigret établit tant bien que mal ce résumé des événements. Depuis un mois, il était détaché à la Brigade Mobile de Rennes, où certains services étaient à réorganiser. Il avait reçu un coup de téléphone alarmé du maire de Concarneau.

Et il était arrivé dans cette ville en compagnie de Leroy, un inspecteur avec qui il n'avait pas encore travaillé.

La tempête n'avait pas cessé. Certaines bourrasques faisaient crever sur la ville de gros nuages qui tombaient en pluie glacée. Aucun bateau ne sortait du port et on parlait d'un vapeur en difficulté au large des Glénan.

Maigret s'installa naturellement à l'*Hôtel de l'Amiral*, qui est le meilleur de la ville. Il était cinq heures de l'après-midi et la nuit venait de tomber quand il pénétra dans le café, une longue salle assez morne, au plancher gris semé de sciure de bois, aux tables de marbre, qu'attristent encore les vitraux verts des fenêtres.

Plusieurs tables étaient occupées. Mais, au premier coup d'œil, on reconnaissait celle des habitués, les clients sérieux, dont les autres essayaient d'entendre la conversation.

Quelqu'un se leva, d'ailleurs, à cette table, un homme au visage poupin, à l'œil rond, à la lèvre souriante.

— Commissaire Maigret ?... Mon bon ami le maire m'a annoncé votre arrivée... J'ai souvent entendu parler de vous... Permettez que je me présente... Jean Servières... Hum !... Vous êtes de Paris, n'est-ce pas ?... Moi aussi !... J'ai été longtemps directeur de la Vache Rousse, à Montmartre... J'ai collaboré au *Petit Parisien*, à *Excelsior*, à *La Dépêche*... J'ai connu intimement un de vos chefs, ce brave Bertrand, qui a pris sa retraite l'an dernier pour aller planter ses choux dans la Nièvre... Et j'ai fait comme lui !... Je suis pour ainsi dire retiré de la vie publique... Je collabore, pour m'amuser, au *Phare de Brest*...

Il sautillait, gesticulait.

— Venez donc, que je vous présente notre tablée... Le dernier carré des joyeux garçons de Concarneau... Voici Le Pommeret, impénitent coureur de filles, rentier de son état et vice-consul du Danemark...

L'homme qui se leva et tendit la main était en tenue de gentilhomme campagnard : culottes de cheval à carreaux, guêtres moulées, sans un grain de boue, cravate-plastron en piqué blanc. Il avait de jolies moustaches argentées, des cheveux bien lissés, un teint clair et des joues ornées de couperose.

— Enchanté, commissaire.

Et Jean Servières continuait :

— Le docteur Michoux... Le fils de l'ancien député... Il n'est d'ailleurs médecin que sur le papier, car il n'a jamais pratiqué... Vous verrez qu'il finira par vous vendre du terrain... Il est propriétaire du plus beau lotissement de Concarneau et peut-être de Bretagne.

Une main froide. Un visage en lame de couteau, au nez de travers. Des cheveux roux déjà rares, bien que le docteur n'eût pas trente-cinq ans.

— Qu'est-ce que vous buvez ?...

Pendant ce temps, l'inspecteur Leroy était allé prendre langue à la mairie et à la gendarmerie.

Il y avait dans l'atmosphère du café quelque chose de gris, de terne, sans qu'on pût préciser quoi. Par une porte ouverte, on apercevait la salle à manger où des serveuses en costume breton dressaient les tables pour le dîner.

Le regard de Maigret tomba sur un chien jaune, couché au pied de la caisse. Il leva les yeux, aperçut une jupe noire, un tablier blanc, un visage sans grâce et pourtant si attachant que pendant la conversation qui suivit il ne cessa de l'observer.

Chaque fois qu'il détournait la tête, d'ailleurs, c'était la fille de salle qui rivait sur lui son regard fiévreux.

— Si ce pauvre Mostaguen, qui est le meilleur bougre de la terre, à cela près qu'il a une peur bleue de sa femme, n'avait failli y laisser la peau, je jurerais que c'est une farce de mauvais goût...

C'était Jean Servières qui parlait. Le Pommeret appelait familièrement :

— Emma !...

Et la fille de salle s'avançait.

— Alors ?... Qu'est-ce que vous prenez ?...

Il y avait des demis vides sur la table.

— C'est l'heure de l'apéritif ! remarqua le journaliste. Autrement dit, l'heure du pernod... Des pernods, Emma... N'est-ce pas, commissaire ?...

Le docteur Michoux regardait son bouton de manchette d'un air absorbé.

— Qui aurait pu prévoir que Mostaguen s'arrêterait sur le seuil pour allumer son cigare ? poursuivait la voix sonore de Servières. Personne, n'est-ce pas ? Or, Le Pommeret et moi habitons de l'autre côté de la ville ! Nous ne passons pas devant la maison vide ! À cette heure-là, il n'y avait plus que nous trois à circuler dans les rues... Mostaguen n'est pas le type à avoir des ennemis... C'est ce qu'on appelle une bonne pâte... Un garçon dont toute l'ambition est d'avoir un jour la Légion d'honneur...

— L'opération a réussi ?...

— Il s'en tirera... Le plus drôle est que sa femme lui a fait une scène à l'hôpital, car elle est persuadée qu'il s'agit d'une histoire d'amour !... Vous voyez ça ?... Le pauvre vieux n'aurait même pas osé caresser sa dactylo, par crainte des complications !

— Double ration !... dit Le Pommeret à la serveuse qui versait l'imitation d'absinthe. Apporte de la glace, Emma...

Des clients sortirent, car c'était l'heure du dîner. Une bourrasque pénétra par la porte ouverte, fit frémir les nappes de la salle à manger.

— Vous lirez le papier que j'ai écrit là-dessus et où je crois avoir étudié toutes les hypothèses. Une seule est plausible : c'est que l'on se trouve en présence d'un fou... Par exemple, nous qui connaissons toute la ville, nous ne voyons pas du tout qui pourrait avoir perdu la raison... Nous sommes ici chaque soir... Parfois le maire vient faire sa partie avec nous... Ou bien Mostaguen... Ou encore on va chercher, pour le bridge, l'horloger qui habite quelques maisons plus loin...

— Et le chien ?...

Le journaliste esquissa un geste d'ignorance.

— Personne ne sait d'où il sort... On a cru un moment qu'il appartenait au caboteur arrivé hier... Le *Sainte-Marie*... Il paraît que non... Il y a bien un chien à bord, mais c'est un terre-neuve, tandis que je défie qui que ce soit de dire de quelle race est cette affreuse bête...

Tout en parlant, il saisit une carafe d'eau, en versa dans le verre de Maigret.

— Il y a longtemps que la fille de salle est ici ? questionna le commissaire à mi-voix.

— Des années...

— Elle n'est pas sortie, hier au soir ?

— Elle n'a pas bougé... Elle attendait que nous partions pour se coucher... Le Pommeret et moi, nous évoquions de vieux souvenirs, des souvenirs du bon temps, quand nous étions assez beaux pour nous offrir des femmes sans argent... Pas vrai, Le Pommeret ?... Il ne dit rien !... Lorsque vous le connaîtrez mieux, vous comprendrez que, du moment qu'il est question de femmes, il soit de taille à passer la nuit... Savez-vous comment nous appelons la maison qu'il habite en face de la halle aux poissons ?... La maison des turpitudes... Hum !...

— À votre santé, commissaire, fit, non sans une certaine gêne, celui dont on parlait.

Maigret remarqua au même instant que le docteur Michoux, qui avait à peine desserré les dents, se penchait pour regarder son verre en transparence. Son front était plissé. Son visage, naturellement décoloré, avait une expression saisissante d'inquiétude.

— Un instant !... lança-t-il soudain, après avoir longtemps hésité.

Il approcha le verre de ses narines, y trempa un doigt qu'il frôla du bout de la langue. Servières éclata d'un gros rire.

— Bon !... Le voilà qui se laisse terroriser par l'histoire Mostaguen...

— Eh bien ?... questionna Maigret.

— Je crois qu'il vaut mieux ne pas boire... Emma !... Va dire au pharmacien d'à côté d'accourir... Même s'il est à table !...

Cela jeta un froid. La salle parut plus vide, plus morne encore. Le Pommeret tiraillait ses moustaches avec nervosité. Le journaliste lui-même s'agita sur sa chaise.

— Qu'est-ce que tu crois ?...

Le docteur était sombre. Il fixait toujours son verre. Il se leva et prit lui-même dans le placard la bouteille de pernod, la mania dans la lumière, et Maigret distingua deux ou trois petits grains blancs qui flottaient sur le liquide.

La fille de salle rentrait, suivie du pharmacien qui avait la bouche pleine.

— Écoutez, Kerdivon... Il faut immédiatement nous analyser le contenu de cette bouteille et des verres...

— Aujourd'hui ?...

— À l'instant !...

— Quelle réaction dois-je essayer ?... Qu'est-ce que vous pensez ?...

Jamais Maigret n'avait vu poindre aussi vite l'ombre pâle de la peur. Quelques instants avaient suffi. Toute chaleur avait disparu des regards et la couperose semblait artificielle sur les joues de Le Pommeret.

La fille de salle s'était accoudée à la caisse et mouillait la mine d'un crayon pour aligner des chiffres dans un carnet recouvert de toile cirée noire.

— Tu es fou !... essaya de lancer Servières.

Cela sonna faux. Le pharmacien avait la bouteille dans une main, un verre dans l'autre.

— Strychnine... souffla le docteur.

Et il poussa l'autre dehors, revint, tête basse, le teint jaunâtre.

— Qu'est-ce qui vous fait penser... ? commença Maigret.

— Je ne sais pas... Un hasard... J'ai vu un grain de poudre blanche dans mon verre... L'odeur m'a paru bizarre...

— Autosuggestion collective !... affirma le journaliste. Que je raconte ça demain dans mon canard et c'est la ruine de tous les bistros du Finistère...

— Vous buvez toujours du pernod ?...

— Tous les soirs avant le dîner... Emma est tellement habituée qu'elle l'apporte dès qu'elle constate que notre demi est vide... Nous avons nos petites habitudes... Le soir, c'est du calvados...

Maigret alla se camper devant l'armoire aux liqueurs, avisa une bouteille de calvados.

— Pas celui-là !... Le flacon à grosse panse...

Il le prit, le mania devant la lumière, aperçut quelques grains de poudre blanche. Mais il ne dit rien. Ce n'était pas nécessaire. Les autres avaient compris.

L'inspecteur Leroy entrait, annonçait d'une voix indifférente :

— La gendarmerie n'a rien remarqué de suspect. Pas de rôdeurs dans le pays... On ne comprend pas...

Il s'étonna du silence qui régnait, de l'angoisse compacte qui prenait à la gorge. De la fumée de tabac s'étirait autour des lampes électriques. Le billard montrait son drap verdâtre comme un gazon pelé. Il y avait des bouts de cigare par terre, ainsi que quelques crachats, dans la sciure.

— ... Sept et je retiens un... épelait Emma en mouillant la pointe de son crayon.

Et, levant la tête, elle criait à la cantonade :

— Je viens, madame !...

Maigret bourrait sa pipe. Le docteur Michoux fixait obstinément le sol et son nez paraissait plus de travers qu'auparavant. Les souliers de Le Pommeret étaient luisants comme s'ils n'eussent jamais servi à marcher. Jean Servières haussait de temps en temps les épaules en discutant avec lui-même.

Tous les regards se tournèrent vers le pharmacien quand il revint avec la bouteille et un verre vide.

Il avait couru. Il était à court de souffle. À la porte, il donna un coup de pied dans le vide pour chasser quelque chose, grommela :

— Sale chien !...

Et, à peine dans le café :

— C'est une plaisanterie, n'est-ce pas ?... Personne n'a bu ?...

— Eh bien ?...

— De la strychnine, oui !... On a dû la mettre dans la bouteille il y a une demi-heure à peine...

Il regarda avec effroi les verres encore pleins, les cinq hommes silencieux.

— Qu'est-ce que cela veut dire ?... C'est inouï !... J'ai bien le droit de savoir !... Cette nuit, un homme qu'on tue à côté de chez moi... Et aujourd'hui...

Maigret lui prit la bouteille des mains. Emma revenait, indifférente, montrait au-dessus de la caisse son long visage aux yeux cernés, aux lèvres minces, ses cheveux mal peignés où le bonnet breton glissait toujours vers la gauche bien qu'elle le remît en place à chaque instant.

Le Pommeret allait et venait à grands pas en contemplant les reflets de ses chaussures. Jean Servières, immobile, fixait les verres et éclatait soudain, d'une voix qu'assourdissait un sanglot d'effroi :

— Tonnerre de Dieu !...

Le docteur rentrait les épaules.

2

Le docteur en pantoufles

L'inspecteur Leroy, qui avait vingt-cinq ans, ressemblait davantage à ce que l'on appelle un jeune homme bien élevé qu'à un inspecteur de police.

Il sortait de l'école. C'était sa première affaire et depuis quelques instants il observait Maigret d'un air désolé, essayait d'attirer discrètement son attention. Il finit par lui souffler en rougissant :

— Excusez-moi, commissaire... Mais... les empreintes...

Il dut penser que son chef était de la vieille école et ignorait la valeur des investigations scientifiques car Maigret, tout en tirant une bouffée de sa pipe, laissa tomber :

— Si vous voulez...

On ne vit plus l'inspecteur Leroy, qui porta avec précaution la bouteille et les verres dans sa chambre et passa la soirée à confectionner un emballage modèle, dont il avait le schéma en poche, étudié pour faire voyager les objets sans effacer les empreintes.

Maigret s'était assis dans un coin du café. Le patron, en blouse blanche et bonnet de cuisinier,

regardait sa maison du même œil que si elle eût été
dévastée par un cyclone.

Le pharmacien avait parlé. On entendait des gens
chuchoter dehors. Jean Servières, le premier, mit son
chapeau sur sa tête.

— Ce n'est pas tout ça ! Je suis marié, moi, et
Mme Servières m'attend !... À tout à l'heure,
commissaire...

Le Pommeret interrompit sa promenade.

— Attends-moi ! Je vais dîner aussi... Tu restes,
Michoux ?...

Le docteur ne répondit que par un haussement
d'épaules. Le pharmacien tenait à jouer un rôle de
premier plan. Maigret l'entendit qui disait au patron :

— ... et qu'il est nécessaire, bien entendu, d'analyser le contenu de toutes les bouteilles !... Puisqu'il
y a ici quelqu'un de la police, il lui suffit de m'en
donner l'ordre...

Il y avait plus de soixante bouteilles d'apéritifs
divers et de liqueurs dans le placard.

— Qu'est-ce que vous en pensez, commissaire ?...

— C'est une idée... Oui, c'est peut-être prudent...

Le pharmacien était petit, maigre et nerveux. Il
s'agitait trois fois plus qu'il n'était nécessaire. On dut
lui chercher un panier à bouteilles. Puis il téléphona
à un café de la vieille ville afin qu'on aille dire à son
commis qu'il avait besoin de lui.

Tête nue, il fit cinq ou six fois le chemin de l'*Hôtel
de l'Amiral* à son officine, affairé, trouvant le temps
de lancer quelques mots aux curieux groupés sur le
trottoir.

— Qu'est-ce que je vais devenir, moi, si on
m'emporte toute la boisson ? gémissait le patron. Et

personne ne pense à manger !... Vous ne dînez pas,
commissaire ?... Et vous, docteur ?... Vous rentrez
chez vous ?...

— Non... Ma mère est à Paris... La servante est
en congé...

— Vous couchez ici, alors ?...

Il pleuvait. Les rues étaient pleines d'une boue
noire. Le vent agitait les persiennes du premier étage.
Maigret avait dîné dans la salle à manger, non loin de
la table où le docteur s'était installé, funèbre.

À travers les petits carreaux verts, on devinait
dehors des têtes curieuses qui, parfois, se collaient
aux vitres. La fille de salle fut une demi-heure
absente, le temps de dîner à son tour. Puis elle reprit
sa place habituelle à droite de la caisse, un coude sur
celle-ci, une serviette à la main.

— Vous me donnerez une bouteille de bière ! dit
Maigret.

Il sentit très bien que le docteur l'observait tandis
qu'il buvait, puis après, comme pour deviner les
symptômes de l'empoisonnement.

Jean Servières ne revint pas, ainsi qu'il l'avait
annoncé. Le Pommeret non plus. Si bien que le café
resta désert, car les gens préféraient ne pas entrer et
surtout ne pas boire. Dehors, on affirmait que toutes
les bouteilles étaient empoisonnées.

— De quoi tuer la ville entière !...

Le maire, de sa villa des Sables Blancs, téléphona
pour savoir au juste ce qui se passait. Puis ce fut le
morne silence. Le docteur Michoux, dans un coin,
feuilletait des journaux sans les lire. La fille de salle

ne bougeait pas. Maigret fumait, placide, et de temps en temps le patron venait s'assurer d'un coup d'œil qu'il n'y avait pas de nouveau drame.

On entendait l'horloge de la vieille ville sonner les heures et les demies. Les piétinements et les conciliabules cessèrent sur le trottoir, et il n'y eut plus que la plainte monotone du vent, la pluie qui battait les vitres.

— Vous dormez ici ? demanda Maigret au docteur.

Le silence était tel que le seul fait de parler à haute voix jeta un trouble.

— Oui... Cela m'arrive quelquefois... Je vis avec ma mère, à trois kilomètres de la ville... Une villa énorme... Ma mère est allée passer quelques jours à Paris et la domestique m'a demandé congé pour assister au mariage de son frère...

Il se leva, hésita, dit assez vite :

— Bonsoir...

Et il disparut dans l'escalier. On l'entendit qui enlevait ses chaussures, au premier, juste au-dessus de la tête de Maigret. Il ne resta plus dans le café que la fille de salle et le commissaire.

— Viens ici ! lui dit-il en se renversant sur sa chaise.

Et il ajouta, comme elle restait debout dans une attitude compassée :

— Assieds-toi !... Quel âge as-tu ?

— Vingt-quatre ans...

Il y avait en elle une humilité exagérée. Ses yeux battus, sa façon de se glisser sans bruit, sans rien heurter, de frémir avec inquiétude au moindre mot, cadraient assez bien avec l'idée qu'on se fait du souillon habitué à toutes les duretés. Et pourtant on sentait sous ces apparences comme des pointes d'orgueil qu'elle s'efforçait de ne pas laisser percer.

Elle était anémique. Sa poitrine plate n'était pas faite pour éveiller la sensualité. Néanmoins elle attirait, par ce qu'il y avait de trouble en elle, de découragé, de maladif.

— Que faisais-tu avant de travailler ici ?...

— Je suis orpheline. Mon père et mon frère ont péri en mer, sur le dundee *Trois Mages*... Ma mère était déjà morte depuis longtemps... J'ai été d'abord vendeuse à la papeterie, place de la Poste...

Que cherchait son regard inquiet ?

— Tu as un amant ?...

Elle détourna la tête sans rien dire et Maigret, les yeux rivés à son visage, fuma plus lentement, but une gorgée de bière.

— Il y a bien des clients qui doivent te faire la cour !... Ceux qui étaient tout à l'heure ici sont des habitués... Ils viennent chaque soir... Ils aiment les belles filles... Allons ! Lequel d'entre eux ?...

Plus pâle, elle articula avec une moue de lassitude :

— Surtout le docteur...

— Tu es sa maîtresse ?

Elle le regarda avec des velléités de confiance.

— Il en a d'autres... Quelquefois moi, quand ça lui prend... Il couche ici... Il me dit de le rejoindre dans sa chambre.

Rarement Maigret avait recueilli confession aussi plate.

— Il te donne quelque chose ?...

— Oui... Pas toujours... Deux ou trois fois, quand c'est mon jour de sortie, il m'a fait aller chez lui... Encore avant-hier... Il profite de ce que sa mère est en voyage... Mais il a d'autres filles...

— Et M. Le Pommeret ?...

— C'est la même chose... Sauf que je ne suis allée qu'une fois chez lui, il y a longtemps... Il y avait là une ouvrière de la sardinerie et... et je n'ai pas voulu !... Ils en ont de nouvelles toutes les semaines...

— M. Servières aussi ?...

— Ce n'est pas la même chose... Il est marié. Il paraît qu'il va faire la noce à Brest... Ici, il se contente de plaisanter, de me pincer au passage...

Il pleuvait toujours. Très loin hululait la corne de brume d'un bateau qui devait chercher l'entrée du port.

— Et c'est toute l'année ainsi ?...

— Pas toute l'année... L'hiver, ils sont seuls. Quelquefois ils boivent une bouteille avec un voyageur de commerce... Mais l'été il y a du monde... L'hôtel est plein... Le soir, ils sont toujours dix ou quinze à boire le champagne ou à faire la bombe dans les villas... Il y a des autos, des jolies femmes... Nous, on a du travail... L'été, ce n'est pas moi qui sers, mais des garçons... Alors je suis en bas, à la plonge...

Que cherchait-elle donc autour d'elle ? Elle était mal d'aplomb sur le bord de sa chaise et elle semblait prête à se dresser d'une détente.

Une sonnerie grêle retentit. Elle regarda Maigret, puis le tableau électrique placé derrière la caisse.

— Vous permettez ?...

Elle monta. Le commissaire entendit des pas, un murmure confus de voix au premier, dans la chambre du docteur.

Le pharmacien entra, un peu ivre.

— C'est fait, commissaire ! Quarante-huit bouteilles analysées ! Et sérieusement, je vous jure ! Aucune trace de poison ailleurs que dans le pernod et le calvados... Le patron n'aura qu'à faire reprendre son matériel... Dites donc, votre avis, entre nous ?... Des anarchistes, pas vrai ?...

Emma revenait, gagnait la rue pour poser les volets, attendait de pouvoir fermer la porte.

— Eh bien ?... fit Maigret quand ils furent à nouveau seuls.

Elle détourna la tête sans répondre, avec une pudeur inattendue, et le commissaire eut l'impression que s'il la poussait un peu elle fondrait en larmes.

— Bonne nuit, mon petit !... lui dit-il.

Quand le commissaire descendit, il se croyait le premier levé, tant le ciel était obscurci par les nuages. De sa fenêtre, il avait aperçu le port désert, où une grue solitaire déchargeait un bateau de sable. Dans les rues, quelques parapluies, des cirés fuyant au ras des maisons.

Au milieu de l'escalier, il croisa un voyageur de commerce qui arrivait et dont un homme de peine portait la malle.

Emma balayait la salle du bas. Sur une table de marbre, il y avait une tasse où stagnait un fond de café.

— C'est mon inspecteur ? questionna Maigret.

— Il y a longtemps qu'il m'a demandé le chemin de la gare pour y porter un gros paquet.

— Le docteur ?...

— Je lui ai monté son petit déjeuner... Il est malade... Il ne veut pas sortir...

Et le balai continuait à soulever la poussière mêlée de sciure de bois.

— Qu'est-ce que vous prenez ?

— Du café noir...

Elle dut passer tout près de lui pour gagner la cuisine. À ce moment, il lui prit les épaules dans ses grosses pattes, la regarda dans les yeux, d'une façon à la fois bourrue et cordiale.

— Dis donc, Emma...

Elle ne tenta qu'un mouvement timide pour se dégager, resta immobile, tremblante, à se faire aussi petite que possible.

— Entre nous, là, qu'est-ce que tu sais ?... Tais-toi !... Tu vas mentir !... Tu es une pauvre petite fille et je n'ai pas envie de te chercher des misères... Regarde-moi !... La bouteille... Hein ?... Parle, maintenant...

— Je vous jure...

— Pas la peine de jurer...

— Ce n'est pas moi !...

— Je le sais bien, parbleu, que ce n'est pas toi ! Mais qui est-ce ?...

Les paupières se gonflèrent, tout d'un coup. Des larmes jaillirent. La lèvre inférieure se souleva spasmodiquement et la fille de salle, ainsi, était tellement émouvante que Maigret cessa de la tenir.

— Le docteur... cette nuit ?...

— Non !... Ce n'était pas pour ce que vous croyez...

— Qu'est-ce qu'il voulait ?

— Il m'a demandé la même chose que vous... Il m'a menacée... Il voulait que je lui dise qui a touché à la bouteille... Il m'a presque battue... Et je ne sais pas !... Sur la tête de ma mère, je jure que...

— Apporte-moi mon café...

Il était huit heures du matin. Maigret alla acheter du tabac, fit un tour dans la ville. Quand il revint, vers dix heures, le docteur était dans le café, en pantoufles, un foulard passé autour du cou en guise de faux col. Ses traits étaient tirés, ses cheveux roux mal peignés.

— Vous n'avez pas l'air d'être dans votre assiette...

— Je suis malade... Je devais m'y attendre... Ce sont les reins... Dès qu'il m'arrive la moindre chose, une contrariété, une émotion, c'est ainsi que ça se traduit... Je n'ai pas fermé l'œil de la nuit...

Il ne quittait pas la porte du regard.

— Vous ne rentrez pas chez vous ?

— Il n'y a personne... Je suis mieux soigné ici...

Il avait fait chercher tous les journaux du matin, qui étaient sur sa table.

— Vous n'avez pas vu mes amis ?... Servières ?... Le Pommeret ?... C'est drôle qu'ils ne soient pas venus aux nouvelles...

— Bah ! sans doute dorment-ils toujours ! soupira Maigret. Au fait ! je n'ai pas aperçu cet affreux chien jaune... Emma !... Avez-vous revu le chien, vous ?... Non ?... Voici Leroy qui l'a peut-être rencontré dans la rue... Quoi de neuf, Leroy ?...

— Les flacons et les verres sont expédiés au laboratoire… Je suis passé à la gendarmerie et à la
mairie… Vous parliez du chien, je crois ?… Il paraît
qu'un paysan l'a vu ce matin dans le jardin de
M. Michoux…

— Dans mon jardin ?…

Le docteur s'était levé. Ses mains pâles trem-
blaient.

— Qu'est-ce qu'il faisait dans mon jardin ?…

— À ce qu'on m'a dit, il était couché sur le seuil
de la villa et, quand le paysan s'est approché, il a
grogné de telle façon que l'homme a préféré prendre
le large…

Maigret observait les visages du coin de l'œil.

— Dites donc, docteur, si nous allions ensemble
jusque chez vous ?…

Un sourire contraint :

— Dans cette pluie ?… Avec ma crise ?… Cela
me vaudrait au moins huit jours de lit… Qu'importe
ce chien !… Un vulgaire chien errant, sans doute…

Maigret mit son chapeau, son manteau.

— Où allez-vous ?…

— Je ne sais pas… Respirer l'air… Vous m'accom-
pagnez, Leroy ?…

Quand ils furent dehors, ils purent voir encore la
longue tête du docteur que les vitraux déformaient,
rendaient plus longue tout en lui donnant une teinte
verdâtre.

— Où allons-nous ? questionna l'inspecteur.

Maigret haussa les épaules, erra un quart d'heure
durant autour des bassins, en homme qui s'intéresse
aux bateaux. Arrivé près de la jetée, il tourna à

droite, prit un chemin qu'un écriteau désignait comme la route des Sables Blancs.

— Si on avait analysé les cendres de cigarette trouvées dans le corridor de la maison vide... commença Leroy après un toussotement.

— Que pensez-vous d'Emma ? interrompit Maigret.

— Je... je pense... La difficulté, à mon avis, surtout dans un pays comme celui-ci, où tout le monde se connaît, doit être de se procurer une telle quantité de strychnine...

— Je ne vous demande pas cela... Est-ce que, par exemple, vous deviendriez volontiers son amant ?...

Le pauvre inspecteur ne trouva rien à répondre. Et Maigret l'obligea à s'arrêter et à ouvrir son manteau pour lui permettre d'allumer sa pipe à l'abri du vent.

La plage des Sables Blancs, bordée de quelques villas, et, entre autres, d'une somptueuse demeure méritant le nom de château et appartenant au maire de la ville, s'étire entre deux pointes rocheuses, à trois kilomètres de Concarneau.

Maigret et son compagnon pataugèrent dans le sable couvert de goémon, regardèrent à peine les maisons vides, aux volets clos.

Au-delà de la plage, le terrain s'élève. Des roches à pic couronnées de sapins plongent dans la mer.

Un grand panneau : *Lotissement des Sables Blancs*. Un plan, avec, en teintes différentes, les parcelles déjà vendues et les parcelles disponibles. Un kiosque en bois : *Bureau de vente des terrains*.

Enfin la mention : *En cas d'absence, s'adresser à M. Ernest Michoux, administrateur.*

L'été, tout cela doit être riant, repeint à neuf. Dans la pluie et la boue, dans le tintamarre du ressac, c'était plutôt sinistre.

Au centre, une grande villa neuve, en pierres grises, avec terrasse, pièce d'eau et parterres non encore fleuris.

Plus loin, les ébauches d'autres villas : quelques pans de mur surgissant du sol et dessinant déjà les pièces…

Il manquait des vitres au kiosque. Des tas de sable attendaient d'être étalés sur la nouvelle route qu'un rouleau compresseur barrait à moitié. Au sommet de la falaise, un hôtel, ou plutôt un futur hôtel, inachevé, aux murs d'un blanc cru, aux fenêtres closes à l'aide de planches et de carton.

Maigret s'avança tranquillement, poussa la barrière donnant accès à la villa du docteur Michoux. Quand il fut sur le seuil et qu'il tendit la main vers le bouton de la porte, l'inspecteur Leroy murmura :

— Nous n'avons pas de mandat !… Ne croyez-vous pas que… ?

Une fois de plus, son chef haussa les épaules. Dans les allées, on voyait les traces profondes laissées par les pattes du chien jaune. Il y avait d'autres empreintes : celles de pieds énormes, chaussés de souliers à clous. Du quarante-six pour le moins !

Le bouton tourna. La porte s'ouvrit comme par enchantement et on put relever sur le tapis les mêmes traces boueuses : celles du chien et des fameux souliers.

La villa, d'une architecture compliquée, était meublée d'une façon prétentieuse. Ce n'était partout que recoins, avec des divans, des bibliothèques basses, des lits clos bretons transformés en vitrines, des petites tables turques ou chinoises. Beaucoup de tapis, de tentures !

La volonté manifeste de réaliser, avec de vieilles choses, un ensemble rustico-moderne.

Quelques paysages bretons. Des nus signés, dédicacés : *Au bon ami Michoux...* Voire : *À l'ami des artistes...*

Le commissaire regardait ce bric-à-brac d'un air grognon, tandis que l'inspecteur Leroy n'était pas sans se laisser impressionner par cette fausse distinction.

Et Maigret ouvrait les portes, jetait un coup d'œil dans les chambres. Certaines n'étaient pas meublées. Le plâtre des murs était à peine sec.

Il finit par pousser une porte du pied et il eut un murmure de satisfaction en apercevant la cuisine. Sur la table de bois blanc, il y avait deux bouteilles à bordeaux vides.

Une dizaine de boîtes de conserve avaient été ouvertes grossièrement, avec un couteau quelconque. La table était sale, graisseuse. On avait mangé, à même les boîtes, des harengs au vin blanc, du cassoulet froid, des cèpes et des abricots.

Le sol était maculé. Il y traînait des restes de viande. Une bouteille de fine champagne était cassée et l'odeur d'alcool se mêlait à celle des aliments.

Maigret regarda son compagnon avec un drôle de sourire.

— Vous croyez, Leroy, que c'est le docteur qui a fait ce repas de cochon ?...

Et comme l'autre, sidéré, ne répondait pas :

— Sa maman non plus, je l'espère !... Ni même la domestique !... Tenez !... Vous qui aimez les empreintes... Ce sont plutôt des croûtes de boue, qui dessinent une semelle... Pointure quarante-cinq ou quarante-six... Et les traces du chien !...

Il bourra une nouvelle pipe, prit des allumettes au soufre sur une étagère.

— Relevez-moi tout ce qu'il y a à relever ici dedans !... Ce n'est pas la besogne qui manque... À tout à l'heure !...

Il s'en alla, les deux mains dans les poches, le col du pardessus relevé, le long de la plage des Sables Blancs.

Quand il pénétra à l'*Hôtel de l'Amiral*, la première personne qu'il aperçut fut, dans son coin, le docteur Michoux, toujours en pantoufles, non rasé, son foulard autour du cou.

Le Pommeret, aussi correct que la veille, était assis à côté de lui et les deux hommes laissèrent avancer le commissaire sans mot dire.

Ce fut le docteur qui articula enfin d'une voix mal timbrée :

— Vous savez ce qu'on m'annonce ?... Servières a disparu... Sa femme est à moitié folle... Il nous a quittés hier au soir... Depuis lors, on ne l'a pas revu...

Maigret eut un haut-le-corps, non pas à cause de ce qu'on lui disait, mais parce qu'il venait d'apercevoir le chien jaune, couché aux pieds d'Emma.

3

La peur règne à Concarneau

Le Pommeret éprouvait le besoin de confirmer, pour le plaisir de s'entendre parler :

— Elle est venue chez moi tout à l'heure en me suppliant de faire des recherches... Servières, qui de son vrai nom s'appelle Goyard, est un vieux camarade...

Du chien jaune, le regard de Maigret passa à la porte qui s'ouvrait, au marchand de journaux qui entrait en coup de vent et enfin à une manchette en caractères gras qu'on pouvait lire de loin :

La peur règne à Concarneau

Des sous-titres disaient ensuite :

Un drame chaque jour

Disparition de notre collaborateur Jean Servières

Des taches de sang dans sa voiture

À qui le tour ?

Maigret retint par la manche le gamin aux journaux.

— Tu en as vendu beaucoup ?

— Dix fois plus que les autres jours. Nous sommes trois à courir depuis la gare...

Relâché, le gosse reprit sa course le long du quai en criant :

— *Le Phare de Brest...* Numéro sensationnel...

Le commissaire n'avait pas eu le temps de commencer l'article qu'Emma annonçait :

— On vous demande au téléphone...

Une voix furieuse, celle du maire :

— Allô ! c'est vous, commissaire, qui avez inspiré cet article stupide ?... Et je ne suis même pas au courant !... J'entends, n'est-ce pas ? être informé le premier de ce qui se passe dans la ville dont je suis le maire !... Quelle est cette histoire d'auto ?... Et cet homme aux grands pieds ?... Depuis une demi-heure, j'ai reçu plus de vingt coups de téléphone de gens affolés qui me demandent si ces nouvelles sont exactes... Je vous répète que je veux que, désormais...

Maigret, sans broncher, raccrocha, rentra dans le café, s'assit et commença à lire. Michoux et Le Pommeret parcouraient des yeux un même journal posé sur le marbre de la table.

Notre excellent collaborateur Jean Servières a raconté ici même les événements dont Concarneau a été récemment le théâtre. C'était vendredi. Un honorable négociant de la ville, M. Mostaguen, sortait de l'Hôtel de l'Amiral, s'arrêtait sur un seuil pour allumer un cigare et recevait dans le ventre une balle tirée à travers la boîte aux lettres de la maison, une maison inhabitée.

Samedi, le commissaire Maigret, récemment détaché de Paris et placé à la tête de la Brigade Mobile de Rennes, arrivait sur les lieux, ce qui n'empêchait pas un nouveau drame de se produire.

Le soir, en effet, un coup de téléphone nous annonçait qu'au moment de prendre l'apéritif trois notables de la ville, MM. Le Pommeret, Jean Servières et le docteur Michoux, à qui s'étaient joints les enquêteurs, s'apercevaient que le pernod qui leur était servi contenait une forte dose de strychnine.

Or, ce dimanche matin, l'auto de Jean Servières a été retrouvée près de la rivière Saint-Jacques sans son propriétaire qui, depuis samedi soir, n'a pas été vu.

Le siège avant est maculé de sang. Une glace est brisée et tout laisse supposer qu'il y a eu lutte.

Trois jours : trois drames ! On conçoit que la terreur commence à régner à Concarneau dont les habitants se demandent avec angoisse qui sera la nouvelle victime.

Le trouble est particulièrement jeté dans la population par la mystérieuse présence d'un chien jaune que nul ne connaît, qui semble n'avoir pas de maître et que l'on rencontre à chaque nouveau malheur.

Ce chien n'a-t-il pas déjà conduit la police vers une piste sérieuse ? Et ne recherche-t-on pas un individu qui n'a pas été identifié mais qui a laissé à divers endroits des traces curieuses, celles de pieds beaucoup plus grands que la moyenne ?

Un fou ?... Un rôdeur ?... Est-il l'auteur de tous ces méfaits ?... À qui va-t-il s'attaquer ce soir ?...

Sans doute rencontrera-t-il à qui parler, car les habitants effrayés prendront la précaution de s'armer et de tirer sur lui à la moindre alerte.

En attendant, ce dimanche, la ville est comme morte et l'atmosphère rappelle les villes du Nord quand, pendant la guerre, on annonçait un bombardement aérien.

Maigret regarda à travers les vitres. Il ne pleuvait plus, mais les rues étaient pleines de boue noire et le vent continuait à souffler avec violence. Le ciel était d'un gris livide.

Des gens revenaient de la messe. Presque tous avaient *Le Phare de Brest* à la main. Et tous les visages se tournaient vers l'*Hôtel de l'Amiral* tandis que maints passants pressaient le pas.

Il y avait certes quelque chose de mort dans la ville. Mais n'en était-il pas ainsi tous les dimanches matin ? La sonnerie du téléphone résonna à nouveau. On entendit Emma qui répondait :

— Je ne sais pas, monsieur... Je ne suis pas au courant... Voulez-vous que j'appelle le commissaire ?... Allô !... Allô !... On a coupé...

— Qu'est-ce que c'est ? grogna Maigret.

— Un journal de Paris, je crois... On demande s'il y a de nouvelles victimes... On a retenu une chambre...

— Appelez-moi *Le Phare de Brest* à l'appareil.

En attendant, il marcha de long en large, sans jeter un coup d'œil au docteur affalé sur sa chaise, ni à Le Pommeret qui contemplait ses doigts lourdement bagués.

— Allô... *Le Phare de Brest* ?... Commissaire Maigret... Le directeur, s'il vous plaît !... Allô !... C'est lui ?... Bon ! Voulez-vous me dire à quelle heure votre canard est sorti de presse ce matin ?... Hein ?... Neuf heures et demie ?... Et qui a rédigé l'article au sujet des drames de Concarneau ?... Ah ! non ! pas d'histoires, hein !... Vous dites ?... Vous avez reçu cet article sous enveloppe ?... Pas de signature ?... Et vous publiez ainsi n'importe quelle information anonyme qui vous parvient ?... Je vous salue !...

Il voulut sortir par la porte qui s'ouvrait directement sur le quai et la trouva fermée.

— Qu'est-ce que cela signifie ? demanda-t-il à Emma en la regardant dans les yeux.

— C'est le docteur...

Il fixa Michoux, qui avait une tête plus oblique que jamais, haussa les épaules, sortit par l'autre porte, celle de l'hôtel. La plupart des magasins avaient leurs volets clos. Les gens, endimanchés, marchaient vite.

Au-delà du bassin, où des bateaux tiraient sur leur ancre, Maigret trouva l'entrée de la rivière Saint-Jacques, tout au bout de la ville, là où les maisons se raréfient pour faire place à des chantiers navals. On voyait des bateaux inachevés sur le quai. De vieilles barques pourrissaient dans la vase.

À l'endroit où un pont de pierre enjambe la rivière qui vient se jeter dans le port, il y avait un groupe de curieux, entourant une petite auto.

Il fallait faire un détour pour y arriver, car les quais étaient barrés par des travaux. Maigret se rendit compte, aux regards qu'on lui lança, que tout le monde le connaissait déjà. Et, sur le seuil des boutiques fermées, il vit des gens inquiets qui parlaient bas.

Il atteignit enfin la voiture abandonnée au bord de la route, ouvrit la portière d'un geste brusque, fit choir des éclats de verre et n'eut pas besoin de chercher pour relever des taches brunes sur le drap du siège.

Autour de lui se pressaient surtout des gamins et des jeunes gens farauds.

— La maison de M. Servières ?...

Ils furent dix à l'y conduire. C'était à trois cents mètres, un peu à l'écart, une maison bourgeoise entourée d'un jardin. L'escorte s'arrêta à la grille tandis que Maigret sonnait, était introduit par une petite bonne au visage bouleversé.

— Mme Servières est ici ?

Elle ouvrait déjà la porte de la salle à manger.

— Dites, commissaire !... Croyez-vous qu'on l'ait tué ?... Je suis folle... Je...

Une brave femme, d'une quarantaine d'années, aux allures de bonne ménagère, que confirmait la propreté de son intérieur.

— Vous n'avez pas revu votre mari depuis... ?

— Il est venu dîner hier au soir... J'ai remarqué qu'il était préoccupé, mais il n'a rien voulu me dire... Il avait laissé la voiture devant la porte, ce qui signifiait qu'il sortait le soir... Je savais que c'était pour faire sa partie de cartes au *Café de l'Amiral*... Je lui ai demandé s'il rentrerait tard... À dix heures, je me suis couchée... Longtemps je suis restée éveillée... J'ai entendu sonner onze heures, puis onze heures et demie... Mais il lui arrivait souvent de rentrer très tard... J'ai dû m'endormir... Je me suis réveillée au milieu de la nuit... J'ai été étonnée de ne pas le sentir à côté de moi... Alors, j'ai pensé que quelqu'un l'avait entraîné à Brest... Ici, ce n'est pas gai... Alors, parfois... Je ne pouvais pas me rendormir... Dès cinq heures du matin, j'étais debout, à guetter derrière la fenêtre... Il n'aime pas que j'aie l'air de l'attendre, et encore moins que je m'informe de lui... À neuf heures, j'ai couru chez M. Le Pommeret... C'est en revenant par un autre chemin que j'ai vu des gens autour de l'auto... Dites ! Pourquoi l'aurait-on tué ?... C'est le meilleur homme de la terre... Je suis sûre qu'il n'a pas d'ennemis...

Un groupe stationnait devant la grille.

— Il paraît qu'il y a des taches de sang... J'ai vu des gens lire un journal, mais personne n'a voulu me le montrer...

— Votre mari avait beaucoup d'argent sur lui ?...

— Je ne crois pas... Comme toujours !... Trois ou quatre centaines de francs...

Maigret promit de la tenir au courant, se donna même la peine de la rassurer par des phrases vagues. Une odeur de gigot arrivait de la cuisine. La bonne en tablier blanc le reconduisit jusqu'à la porte.

Le commissaire n'avait pas fait cent mètres dehors qu'un passant s'approchait vivement de lui.

— Excusez-moi, commissaire... Je me présente... M. Dujardin, instituteur... Depuis une heure, des gens, les parents de mes élèves surtout, viennent me demander s'il y a quelque chose de vrai dans ce que raconte le journal... Certains veulent savoir si, au cas où ils verraient l'homme aux grands pieds, ils ont le droit de tirer...

Maigret n'était pas un ange de patience. Il grommela en enfonçant les deux mains dans ses poches :

— F...ez-moi la paix !

Et il s'achemina vers le centre de la ville.

C'était idiot ! Il n'avait jamais vu pareille chose. Cela rappelait les orages tels qu'on les représente parfois au cinéma. On montre une rue riante, un ciel serein. Puis un nuage glisse en surimpression, cache le soleil. Un vent violent balaie la rue. Éclairage glauque. Volets qui claquent. Tourbillons de poussière. Larges gouttes d'eau.

Et voilà la rue sous une pluie battante, sous un ciel dramatique !

Concarneau changeait à vue d'œil. L'article du *Phare de Brest* n'avait été qu'un point de départ. Depuis longtemps les commentaires verbaux dépassaient grandement la version écrite.

Et c'était dimanche par surcroît ! Les habitants n'avaient rien à faire ! On les voyait choisir comme but de promenade l'auto de Jean Servières, près de laquelle il fallut poster deux agents. Les badauds restaient là une heure, à écouter les explications données par les mieux renseignés.

Quand Maigret rentra à l'*Hôtel de l'Amiral*, le patron à toque blanche, en proie à une nervosité inaccoutumée, l'accrocha par la manche.

— Il faut que je vous parle, commissaire... Cela devient intenable...

— Vous allez avant tout me servir à déjeuner...

— Mais...

Maigret alla s'asseoir dans un coin, rageur, commanda :

— Un demi !... Vous n'avez pas vu mon inspecteur ?...

— Il est sorti... Je crois qu'il a été appelé chez M. le maire... On vient de téléphoner de Paris... Un journal a retenu deux chambres, pour un reporter et un photographe...

— Le docteur ?...

— Il est là-haut... Il a recommandé de ne laisser monter personne...

— Et M. Le Pommeret ?...

— Il vient de partir...

Le chien jaune n'était plus là. Des jeunes gens, une fleur à la boutonnière, les cheveux raides de cosmétique, étaient attablés, mais ne buvaient pas les limonades qu'ils avaient commandées. Ils étaient venus pour voir. Ils étaient tout fiers d'avoir eu ce courage.

— Viens ici, Emma...

Il y avait une sorte de sympathie innée entre la fille de salle et le commissaire. Elle vint vers lui avec abandon, se laissa entraîner dans un coin.

— Tu es sûre que le docteur n'est pas sorti cette nuit ?...

— Je vous jure que je n'ai pas couché dans sa chambre...

— Il a pu sortir ?...

— Je ne le crois pas... Il a peur... Ce matin, c'est lui qui m'a fait fermer la porte qui donne sur le quai...

— Comment ce chien jaune te connaît-il ?...

— Je ne sais pas... Je ne l'ai jamais vu... Il vient... Il repart... Je me demande même qui lui donne à manger...

— Il y a longtemps qu'il est reparti ?...

— Je n'ai pas fait attention...

L'inspecteur Leroy rentrait, nerveux.

— Vous savez, commissaire, que le maire est furieux... Et c'est quelqu'un de haut placé !... Il m'a dit qu'il est le cousin du garde des Sceaux... Il prétend que nous battons le beurre, que nous ne sommes bons qu'à jeter la panique dans la ville... Il veut qu'on arrête quelqu'un, n'importe qui, pour rassurer la population... Je lui ai promis de vous en parler... Il m'a répété que notre carrière à tous les deux n'avait jamais été aussi compromise...

Maigret gratta posément le fourneau de sa pipe.

— Qu'est-ce que vous allez faire ?

— Rien du tout...

— Pourtant...

— Vous êtes jeune, Leroy ! Vous avez relevé des empreintes intéressantes dans la villa du docteur ?...

— J'ai tout envoyé au laboratoire... Les verres, les boîtes à conserve, le couteau... J'ai même fait un moulage en plâtre des traces de l'homme et de celles du chien... Cela a été difficile, car le plâtre d'ici est mauvais... Vous avez une idée ?...

Pour toute réponse, Maigret tira un carnet de sa poche et l'inspecteur lut, de plus en plus dérouté :

« *Ernest Michoux* (dit : le docteur). – Fils d'un petit industriel de Seine-et-Oise qui a été député pendant une législature et qui, ensuite, a fait faillite. Le père est mort. La mère est intrigante. A essayé, avec son fils, d'exploiter un lotissement à Juan-les-Pins. Échec complet. A recommencé à Concarneau. Monté société anonyme, grâce au nom du défunt mari. N'a pas fait d'apport de capitaux. Essaie d'obtenir actuellement que les frais de viabilité du lotissement soient payés par la commune et le département.

» Ernest Michoux a été marié, puis divorcé. Son ancienne femme est devenue l'épouse d'un notaire de Lille.

» Type de dégénéré. Échéances difficiles. »

L'inspecteur regarda son chef avec l'air de dire :

— Et après ?

Maigret lui montra les lignes suivantes.

« *Yves Le Pommeret.* – Famille Le Pommeret. Son frère Arthur dirige la plus grosse fabrique de boîtes à conserve de Concarneau. Petite noblesse. Yves Le Pommeret est le beau garçon de la famille. N'a jamais travaillé. A mangé, il y a longtemps, le plus gros de son héritage à Paris. Est venu s'installer à Concarneau quand il n'a plus eu que vingt mille francs de rente. Parvient à faire figure de notable quand même, en cirant lui-même ses chaussures. Nombreuses aventures avec de petites ouvrières. Quelques scandales ont dû être étouffés. Chasse dans tous les châteaux des environs. Porte beau. Est arrivé par relations à se faire nommer vice-consul du Danemark. Brigue la Légion d'honneur. Tape parfois son frère pour payer ses dettes.

» *Jean Servières* (pseudonyme de Jean Goyard). – Né dans le Morbihan. Longtemps journaliste à Paris, secrétaire général de petits théâtres, etc. A fait un modeste héritage et s'est installé à Concarneau. A épousé une ancienne ouvreuse, qui était sa maîtresse depuis quinze ans. Train de maison bourgeois. Quelques frasques à Brest et à Nantes. Vit plutôt de petites rentes que du journalisme dont il est très fier. Palmes académiques. »

— Je ne comprends pas ! balbutia l'inspecteur.

— Parbleu ! Donnez-moi vos notes…

— Mais… qui vous a dit que je… ?

— Donnez…

Le carnet du commissaire était un petit carnet à dix sous, en papier quadrillé, avec couverture de toile cirée. Celui de l'inspecteur Leroy était un agenda à pages mobiles, monté sur acier.

L'air paterne, Maigret lut :

« 1. – AFFAIRE MOSTAGUEN : la balle qui a atteint le négociant en vins était certainement destinée à un autre. Comme on ne pouvait prévoir que quelqu'un s'arrêterait sur le seuil, *on devait avoir donné à cet endroit un rendez-vous à la vraie victime, qui n'est pas venue, ou qui est venue trop tard.*

» À moins que le but soit de terroriser la population. *Le meurtrier connaît à merveille Concarneau.* (Omis analyser cendres de cigarette trouvées dans le corridor.)

» 2. – AFFAIRE DU PERNOD EMPOISONNÉ : en hiver, le *Café de l'Amiral* est désert presque toute la journée. Un homme au courant de ce détail a pu entrer et verser le poison dans les bouteilles. Dans deux bouteilles. Donc on visait spécialement les consommateurs de pernod et de calvados. (À noter pourtant que le docteur a remarqué à temps et sans peine les grains de poudre blanche sur le liquide.)

» 3. – AFFAIRE DU CHIEN JAUNE : il connaît le *Café de l'Amiral*. Il a un maître. Mais qui ? Paraît âgé de cinq ans au moins.

» 4. – AFFAIRE SERVIÈRES : découvrir par expertise de l'écriture qui a envoyé article au *Phare de Brest.* »

Maigret sourit, rendit l'agenda à son compagnon, laissa tomber :

— Très bien, petit...

Puis il ajouta, avec un regard maussade aux silhouettes de curieux qu'on apercevait sans cesse à travers les vitraux verts :

— Allons manger !

Emma devait leur annoncer un peu plus tard, alors qu'ils étaient seuls dans la salle à manger avec le voyageur de commerce arrivé le matin, que le docteur Michoux, dont l'état avait empiré, demandait qu'on lui servît dans sa chambre un repas léger.

L'après-midi, le *Café de l'Amiral*, avec ses petits carreaux glauques, fut comme une cage du Jardin des plantes devant laquelle les curieux endimanchés défilent. Et on les voyait se diriger ensuite vers le fond du port, où la voiture de Servières était une seconde attraction gardée par deux policiers.

Le maire téléphona trois fois, de sa somptueuse villa des Sables Blancs.

— Vous avez procédé à une arrestation ?...

C'est à peine si Maigret se donnait la peine de répondre. La jeunesse de dix-huit à vingt-cinq ans envahit le café. Des groupes bruyants, qui prenaient possession d'une table, commandaient des consommations qu'on ne buvait pas.

Ils n'étaient pas de cinq minutes dans le café que les répliques s'espaçaient, que les rires mouraient, que le bluff faisait place à la gêne. Et ils s'en allaient les uns après les autres.

La différence fut plus sensible quand on dut allumer les lampes. Il était quatre heures. D'habitude, la foule continue à circuler.

Ce soir-là, ce fut le désert, et un silence de mort. On eût dit que tous les promeneurs s'étaient donné le mot. En moins d'un quart d'heure, les rues se vidèrent et quand des pas résonnaient c'étaient les pas précipités d'un passant anxieux de se mettre à l'abri chez lui.

Emma était accoudée à la caisse. Le patron allait de sa cuisine au café, où Maigret s'obstinait à ne pas écouter ses doléances.

Ernest Michoux descendit, vers quatre heures et demie, toujours en pantoufles. Sa barbe avait poussé. Son foulard de soie crème était maculé de sueur.

— Vous êtes là, commissaire ?…

Cela parut le rassurer.

— Et votre inspecteur ?…

— Je l'ai envoyé faire un tour en ville…

— Le chien ?…

— On ne l'a pas revu depuis ce matin…

Le plancher était gris, le marbre des tables d'un blanc cru veiné de bleu. À travers les vitraux, on devinait l'horloge lumineuse de la vieille ville qui marquait cinq heures moins dix.

— On ne sait toujours pas qui a écrit cet article ?…

Le journal était sur la table. Et on finissait par ne plus voir que quatre mots :

À qui le tour ?

La sonnerie du téléphone vibra, Emma répondit :

— Non... Rien... Je ne sais rien...

— Qui est-ce ? s'informa Maigret.

— Encore un journal de Paris... Il paraît que les rédacteurs arrivent en voiture...

Elle n'avait pas achevé sa phrase que la sonnerie résonnait à nouveau.

— C'est pour vous, commissaire...

Le docteur, tout pâle, suivit Maigret des yeux.

— Allô !... Qui est à l'appareil ?...

— Leroy... Je suis dans la vieille ville, près du passage d'eau... On a tiré un coup de feu... Un cordonnier, qui a aperçu de sa fenêtre le chien jaune...

— Mort ?...

— Blessé ! les reins cassés... C'est à peine si l'animal peut se traîner... Les gens n'osent pas en approcher... Je vous téléphone d'un café... La bête est au milieu de la rue... Je la vois à travers la vitre... Elle hurle... Qu'est-ce que je dois faire ?...

Et la voix que l'inspecteur eût voulue calme était anxieuse, comme si ce chien jaune blessé eût été un être surnaturel.

— Il y a des gens à toutes les fenêtres... Dites, commissaire, est-ce qu'il faut l'achever ?

Le docteur, le teint plombé, était debout derrière Maigret, questionnait timidement :

— Qu'est-ce que c'est ?... Qu'est-ce qu'il dit ?...

Et le commissaire voyait Emma accoudée au comptoir, le regard vague.

4

PC de Compagnie

Maigret traversa le pont-levis, franchit la ligne des remparts, s'engagea dans une rue irrégulière et mal éclairée. Ce que les Concarnois appellent la ville close, c'est-à-dire le vieux quartier encore entouré de ses murailles, est une des parties les plus populeuses de la cité.

Et pourtant, alors que le commissaire avançait, il pénétrait dans une zone de silence de plus en plus équivoque. Le silence d'une foule qu'hypnotise un spectacle et qui frémit, qui a peur ou qui s'impatiente.

Quelques voix isolées d'adolescents décidés à crâner.

Un tournant encore et le commissaire découvrit la scène : la ruelle étroite, avec des gens à toutes les fenêtres ; des chambres éclairées au pétrole ; des lits entrevus ; un groupe barrant le passage, et, au-delà de ce groupe, un grand vide d'où montait un râle.

Maigret écarta les spectateurs, des jeunes gens pour la plupart, surpris de son arrivée. Deux d'entre eux étaient encore occupés à jeter des pierres dans la direction du chien. Leurs compagnons voulurent arrêter leur geste. On entendit, ou plutôt on devina :

— Attention !...

Et un des lanceurs de pierres rougit jusqu'aux oreilles tandis que Maigret le poussait vers la gauche, s'avançait vers l'animal blessé. Le silence, déjà, était d'une autre qualité. Il était évident que quelques instants plus tôt une ivresse malsaine animait les spectateurs, hormis une vieille qui criait de sa fenêtre :

— C'est honteux !... Vous devriez leur dresser procès-verbal, commissaire !... Ils sont tous à s'acharner sur cette pauvre bête... Et je sais bien pourquoi, moi !... Parce qu'ils en ont peur.

Le cordonnier qui avait tiré rentra, gêné, dans sa boutique. Maigret se baissa pour caresser la tête du chien qui lui lança un regard étonné, pas encore reconnaissant. L'inspecteur Leroy sortait du café d'où il avait téléphoné. Des gens s'éloignaient à regret.

— Qu'on amène une charrette à bras...

Les fenêtres se fermaient les unes après les autres, mais on devinait des ombres curieuses derrière les rideaux. Le chien était sale, ses poils drus maculés de sang. Il avait le ventre boueux, la truffe sèche et brûlante. Maintenant qu'on s'occupait de lui, il reprenait confiance, n'essayait plus de se traîner sur le sol où vingt gros cailloux l'encadraient.

— Où faut-il le conduire, commissaire ?...

— À l'hôtel... Doucement... Mettez de la paille dans le fond de la charrette...

Ce cortège aurait pu être ridicule. Il fut impressionnant, par la magie de l'angoisse qui, depuis le matin, n'avait cessé de s'épaissir. La charrette, poussée par un vieux, sauta sur les pavés, le long de la rue aux tournants nombreux, franchit le pont-levis, et personne n'osa le suivre. Le chien jaune respirait avec force, étirait ses quatre pattes à la fois dans un spasme.

Maigret remarqua une auto qu'il n'avait pas encore vue en face de l'*Hôtel de l'Amiral.* Quand il poussa la porte du café, il constata que l'atmosphère avait changé.

Un homme le bouscula, vit le chien qu'on soulevait, braqua sur lui un appareil photographique et fit jaillir un éclair de magnésium. Un autre, en culotte de golf, en chandail rouge, un carnet à la main, toucha sa casquette.

— Commissaire Maigret ?... Vasco, du *Journal*... J'arrive à l'instant et j'ai déjà eu la chance de rencontrer monsieur...

Il désignait Michoux assis dans un coin, adossé à la banquette de moleskine.

— La voiture du *Petit Parisien* nous suit... Elle a eu une panne à dix kilomètres d'ici...

Emma questionnait le commissaire.

— Où voulez-vous qu'on le mette ?

— Il n'y a pas de place pour lui dans la maison ?...

— Oui... près de la cour... Un réduit où l'on entasse les bouteilles vides...

— Leroy !... Téléphonez à un vétérinaire...

Une heure plus tôt, c'était le vide, un silence plein de réticences. Maintenant, le photographe, en trench-coat presque blanc, bousculait tables et chaises, s'écriait :

— Un instant... Ne bougez pas, s'il vous plaît...
Tournez la tête du chien par ici...

Et le magnésium fulgurait.

— Le Pommeret ? questionna Maigret en s'adressant au docteur.

— Il est sorti un peu après vous... Le maire a
encore téléphoné... Je pense qu'il va venir...

À neuf heures du soir, c'était une sorte de quartier général. Deux nouveaux reporters étaient arrivés.
L'un rédigeait son papier à une table du fond. De
temps en temps un photographe descendait de sa
chambre.

— Vous n'auriez pas de l'alcool à 90 degrés ? Il
m'en faut absolument pour sécher les pellicules... Le
chien est prodigieux !... Vous dites qu'il y a une
pharmacie à côté ?... Fermée ?... Peu importe...

Dans le corridor, où se trouvait l'appareil téléphonique, un journaliste dictait son papier d'une voix
indifférente.

— Maigret, oui... *M* comme Maurice... *A* comme
Arthur... Oui... *I* comme Isidore... Prenez tous les
noms à la fois... Michoux... *M*... *I*... choux, comme
chou... Comme chou de Bruxelles... Mais non, pas
comme pou... Attendez... Je vous donne les titres...
Cela passera dans la une ?... Si !... Dites au patron
qu'il faut que ça passe en première page...

Dérouté, l'inspecteur Leroy cherchait sans cesse
Maigret des yeux comme pour se raccrocher à lui.
Dans un coin, l'unique voyageur de commerce préparait sa tournée du lendemain à l'aide du Bottin des
départements. De temps en temps il appelait Emma.

— Chauffier... C'est une quincaillerie importante ?... Merci...

Le vétérinaire avait extrait la balle et entouré l'arrière-train du chien d'un pansement roide.

— Ces bêtes-là, ça a la vie tellement dure !...

On avait étendu une vieille couverture sur de la paille, dans le réduit dallé de granit bleu qui s'ouvrait à la fois sur la cour et sur l'escalier de la cave. Le chien était couché là, tout seul, à dix centimètres d'un morceau de viande auquel il ne touchait pas.

Le maire était venu, en auto. Un vieillard à barbiche blanche, très soigné, aux gestes secs. Il avait sourcillé en pénétrant dans cette atmosphère de corps de garde, ou plus exactement de PC de Compagnie.

— Qui sont ces messieurs ?

— Des journalistes de Paris...

Le maire était à cran.

— Magnifique ! Si bien que demain c'est dans toute la France qu'on parlera de cette stupide histoire !... Vous n'avez toujours rien trouvé ?...

— L'enquête continue ! grogna Maigret du même ton qu'il eût déclaré : « Cela ne vous regarde pas ! »

Car il y avait de l'irritabilité dans l'air. Chacun avait les nerfs à fleur de peau.

— Et vous, Michoux, vous ne rentrez pas chez vous ?...

Le regard du maire était méprisant, accusait le docteur de lâcheté.

— À ce train-là, c'est la panique générale dans les vingt-quatre heures... Ce qu'il fallait, je l'ai dit, c'était une arrestation, n'importe laquelle...

Et il souligna ces derniers mots d'un regard lancé à Emma.

— Je sais que je n'ai pas d'ordres à vous donner... Quant à la police locale, vous ne lui avez laissé qu'un rôle dérisoire... Mais je vous dis ceci : encore un drame, un seul, et ce sera la catastrophe... Les gens s'attendent à quelque chose... Des boutiques qui, les autres dimanches, restent ouvertes jusqu'à neuf heures ont fermé leurs volets... Ce stupide article du *Phare de Brest* a épouvanté la population...

Le maire n'avait pas retiré son chapeau melon de la tête et il l'enfonça davantage en s'en allant après avoir recommandé :

— Je vous serais obligé de me tenir au courant, commissaire... Et je vous rappelle que tout ce qui se fait en ce moment se fait sous votre responsabilité...

— Un demi, Emma ! commanda Maigret.

On ne pouvait pas empêcher les journalistes de descendre à l'*Hôtel de l'Amiral*, ni de s'installer dans le café, de téléphoner, de remplir la maison de leur agitation bruyante. Ils réclamaient de l'encre, du papier. Ils interrogeaient Emma qui montrait un pauvre visage effaré.

Dehors, la nuit noire, avec un rayon de lune qui soulignait le romantisme d'un ciel chargé de lourds nuages au lieu de l'éclairer. Et cette boue qui collait à toutes les chaussures, car Concarneau ne connaît pas encore les rues pavées !

— Le Pommeret vous a dit qu'il reviendrait ? lança Maigret à Michoux.

— Oui... Il est allé dîner chez lui...

— L'adresse ?... demanda un journaliste qui n'avait plus rien à faire.

Le docteur la lui donna, tandis que le commissaire haussait les épaules, attirait Leroy dans un coin.

— Vous avez l'original de l'article paru ce matin ?...

— Je viens de le recevoir... Il est dans ma chambre... Le texte est écrit de la main gauche, par quelqu'un qui craignait donc que son écriture fût reconnue...

— Pas de timbre ?

— Non ! La lettre a été jetée dans la boîte du journal... Sur l'enveloppe figure la mention : *extrême urgence*...

— Si bien qu'à huit heures du matin au plus tard quelqu'un connaissait la disparition de Jean Servières, savait que l'auto était ou serait abandonnée près de la rivière Saint-Jacques et qu'on relèverait des traces de sang sur le siège... Et ce quelqu'un, par surcroît, n'ignorait pas que l'on découvrirait quelque part les empreintes d'un inconnu aux grands pieds...

— C'est incroyable ! soupira l'inspecteur. Quant à ces empreintes, je les ai expédiées au Quai des Orfèvres par bélinographe. Ils ont déjà consulté les sommiers. J'ai la réponse : elles ne correspondent à aucune fiche de malfaiteur...

Il n'y avait pas à s'y tromper : Leroy se laissait gagner par la peur ambiante. Mais le plus intoxiqué, si l'on peut dire, par ce virus, était Ernest Michoux, dont la silhouette était d'autant plus falote qu'elle contrastait avec la tenue sportive, les gestes désinvoltes et l'assurance des journalistes.

Il ne savait où se mettre. Maigret lui demanda :

— Vous ne vous couchez pas ?...

— Pas encore... Je ne m'endors jamais avant une heure du matin...

Il s'efforçait d'esquisser un sourire raté qui montrait deux dents en or.

— Franchement, qu'est-ce que vous pensez ?

L'horloge lumineuse de la vieille ville égrena dix coups. On appela le commissaire au téléphone. C'était le maire.

— Rien encore ?...

Est-ce qu'il s'attendait, lui aussi, à un drame ?

Mais, au fait, Maigret ne s'y attendait-il pas lui-même ? Le front têtu, il alla rendre visite au chien jaune qui s'était assoupi et qui, sans peur, ouvrit un œil et le regarda s'avancer. Le commissaire lui caressa la tête, poussa un peu de paille sous les pattes.

Il aperçut le patron derrière lui.

— Vous croyez que ces messieurs de la presse vont rester longtemps ?... Parce qu'il faudrait dans ce cas que je songe aux provisions... C'est demain à six heures le marché...

Quand on n'était pas habitué à Maigret, c'était déroutant, en pareil cas, de voir ses gros yeux vous fixer au front comme sans vous voir, puis de l'entendre grommeler quelque chose d'inintelligible en s'éloignant, avec l'air de vous tenir pour quantité négligeable.

Le reporter du *Petit Parisien* rentrait, secouait son ciré ruisselant d'eau.

— Tiens !... Il pleut ?... Quoi de neuf, Groslin ?...

Une flamme pétillait dans les prunelles du jeune homme, qui dit quelques mots à voix basse au photographe qui l'accompagnait, puis décrocha le récepteur du téléphone.

— *Petit Parisien*, mademoiselle... Service de Presse... Priorité !... Quoi ?... Vous êtes reliée directement à Paris ?... Alors, donnez vite... Allô !... Allô !... *Le Petit Parisien* ?... Mademoiselle Germaine ?... Passez-moi la sténo de service... Ici, Groslin !

Sa voix était impatiente. Et son regard semblait défier les confrères qui l'écoutaient. Maigret, qui passait derrière lui, s'arrêta pour écouter.

— Allô !... C'est vous, mademoiselle Jeanne ? En vitesse, hein !... Il est encore temps pour quelques éditions de province... Les autres ne l'auront que dans l'édition de Paris... Vous direz au secrétaire de rédaction de rédiger le papier... Je n'ai pas le temps...

» Affaire de Concarneau... Nos prévisions étaient justes... Nouveau crime... Allô ! oui, *crime* !... Un homme tué, si vous aimez mieux...

Tout le monde s'était tu. Le docteur, fasciné, se rapprochait du journaliste qui poursuivait, fiévreux, triomphant, trépidant :

— Après M. Mostaguen, après le journaliste Jean Servières, M. Le Pommeret !... Oui... Je vous ai épelé le nom tout à l'heure... Il vient d'être trouvé mort dans sa chambre... Chez lui !... Pas de blessure... Les muscles sont raidis et tout fait croire à un empoisonnement... Attendez... Terminez par : *La terreur règne*... Oui !... Courez voir le secrétaire de rédaction... Je vous dicterai tout à l'heure un papier pour l'édition de Paris, mais il faut que l'information passe dans les éditions de province...

Il raccrocha, s'épongea, jeta à la ronde un regard de jubilation.

Le téléphone fonctionnait déjà.

— Allô !... Le commissaire ?... Il y a un quart d'heure qu'on essaie de vous avoir... Ici, la maison de M. Le Pommeret... Vite !... Il est mort !...

Et la voix répéta dans un hululement :

— Mort...

Maigret regarda autour de lui. Sur presque toutes les tables, il y avait des verres vides. Emma, exsangue, suivait le policier des yeux.

— Qu'on ne touche ni à un verre ni à une bouteille ! commanda-t-il... Vous entendez, Leroy ?... Ne bougez pas d'ici...

Le docteur, le front ruisselant de sueur, avait arraché son foulard et on voyait son cou maigre, sa chemise maintenue par un bouton de col à bascule.

Quand Maigret arriva dans l'appartement de Le Pommeret, un médecin qui habitait la maison voisine avait déjà fait les premières constatations.

Il y avait là une femme d'une cinquantaine d'années, la propriétaire de l'immeuble, celle-là même qui avait téléphoné.

Une jolie maison en pierres grises, face à la mer. Et toutes les vingt secondes, le pinceau lumineux du phare incendiait les fenêtres.

Un balcon. Une hampe de drapeau et un écusson aux armes du Danemark.

Le corps était étendu sur le tapis rougeâtre d'un studio encombré de bibelots sans valeur. Dehors, cinq personnes regardèrent passer le commissaire sans prononcer une parole.

Sur les murs, des photographies d'actrices, des dessins découpés dans les journaux galants et mis sous verre, quelques dédicaces de femmes.

Le Pommeret avait la chemise arrachée. Ses souliers étaient encore lourds de boue.

— Strychnine ! dit le médecin. Du moins je le jurerais... Regardez ses yeux... Et surtout rendez-vous compte de la raideur du corps... L'agonie a duré près d'une demi-heure... Peut-être plus...

— Où étiez-vous ? demanda Maigret à la logeuse.

— En bas... Je sous-louais tout le premier étage à M. Le Pommeret, qui prenait ses repas chez moi... Il est rentré dîner vers huit heures... Il n'a presque rien mangé... Je me souviens qu'il a prétendu que l'électricité marchait mal, alors que les lampes éclairaient normalement...

» Il m'a dit qu'il allait ressortir, mais qu'il prendrait d'abord un cachet d'aspirine, car il avait la tête lourde...

Le commissaire regarda le docteur d'une façon interrogative.

— C'est bien cela !... Les premiers symptômes...

— Qui se déclarent combien de temps après l'absorption du poison ?...

— Cela dépend de la dose et de la constitution de l'homme... Parfois une demi-heure... D'autres fois deux heures...

— Et la mort ?...

— ... ne survient qu'à la suite de paralysie générale... Mais il y a auparavant des paralysies locales...

Ainsi, il est probable qu'il a essayé d'appeler... Il était couché sur ce divan...

Ce même divan qui valait au logis de Le Pommeret d'être appelé la maison des turpitudes ! Les gravures galantes étaient plus nombreuses qu'ailleurs autour du meuble. Une veilleuse distillait une lumière rose.

— Il s'est agité, comme dans une crise de *delirium tremens*... La mort l'a pris par terre...

Maigret marcha vers la porte qu'un photographe voulait franchir et la lui ferma au nez.

Il calculait à mi-voix :

— Le Pommeret a quitté le *Café de l'Amiral* un peu après sept heures... Il avait bu une fine à l'eau... Ici, un quart d'heure plus tard, il a bu et mangé... D'après ce que vous me dites des effets de la strychnine, il a pu tout aussi bien avaler le poison là-bas qu'ici...

Il se rendit tout à coup au rez-de-chaussée, où la logeuse pleurait, encadrée par trois voisines.

— Les assiettes, les verres du dîner... ?

Elle fut quelques instants sans comprendre. Et, quand elle voulut répondre, il avait déjà aperçu, dans la cuisine, une bassine d'eau encore chaude, des assiettes propres à droite, des sales à gauche, et des verres.

— J'étais occupée à faire la vaisselle quand...

Un sergent de ville arrivait.

— Gardez la maison. Mettez tout le monde dehors, sauf la propriétaire... Et pas un journaliste, pas un photographe !... Qu'on ne touche pas à un verre, ni à un plat...

Il y avait cinq cents mètres à parcourir dans la bourrasque pour regagner l'hôtel. La ville était dans l'ombre. C'est à peine s'il restait deux ou trois fenêtres éclairées, à de grandes distances l'une de l'autre.

Sur la place, par contre, à l'angle du quai, les trois baies verdâtres de l'*Hôtel de l'Amiral* étaient illuminées, mais, à cause des vitraux, elles donnaient plutôt l'impression d'un monstrueux aquarium.

Quand on approchait, on percevait des bruits de voix, une sonnerie de téléphone, le ronron d'une voiture qu'on mettait en marche.

— Où allez-vous ? questionna Maigret.

Il s'adressait à un journaliste.

— La ligne est occupée ! Je vais téléphoner ailleurs... Dans dix minutes, il sera trop tard pour mon édition de Paris...

L'inspecteur Leroy, debout dans le café, avait l'air d'un pion qui surveille l'étude du soir. Quelqu'un écrivait sans trêve. Le voyageur de commerce restait ahuri, mais passionné, dans cette atmosphère nouvelle pour lui.

Tous les verres étaient restés sur les tables. Il y avait des verres à pied ayant contenu des apéritifs, des demis encore gras de mousse, des petits verres à liqueur.

— À quelle heure a-t-on débarrassé les tables ?...

Emma chercha dans sa mémoire.

— Je ne pourrais pas dire. Il y a des verres que j'ai enlevés au fur et à mesure... D'autres sont là depuis l'après-midi...

— Le verre de M. Le Pommeret ?...

— Qu'est-ce qu'il a bu, monsieur Michoux ?...

Ce fut Maigret qui répondit :

— Une fine à l'eau...

Elle regarda les soucoupes les unes après les autres.

— Six francs... Mais j'ai servi un whisky à un de ces messieurs et c'est le même prix... Peut-être est-ce ce verre-ci ?... Peut-être pas...

Le photographe, qui ne perdait pas le nord, prenait des clichés de toute cette verrerie glauque étalée sur les tables de marbre.

— Allez me chercher le pharmacien ! commanda le commissaire à Leroy.

Et ce fut vraiment la nuit des verres et des assiettes. On en apporta de la maison du vice-consul du Danemark. Les reporters pénétraient dans le laboratoire du pharmacien comme chez eux et l'un d'eux, ancien étudiant en médecine, participait même aux analyses.

Le maire, au téléphone, s'était contenté de laisser tomber d'une voix coupante :

— ... toutes vos responsabilités...

On ne trouvait rien. Par contre, le patron surgit soudain, questionna :

— Qu'est-ce qu'on a fait du chien ?...

Le réduit où on l'avait couché sur de la paille était vide. Le chien jaune, incapable de marcher et même de se traîner, à cause du pansement qui emprisonnait son arrière-train, avait disparu.

Les verres ne révélaient rien !

— Celui de M. Pommeret a peut-être été lavé... Je ne sais plus... Dans cette bousculade !... disait Emma.

Chez la logeuse aussi, la moitié de la vaisselle avait été passée à l'eau chaude.

Ernest Michoux, le teint terreux, s'inquiétait surtout de la disparition du chien.

— C'est par la cour qu'on est venu le chercher !... Il y a une entrée sur le quai... Une sorte d'impasse... Il faudrait faire condamner la porte, commissaire... Sinon... Pensez qu'on a pu pénétrer ici sans que personne s'en aperçoive !... Et repartir avec cet animal dans les bras !...

On eût dit qu'il n'osait pas quitter le fond de la salle, qu'il se tenait aussi loin des portes que possible.

5

L'homme du Cabélou

Il était huit heures du matin. Maigret, qui ne s'était pas couché, venait de prendre un bain et achevait de se raser devant un miroir suspendu à l'espagnolette de la fenêtre.

Il faisait plus froid que les jours précédents. La pluie trouble ressemblait à de la neige fondue. Un reporter, en bas, guettait l'arrivée des journaux de Paris. On avait entendu siffler le train de sept heures et demie. Dans quelques instants, on verrait arriver les porteurs d'éditions sensationnelles.

Sous les yeux du commissaire, la place était encombrée par le marché hebdomadaire. Mais on devinait que ce marché n'avait pas son animation habituelle. Les gens parlaient bas. Des paysans semblaient inquiets des nouvelles qu'ils apprenaient.

Sur le terre-plein, il y avait une cinquantaine d'étaux, avec des mottes de beurre, des œufs, des légumes, des bretelles et des bas de soie. À droite, des carrioles de tous modèles stationnaient et l'ensemble était dominé par le glissement ailé des coiffes blanches aux larges dentelles.

Maigret ne s'aperçut qu'il se passait quelque chose qu'en voyant toute une portion du marché changer de physionomie, les gens s'agglutiner et regarder dans une même direction. La fenêtre était fermée. Il n'entendait pas les bruits, ou plutôt ce n'était qu'une rumeur confuse qui lui parvenait.

Il chercha plus loin. Au port, quelques pêcheurs chargeaient des paniers vides et des filets dans les barques. Mais ils s'immobilisaient soudain, faisaient la haie au passage des deux agents de police de la ville qui conduisaient un prisonnier vers la mairie.

Un des policiers était tout jeune, imberbe. Son visage était pétri de naïveté. L'autre portait de fortes moustaches acajou, et d'épais sourcils parvenaient presque à lui donner un air terrible.

Au marché, les discussions avaient cessé. On regardait les trois hommes qui s'avançaient. On se montrait les menottes serrant les poignets du malfaiteur.

Un colosse ! Il marchait penché en avant, ce qui faisait paraître ses épaules deux fois plus larges. Il traînait les pieds dans la boue et c'était lui qui semblait tirer les agents en remorque.

Il portait un vieux veston quelconque. Sa tête nue était plantée de cheveux drus, très courts et très bruns.

Le journaliste courait dans l'escalier, ébranlait une porte, criait à son photographe endormi :

— Benoît !... Benoît !... Vite !... Debout... Un cliché épatant...

Il ne croyait pas si bien dire. Car, pendant que Maigret effaçait les dernières traces de savon sur ses joues et cherchait son veston, sans quitter la place des yeux, il se passa un événement vraiment extraordinaire.

La foule n'avait pas tardé à se resserrer autour des agents et du prisonnier. Brusquement celui-ci, qui devait guetter depuis longtemps l'occasion, donna une violente secousse à ses deux poignets.

De loin, le commissaire vit les piteux bouts de chaîne qui pendaient aux mains des policiers. Et l'homme fonçait sur le public. Une femme roula par terre. Des gens s'enfuirent. Personne n'était revenu de sa stupeur que le prisonnier avait bondi dans une impasse, à vingt mètres de l'*Hôtel de l'Amiral*, tout à côté de la maison vide dont la boîte aux lettres avait craché une balle de revolver le vendredi précédent.

Un agent – le plus jeune – faillit tirer, hésita, se mit à courir en tenant son arme de telle manière que Maigret attendait l'accident. Un auvent de bois blanc céda sous la pression des fuyards et son toit de toile s'abattit sur les mottes de beurre.

Le jeune agent eut le courage de se précipiter tout seul dans l'impasse. Maigret, qui connaissait les lieux, acheva de s'habiller sans fièvre.

Car ce serait désormais un miracle de retrouver la brute. Le boyau, large de deux mètres, faisait deux coudes en angle droit. Vingt maisons qui donnaient sur le quai ou sur la place avaient une issue dans l'impasse. Et il y avait en outre des hangars, les magasins d'un marchand de cordages et d'articles pour bateau, un dépôt de boîtes à conserve, tout un fouillis de constructions irrégulières, des coins et des recoins, des toits facilement accessibles qui rendaient une poursuite à peu près impossible.

La foule, maintenant, se tenait à distance. La femme qu'on avait renversée, rouge d'indignation, tendait le poing dans toutes les directions tandis que des larmes venaient trembler sous son menton.

Le photographe sortit de l'hôtel, un trench-coat passé sur son pyjama, pieds nus.

Une demi-heure plus tard, le maire arrivait, peu après le lieutenant de gendarmerie dont les hommes se mettaient en devoir de fouiller les maisons voisines.

En trouvant Maigret attablé dans le café en compagnie du jeune agent et occupé à dévorer des toasts, le premier magistrat de la ville trembla d'indignation.

— Je vous ai prévenu, commissaire, que je vous rendais responsable de... de... Mais cela n'a pas l'air de vous émouvoir !... J'enverrai tout à l'heure un télégramme au ministère de l'Intérieur pour le mettre au courant de... de... et lui demander... Avez-vous seulement vu ce qui se passe dehors ?... Les gens fuient leur maison... Un vieillard impotent hurle d'effroi parce qu'il est immobilisé à un deuxième étage... On croit voir le bandit partout...

Maigret se retourna, aperçut Ernest Michoux qui, tel un enfant peureux, se tenait aussi près de lui que possible sans déplacer plus d'air qu'un fantôme.

— Vous remarquerez que c'est la police locale, c'est-à-dire de simples agents de police, qui l'ont arrêté, pendant que...

— Vous tenez toujours à ce que je procède à une arrestation ?

— Que voulez-vous dire ?... Prétendez-vous mettre la main sur le fuyard ?...

— Vous m'avez demandé hier une arrestation, n'importe laquelle...

Les journalistes étaient dehors, aidaient les gendarmes dans leurs recherches. Le café était à peu près vide, en désordre, car on n'avait pas encore eu le temps de faire le nettoyage. Une âcre odeur de tabac refroidi prenait à la gorge. On marchait sur les bouts de cigarette, les crachats, la sciure et les verres brisés.

Le commissaire, cependant, tirait de son portefeuille un mandat d'arrêt en blanc.

— Dites un mot, monsieur le maire, et je...

— Je serais curieux de savoir qui vous arrêteriez !...

— Emma !... Une plume et de l'encre, s'il vous plaît...

Il fumait à petites bouffées. Il entendit le maire qui grommelait avec l'espoir d'être entendu :

— Du bluff !...

Mais il ne se démonta pas, écrivit à grands jambages écrasés, selon son habitude :

... *le nommé Ernest Michoux, administrateur de la Société immobilière des Sables Blancs...*

Ce fut plus comique que tragique. Le maire lisait à l'envers. Maigret dit :

— Et voilà ! Puisque vous y tenez, j'arrête le docteur...

Celui-ci les regarda tous les deux, esquissa un sourire jaune, comme un homme qui ne sait que répondre à une plaisanterie. Mais c'était Emma que le commissaire observait, Emma qui marchait vers la caisse et qui se retourna soudain, moins pâle qu'à l'ordinaire, sans pouvoir maîtriser un tressaillement de joie.

— Je suppose, commissaire, que vous vous rendez compte de la gravité de…

— C'est mon métier, monsieur le maire.

— Et tout ce que vous trouvez à faire, après ce qui vient de se passer, c'est d'arrêter un de mes amis… de mes camarades plutôt… enfin, un des notables de Concarneau, un homme qui…

— Avez-vous une prison confortable ?…

Michoux, pendant ce temps-là, ne semblait préoccupé que par la difficulté d'avaler sa salive.

— À part le poste de police, à la mairie, il n'y a que la gendarmerie, dans la vieille ville…

L'inspecteur Leroy venait d'entrer. Il eut la respiration coupée quand Maigret lui dit de sa voix la plus naturelle :

— Dites donc, vieux ! Vous seriez bien gentil de conduire le docteur à la gendarmerie… Discrètement !… Inutile de lui passer les menottes… Vous l'écrouerez, tout en veillant à ce qu'il ne manque de rien…

— C'est de la folie pure ! balbutia le docteur. Je n'y comprends rien… Je… C'est inouï !… C'est infâme !…

— Parbleu ! grommela Maigret.

Et, se tournant vers le maire :

— Je ne m'oppose pas à ce qu'on continue à rechercher votre vagabond… Cela amuse la population… Peut-être même est-ce utile ?… Mais n'attachez pas trop d'importance à sa capture... Rassurez les gens...

— Vous savez que quand on a mis la main sur lui, ce matin, on l'a trouvé porteur d'un couteau à cran d'arrêt ?...

— Ce n'est pas impossible...

Maigret commençait à s'impatienter. Debout, il endossait son lourd pardessus à col de velours, brossait de la manche son chapeau melon.

— À tout à l'heure, monsieur le maire... Je vous tiendrai au courant... Encore un conseil : qu'on ne raconte pas trop d'histoires aux journalistes... Au fond, dans tout ceci, c'est à peine s'il y a de quoi fouetter un chat... Vous venez ?...

Ces derniers mots s'adressaient au jeune sergent de ville qui regarda le maire avec l'air de dire : « Excusez-moi... Mais je suis obligé de le suivre... »

L'inspecteur Leroy tournait autour du docteur comme un homme bien embarrassé par un fardeau encombrant.

On vit Maigret tapoter en passant la joue d'Emma, puis traverser la place sans s'inquiéter de la curiosité des gens.

— C'est par ici ?...

— Oui... Il faut faire le tour des bassins... Nous en avons pour une demi-heure...

Les pêcheurs étaient moins bouleversés que la population par le drame qui se jouait autour du *Café de l'Amiral* et une dizaine de bateaux, profitant du calme relatif, se dirigeaient à la godille vers la sortie du port où ils prenaient le vent.

L'agent de police lançait à Maigret des regards d'écolier attentif à plaire à son instituteur.

— Vous savez... M. le maire et le docteur jouaient aux cartes ensemble au moins deux fois par semaine... Cela a dû lui donner un coup...

— Qu'est-ce que les gens du pays racontent ?...

— Cela dépend des gens... Les petits, les ouvriers, les pêcheurs ne s'émeuvent pas trop... Et même, ils sont presque contents de ce qui arrive... Parce que le docteur, M. Le Pommeret et M. Servières n'avaient pas très bonne réputation... C'étaient des messieurs, évidemment... On n'osait rien leur dire... N'empêche qu'ils abusaient un peu, quand ils débauchaient toutes les gamines des usines... L'été, avec leurs amis de Paris, c'était pis... Ils étaient toujours à boire, à faire du bruit dans les rues à des deux heures du matin, comme si la ville leur appartenait... Nous avons reçu souvent des plaintes... Surtout en ce qui concerne M. Le Pommeret, qui ne pouvait pas voir un jupon sans s'emballer... C'est triste à dire... Mais les usines ne travaillent guère... Il y a du chômage... Alors, avec de l'argent... toutes ces filles...

— Dans ce cas, qui est ému ?...

— Les autres !... Les bourgeois !... Et les commerçants qui se frottaient au groupe du *Café de l'Amiral*... C'était comme le centre de la ville, n'est-ce pas ?... Même le maire qui y venait...

L'agent était flatté de l'attention que lui prêtait Maigret.

— Où sommes-nous ?

— Nous venons de quitter la ville... À partir d'ici, la côte est à peu près déserte... Il n'y a que des rochers, des bois de sapins, quelques villas habitées l'été par des gens de Paris... C'est ce que nous appelons la pointe du Cabélou...

— Qu'est-ce qui vous a donné l'idée de fureter de ce côté ?...

— Quand vous nous avez dit, à mon collègue et à moi, de rechercher un vagabond qui pourrait être le propriétaire du chien jaune, nous avons d'abord fouillé les vieux bateaux de l'arrière-port... De temps en temps, on y trouve un chemineau... L'an dernier, un cotre a brûlé, parce qu'un rôdeur avait oublié d'éteindre le feu qu'il y avait allumé pour se réchauffer...

— Rien trouvé ?

— Rien... C'est mon collègue qui s'est souvenu de l'ancien poste de veille du Cabélou... Nous y arrivons... Vous voyez cette construction carrée, en pierres de taille, sur la dernière avancée de roche ?... Elle date de la même époque que les fortifications de la vieille ville... Venez par ici... Faites attention aux ordures... Il y a très longtemps, un gardien vivait ici, comme qui dirait un veilleur, dont la mission était de signaler les passages de bateaux... On voit très loin... On domine la passe des Glénan, la seule qui donne accès à la rade... Mais il y a peut-être cinquante ans que c'est désaffecté...

Maigret franchit un passage dont la porte avait disparu, pénétra dans une pièce dont le sol était de terre battue. Vers le large, d'étroites meurtrières donnaient vue sur la mer. De l'autre côté, une seule fenêtre, sans carreaux, sans montants.

Et, sur les murs de pierre, des inscriptions faites à la pointe du couteau. Par terre, des papiers sales, des détritus innommables.

— Voilà !... Pendant près de quinze ans, un homme a vécu ici, tout seul... Un simple d'esprit...

Une sorte de sauvage... Il couchait dans ce coin, indifférent au froid, à l'humidité, aux tempêtes qui jetaient des paquets de mer par les meurtrières... C'était une curiosité... Les Parisiens venaient le voir, l'été, lui donnaient des pièces de monnaie... Un marchand de cartes postales a eu l'idée de le photographier et de vendre ces portraits à l'entrée... L'homme a fini par mourir, pendant la guerre... Personne n'a songé à nettoyer l'endroit... J'ai pensé hier que, si quelqu'un se cachait dans le pays, c'était peut-être ici...

Maigret s'engagea dans un étroit escalier de pierre creusé à même l'épaisseur du mur, arriva dans une guérite ou plutôt dans une tour de granit ouverte des quatre côtés et permettant d'admirer toute la région.

— C'était le poste de veille... Avant l'invention des phares, on allumait un feu sur la terrasse... Donc, ce matin de bonne heure, nous sommes venus, mon collègue et moi... Nous avancions sur la pointe des pieds... En bas, à la place même où dormait jadis le fou, nous avons vu un homme qui ronflait... Un colosse !... On entendait sa respiration à quinze mètres... Et nous sommes arrivés à lui passer les menottes avant qu'il se réveille...

Ils étaient redescendus dans la chambre carrée que les courants d'air rendaient glaciale.

— Il s'est débattu ?...

— Même pas !... Mon collègue lui a demandé ses papiers et il n'a pas répondu... Vous n'avez pas pu le voir... À lui seul, il est plus fort que nous deux... Au point que je n'ai pas lâché la crosse de mon revolver... Des mains !... Les vôtres sont grosses, n'est-ce pas ?... Eh bien ! essayez d'imaginer des mains deux fois plus grosses, avec des tatouages...

— Vous avez vu ce qu'ils représentaient ?

— Je n'ai vu qu'une ancre, sur la main gauche, et les lettres SS des deux côtés... Mais il y avait des dessins compliqués... Peut-être un serpent ?... Nous n'avons pas touché à ce qui traînait par terre... Tenez !...

Il y avait de tout : des bouteilles de vin fin, d'alcool de luxe, des boîtes à conserve vides et une vingtaine de boîtes intactes.

Il y avait mieux : les cendres d'un feu qui avait été allumé au milieu de la pièce, et, tout près, un os de gigot dénudé. Des quignons de pain. Quelques arêtes de poisson. Une coquille Saint-Jacques et des pinces de homard.

— Une vraie bombe, quoi ! s'extasiait le jeune agent qui n'avait jamais dû faire un pareil festin. Ceci nous a expliqué les plaintes reçues ces derniers temps... Nous n'y avions pas pris garde, parce qu'il ne s'agissait pas d'affaires importantes... Un pain de six livres volé au boulanger... Un panier de merlans disparu d'une barque de pêche... Le gérant du dépôt Prunier qui prétendait qu'on lui chipait des homards pendant la nuit...

Maigret faisait un étrange calcul mental, essayait d'établir en combien de jours un homme de fort appétit avait pu dévorer ce qui avait été consommé là.

— Une semaine... murmura-t-il. Oui... Y compris le gigot...

Il questionna soudain :

— Et le chien ?...

— Justement ! Nous ne l'avons pas retrouvé... Il y a bien des traces de pattes sur le sol, mais nous n'avons pas vu la bête... Vous savez ! le maire doit être dans tous ses états, à cause du docteur... Cela m'étonnerait qu'il ne télégraphie pas à Paris, comme il l'a dit...

— Votre homme était armé ?...

— Non ! C'est moi qui ai fouillé ses poches pendant que mon collègue Piedbœuf, qui tenait les menottes, le mettait en joue de l'autre main... Dans une poche du pantalon, il y avait des marrons grillés... Quatre ou cinq... Cela doit venir de la charrette qui stationne le samedi et le dimanche soir devant le cinéma... Puis quelques pièces de monnaie... Pas même dix francs... Un couteau... Mais pas un couteau terrible... Un couteau comme ceux dont se servent les marins pour couper leur pain...

— Il n'a pas prononcé un mot ?...

— Pas un... Au point que nous avons pensé, mon collègue et moi, qu'il était simple d'esprit, comme l'ancien locataire... Il nous regardait à la façon d'un ours... Il avait une barbe de huit jours, deux dents cassées au beau milieu de la bouche...

— Ses vêtements ?...

— Je ne pourrais pas vous dire... Un vieux costume... Je ne sais même plus si, en dessous, il portait une chemise ou un tricot... Il nous a suivis docilement... Nous étions fiers de notre prise... Il aurait pu s'enfuir dix fois avant d'arriver en ville... Si bien que nous étions sans méfiance quand, d'une secousse, il a cassé les chaînes des menottes... J'ai cru que mon poignet droit était arraché... Je porte encore la marque... À propos du docteur Michoux...

— Eh bien ?...

— Vous savez que sa mère doit revenir aujourd'hui ou demain... C'est la veuve d'un député... On dit qu'elle a le bras long... Et elle est l'amie de la femme du maire...

Maigret regarda l'océan gris à travers les meurtrières. Des petits bateaux à voile se faufilaient entre la pointe du Cabélou et un écueil que le ressac laissait deviner, viraient de bord et allaient mouiller leurs filets à moins d'un mille.

— Vous croyez vraiment que c'est le docteur qui... ?

— Partons ! dit le commissaire.

La marée montait. Quand ils sortirent, l'eau commençait à lécher la plate-forme. Un gamin, à cent mètres d'eux, sautait de roche en roche, à la recherche des casiers qu'il avait placés dans les creux. Le jeune agent ne se résignait pas au silence.

— Le plus extraordinaire, c'est qu'on se soit attaqué à M. Mostaguen, qui est le meilleur homme de Concarneau... Au point qu'on voulait en faire un conseiller général... Il paraît qu'il est sauvé, mais que la balle n'a pas pu être extraite... Si bien que toute sa vie il gardera un morceau de plomb dans le ventre !... Quand on pense que sans cette idée d'allumer un cigare...

Ils ne contournèrent pas les bassins, mais traversèrent une partie du port dans le bac qui fait la navette entre le passage et la vieille ville.

À peu de distance de l'endroit où, la veille, des jeunes gens assaillaient le chien jaune à coups de pierres, Maigret avisa un mur, une porte monumentale surmontée d'un drapeau et des mots *Gendarmerie Nationale*.

Il traversa la cour d'un immeuble datant de Colbert. Dans un bureau, l'inspecteur Leroy discutait avec un brigadier.

— Le docteur ?... questionna Maigret.

— Justement ! le brigadier ne voulait rien entendre pour ce qui est de laisser venir les repas du dehors...

— Ou alors, c'est sous votre responsabilité ! dit le brigadier à Maigret. Et je vous demanderai une pièce qui me serve de décharge...

La cour était calme comme un cloître. Une fontaine coulait avec un adorable glouglou.

— Où est-il ?...

— Là-bas, à droite... Vous poussez la porte... C'est ensuite la deuxième porte dans le couloir... Voulez-vous que j'aille vous l'ouvrir ?... Le maire a téléphoné pour recommander de traiter le prisonnier avec les plus grands égards...

Maigret se gratta le menton. L'inspecteur Leroy et l'agent de police, qui étaient presque du même âge, le regardaient avec une pareille curiosité timide.

Quelques instants plus tard, le commissaire entrait seul dans un cachot aux murs blanchis à la chaux, qui n'était pas plus triste qu'une chambrée de caserne.

Michoux, assis devant une petite table en bois blanc, se leva à son arrivée, hésita un instant, commença en regardant ailleurs :

— Je suppose, commissaire, que vous n'avez joué cette comédie que pour éviter un nouveau drame, en me mettant à l'abri de... des coups de...

Maigret remarqua qu'on ne lui avait retiré ni ses bretelles, ni son foulard, ni ses lacets, comme c'est la règle. De la pointe du pied, il attira une chaise à lui, s'assit, bourra une pipe et grommela, bonhomme :

— Parbleu !... Mais asseyez-vous donc, docteur !...

6

Un lâche

— Êtes-vous superstitieux, commissaire ?

Maigret, à cheval sur sa chaise, les coudes sur le dossier, esquissa une moue qui pouvait signifier tout ce qu'on voulait. Le docteur ne s'était pas assis.

— Je crois qu'au fond nous le sommes tous à un moment donné ou, si vous préférez, au moment où nous sommes visés...

Il toussa dans son mouchoir qu'il regarda avec inquiétude, poursuivit :

— Il y a huit jours, je vous aurais répondu que je ne croyais pas aux oracles... Et pourtant !... Il y a peut-être cinq ans de cela... Nous étions quelques amis à dîner, chez une comédienne de Paris... Au café, quelqu'un proposa de tirer les cartes... Or, savez-vous ce qu'il m'a annoncé ?... Remarquez que j'ai ri !... J'ai ri d'autant plus que cela tranchait avec le refrain habituel : dame blonde, monsieur âgé qui vous veut du bien, lettre qui vient de loin, etc.

» À moi, on a dit :

» — Vous aurez une vilaine mort... Une mort violente... Méfiez-vous des chiens jaunes...

Ernest Michoux n'avait pas encore regardé le commissaire, sur qui il posa un instant son regard. Maigret était placide. Il était même, énorme sur sa petite chaise, une statue de la placidité.

— Ceci ne vous étonne pas ?... Des années durant, je n'ai jamais entendu parler de chien jaune... Vendredi un drame éclate... Un de mes amis en est la victime... J'aurais pu tout aussi bien que lui me réfugier sur ce seuil et être atteint par la balle... Et voilà qu'un chien jaune surgit !...

» Un autre ami disparaît dans des circonstances inouïes... Et le chien jaune continue à rôder !...

» Hier, c'était le tour de Le Pommeret... Le chien jaune !... Et vous voudriez que je ne sois pas impressionné ?...

Il n'en avait jamais dit autant d'une haleine et à mesure qu'il parlait il reprenait consistance. Pour tout encouragement, le commissaire soupira :

— Évidemment... Évidemment...

— N'est-ce pas troublant ?... Je me rends compte que j'ai dû vous faire l'effet d'un lâche... Eh bien, oui ! J'ai eu peur... Une peur vague, qui m'a pris à la gorge dès le premier drame, et surtout quand il a été question de chien jaune...

Il arpentait la cellule à petits pas, en regardant par terre. Son visage s'animait.

— J'ai failli vous demander votre protection, mais j'ai craint de vous voir sourire... J'ai craint davantage encore votre mépris... Car les hommes forts méprisent les lâches...

Sa voix devenait pointue.

— Et, je l'avoue, commissaire, je suis un lâche !... Voilà quatre jours que j'ai peur, quatre jours que je souffre de la peur... Ce n'est pas ma faute !... J'ai fait assez de médecine pour me rendre un compte exact de mon cas...

» Quand je suis né, il a fallu me mettre dans une couveuse artificielle... Pendant mon enfance, j'ai collectionné toutes les maladies infantiles...

» Et, lorsque la guerre a éclaté, des médecins qui examinaient cinq cents hommes par jour m'ont déclaré bon pour le service et envoyé au front... Or, non seulement j'avais de la faiblesse pulmonaire avec cicatrices d'anciennes lésions, mais deux ans plus tôt on m'avait enlevé un rein...

» J'ai eu peur !... Peur à en devenir fou !... Des infirmiers m'ont relevé alors que je venais d'être enterré dans un entonnoir par la déflagration d'un obus... Et enfin on s'est aperçu que je n'étais pas apte au service armé...

» Ce que je vous raconte n'est peut-être pas joli... Mais je vous ai observé. J'ai l'impression que vous êtes capable de comprendre...

» C'est facile, le mépris des forts pour les lâches... Encore devrait-on s'inquiéter de connaître les causes profondes de la lâcheté...

» Tenez ! J'ai compris que vous regardiez sans sympathie notre groupe du *Café de l'Amiral*... On vous a dit que je m'occupais de vente de terrains... Fils d'un ancien député... Docteur en médecine... Et ces soirées autour d'une table de café, avec d'autres ratés...

» Mais qu'est-ce que j'aurais pu faire ?... Mes parents dépensaient beaucoup d'argent et néanmoins ils n'étaient pas riches... Ce n'est pas rare à Paris... J'ai été élevé dans le luxe... Les grandes villes d'eaux... Puis mon père meurt et ma mère commence à boursicoter, à intriguer, toujours aussi grande dame qu'avant, toujours aussi orgueilleuse, mais harcelée par des créanciers...

» Je l'ai aidée ! C'est tout ce dont j'étais capable ! Ce lotissement... Rien de prestigieux... Et cette vie d'ici... Des notables !... Mais avec quelque chose de pas solide...

» Voilà trois jours que vous m'observez et que j'ai envie de vous parler à cœur ouvert... J'ai été marié... Ma femme a demandé le divorce parce qu'elle voulait un homme animé par de plus hautes ambitions...

» Un rein en moins... Trois ou quatre jours par semaine à me traîner, malade, fatigué, de mon lit à un fauteuil...

Il s'assit avec lassitude.

— Emma a dû vous dire que j'ai été son amant... Bêtement, n'est-ce pas ? parce qu'on a parfois besoin d'une femme... On n'explique pas ces choses-là à tout le monde...

» Au *Café de l'Amiral*, j'aurais peut-être fini par devenir fou... Le chien jaune... Servières disparu... Les taches de sang dans sa voiture... Et surtout cette mort ignoble de Le Pommeret...

» Pourquoi lui ?... Pourquoi pas moi ?... Nous étions ensemble deux heures plus tôt, à la même table, devant les mêmes verres... Et moi, j'avais le pressentiment que si je sortais de la maison ce serait mon tour... Puis j'ai senti que le cercle se resserrait, que, même à l'hôtel, même enfermé dans ma chambre, le danger me poursuivait...

» J'ai eu un tressaillement de joie quand je vous ai vu signer mon mandat d'arrêt... Et pourtant...

Il regarda les murs autour de lui, la fenêtre aux trois barreaux de fer qui s'ouvrait sur la cour.

— Il faudra que je change ma couchette de place, que je la pousse dans ce coin... Comment, oui, comment a-t-on pu me parler d'un chien jaune il y a cinq ans, alors que ce chien-là, sans doute, n'était pas né ?... J'ai peur, commissaire ! Je vous avoue, je vous crie que j'ai peur !... Peu m'importe ce que penseront les gens en apprenant que je suis en prison... Ce que je ne veux pas, c'est mourir !... Et quelqu'un me guette, quelqu'un que je ne connais pas, qui a déjà tué Le Pommeret, qui a sans doute tué Goyard, qui a tiré sur Mostaguen... Pourquoi ?... Dites-le-moi !... Pourquoi ?... Un fou, probablement... Et on n'a pas encore pu l'abattre !... Il est libre !... Il rôde peut-être autour de nous... Il sait que je suis ici... Il viendra, avec son affreux chien qui a un regard d'homme...

Maigret se leva lentement, frappa sa pipe contre son talon. Et le docteur répéta d'une voix piteuse :

— Je sais que je vous fais l'effet d'un lâche... Tenez ! Je suis sûr de souffrir cette nuit comme un damné, à cause de mon rein...

Maigret était campé là comme l'antithèse du prisonnier, de l'agitation, de la fièvre, de la maladie, l'antithèse de cette frousse malsaine et écœurante.

— Vous voulez que je vous envoie un médecin ?...

— Non !... Si je savais que quelqu'un doive venir, j'aurais encore plus peur... Je m'attendrais à ce que ce soit *lui* qui vienne, l'homme au chien, le fou, l'assassin...

Un peu plus et il claquait des dents.

— Pensez-vous que vous allez l'arrêter, ou l'abattre comme un animal enragé ?... Car il est enragé !... On ne tue pas comme ça, sans raison...

Encore trois minutes et ce serait la crise nerveuse. Maigret préféra sortir, tandis que le détenu le suivait du regard, la tête rentrée dans les épaules, les paupières rougeâtres.

— Vous m'avez bien compris, brigadier ?... Que personne n'entre dans sa cellule, sauf vous, qui lui porterez vous-même sa nourriture et tout ce qu'il demandera... Par contre, ne rien laisser traîner dont il puisse se servir comme arme pour se tuer... Enlevez-lui ses lacets, sa cravate... Que la cour soit surveillée nuit et jour... Des égards !... Beaucoup d'égards...

— Un homme si distingué ! soupira le brigadier de gendarmerie. Vous croyez que c'est lui qui... ?

— Qui est la prochaine victime, oui !... Vous me répondez de sa vie !...

Et Maigret s'en fut le long de la rue étroite, pataugeant dans les flaques d'eau. Toute la ville le connaissait déjà. Les rideaux frémissaient à son passage. Des gosses s'arrêtaient de jouer pour le regarder avec un respect craintif.

Il franchissait le pont-levis qui relie la vieille ville à la ville neuve quand il rencontra l'inspecteur Leroy qui le cherchait.

— Du nouveau ?... On n'a pas mis la main sur mon ours, au moins ?...

— Quel ours ?...

— L'homme aux grands pieds...

— Non ! Le maire a donné l'ordre de cesser les recherches, qui excitaient la population. Il a laissé quelques gendarmes en faction aux endroits stratégiques... Mais ce n'est pas de cela que je veux vous parler... C'est au sujet du journaliste, Goyard, dit Jean Servières... Un voyageur de commerce qui le connaît et qui vient d'arriver affirme l'avoir rencontré hier à Brest... Goyard a feint de ne pas le voir et a détourné la tête...

L'inspecteur s'étonna du calme avec lequel Maigret accueillait cette nouvelle.

— Le maire est persuadé que le voyageur s'est trompé... Des hommes petits et gros, il y en a beaucoup de par les villes... Et savez-vous ce que je lui ai entendu dire à son adjoint, à mi-voix, avec peut-être l'espoir que j'entendrais ?... Textuellement :

» — Vous allez voir le commissaire se lancer sur cette fausse piste, partir à Brest et nous laisser le véritable assassin sur le dos !...

Maigret fit une vingtaine de pas en silence. Sur la place, on démontait les baraques du marché.

— J'ai failli lui répondre que...

— Que quoi ?...

Leroy rougit, détourna la tête.

— Justement ! Je ne sais pas... J'ai eu l'impression, moi aussi, que vous n'attachiez pas beaucoup d'importance à la capture du vagabond...

— Comment va Mostaguen ?...

— Mieux... Il ne s'explique pas l'agression dont il a été victime... Il a demandé pardon à sa femme... Pardon d'être resté si tard au café !... Pardon de s'être à moitié enivré !... Il a juré en pleurant de ne plus boire une goutte d'alcool...

Maigret s'était arrêté face au port, à cinquante mètres de l'*Hôtel de l'Amiral*. Des bateaux rentraient, laissaient tomber leur voile brune en contournant le môle, se poussaient lentement à la godille.

Le jusant découvrait, au pied des murailles de la vieille ville, des bancs de vase enchâssés de vieilles casseroles et de détritus.

On devinait le soleil derrière la voûte uniforme de nuages.

— Votre impression, Leroy ?...

L'inspecteur se troubla davantage.

— Je ne sais pas... Il me semble que si nous tenions cet homme... Remarquez que le chien jaune a encore disparu... Que pouvait-il faire dans la villa du docteur ?... Il devait s'y trouver des poisons... J'en déduis...

— Oui, bien entendu !... Seulement, moi, je ne déduis jamais...

— Je serais quand même curieux de voir le vagabond de près... Les empreintes prouvent que c'est un colosse...

— Justement !

— Que voulez-vous dire ?...

— Rien !...

Maigret ne bougeait pas, semblait ravi de contempler le panorama du petit port, la pointe du Cabélou, à gauche, avec son bois de sapins et ses avancées rocheuses, la balise rouge et noire, les bouées écarlates marquant la passe jusqu'aux îles de Glénan que la grisaille ne permettait pas d'apercevoir.

L'inspecteur avait encore bien des choses à dire.

— J'ai téléphoné à Paris, afin d'avoir des renseignements sur Goyard, qui y a vécu longtemps...

Maigret le regarda avec une affectueuse ironie et Leroy, piqué au vif, récita très vite :

— Les renseignements sont très bons ou très mauvais... J'ai eu au bout du fil un ancien brigadier de la Mondaine qui l'a connu personnellement... Il paraît qu'il a évolué longtemps dans les à-côtés du journalisme... D'abord échotier... Puis secrétaire général d'un petit théâtre... Puis directeur d'un cabaret de Montmartre... Deux faillites... Rédacteur en chef, pendant deux ans, d'une feuille de province, à Nevers je crois... Enfin il est à la tête d'une boîte de nuit... *Quelqu'un qui sait nager*... Ce sont les termes dont le brigadier s'est servi... Il est vrai qu'il a ajouté : *Un bon bougre ; quand il s'est aperçu qu'il n'arriverait en fin de compte qu'à manger ses quatre sous ou se créer des histoires, il a préféré replonger dans la province...*

— Alors ?...

— Alors je me demande pourquoi il a feint cette agression... Car j'ai revu l'auto... Il y a des taches de sang, des vraies... Et, s'il y a eu attaque, pourquoi ne pas donner signe de vie, puisque maintenant il se promène à Brest ?...

— Très bien !...

L'inspecteur regarda vivement Maigret pour savoir si celui-ci ne plaisantait pas. Mais non ! Le commissaire était grave, le regard rivé à une tache de soleil qui naissait au loin sur la mer.

— Quant à Le Pommeret...

— Vous avez des tuyaux ?...

— Son frère est venu à l'hôtel pour vous parler... Il n'avait pas le temps d'attendre... Il m'a dit pis que pendre du mort... Du moins dans son esprit est-ce grave : un fainéant... Deux passions : les femmes et la chasse... Plus la manie de faire des dettes et de jouer au grand seigneur... Un détail entre cent. Le frère, qui est à peu près le plus gros industriel de l'endroit, m'a déclaré :

» — Moi, je me contente de m'habiller à Brest... Ce n'est pas luxueux, mais c'est solide, confortable... Yves allait à Paris commander ses vêtements... Et il lui fallait des chaussures signées d'un grand bottier !... Ma femme elle-même ne porte pas de souliers sur mesure...

— Crevant !... fit Maigret au grand ahurissement, sinon à l'indignation, de son compagnon.

— Pourquoi ?

— Magnifique, si vous préférez ! Selon votre expression de tout à l'heure, c'est un vrai plongeon dans la vie provinciale que nous faisons ! Et c'est beau comme l'antique ! Savoir si Le Pommeret portait des chaussures toutes faites ou des chaussures sur mesure !... Cela n'a l'air de rien... Eh bien, vous me croirez si vous voulez, mais c'est tout le nœud du drame... Allons prendre l'apéritif, Leroy !... Comme ces gens le prenaient tous les jours... Au *Café de l'Amiral* !...

L'inspecteur observa une fois de plus son chef en se demandant si celui-ci n'était pas en train de se payer sa tête. Il avait espéré des félicitations pour son activité de la matinée et pour ses initiatives.

Et Maigret avait l'air de prendre tout cela à la blague !

Il y eut les mêmes remous que quand le professeur entre dans une classe de lycée où les élèves bavardaient.

Les conversations cessèrent. Les journalistes se précipi-
tèrent au-devant du commissaire.

— On peut annoncer l'arrestation du docteur ?
Est-ce qu'il a fait des aveux ?...

— Rien du tout !...

Maigret les écartait du geste, lançait à Emma :

— Deux pernods, mon petit...

— Mais enfin, si vous avez arrêté M. Michoux...

— Vous voulez savoir la vérité ?...

Ils avaient déjà leur bloc-notes à la main. Ils attendaient, stylos en bataille.

— Eh bien ! il n'y a pas encore de vérité... Peut-
être y en aura-t-il un jour... Peut-être pas...

— On prétend que Jean Goyard...

— ... est vivant ! Tant mieux pour lui !

— N'empêche qu'il y a un homme qui se cache,
qu'on pourchasse en vain...

— Ce qui prouve l'infériorité du chasseur sur le
gibier !...

Et Maigret, retenant Emma par la manche, dit doucement :

— Tu me feras servir à déjeuner dans ma
chambre...

Il but son apéritif d'un trait, se leva.

— Un bon conseil, messieurs ! Pas de conclusions
prématurées ! Et surtout pas de déductions...

— Mais le coupable ?...

Il haussa ses larges épaules, souffla :

— Qui sait ?...

Il était déjà au pied de l'escalier. L'inspecteur Leroy
lui lançait un coup d'œil interrogateur.

— Non, mon vieux... Mangez à la table d'hôte...
J'ai besoin de me reposer...

On l'entendit gravir les marches à pas lourds. Dix minutes plus tard, Emma monta à son tour avec un plateau garni de hors-d'œuvre.

Puis on la vit porter une coquille Saint-Jacques, un rôti de veau et des épinards.

Dans la salle à manger, la conversation languissait. Un des journalistes fut appelé au téléphone et déclara :

— Vers quatre heures, oui !... J'espère vous donner un papier sensationnel !... Pas encore !... Il faut attendre...

Tout seul à une table, Leroy mangeait avec des manières de garçon bien élevé, s'essuyant à chaque instant les lèvres du coin de sa serviette.

Les gens du marché observaient la façade du *Café de l'Amiral*, espérant confusément qu'il s'y passerait quelque chose.

Un gendarme était adossé à l'angle de la ruelle par où le vagabond avait disparu.

— M. le maire demande le commissaire Maigret au téléphone !

Leroy s'agita, ordonna à Emma :

— Allez le prévenir là-haut...

Mais la fille de salle revint en déclarant :

— Il n'y est plus !...

L'inspecteur grimpa l'escalier quatre à quatre, revint tout pâle, saisit le cornet.

— Allô !... Oui, monsieur le maire !... Je ne sais pas... Je... Je suis très inquiet... Le commissaire n'est plus ici... Allô !... Non ! Je ne puis rien vous dire... Il a déjeuné dans sa chambre... Je ne l'ai pas vu descendre... Je... je vous téléphonerai tout à l'heure...

Et Leroy, qui n'avait pas lâché sa serviette, s'en servit pour s'essuyer le front.

7

Le couple à la bougie

L'inspecteur ne monta chez lui qu'une demi-heure plus tard. Sur la table, il trouva un billet couvert de caractères morse qui disait :

Montez ce soir vers onze heures sur le toit, sans être vu. Vous m'y trouverez. Pas de bruit. Soyez armé. Dites que je suis parti à Brest d'où je vous ai téléphoné. Ne quittez pas l'hôtel.

Maigret

Un peu avant onze heures, Leroy retira ses chaussures, mit des chaussons de feutre qu'il avait achetés l'après-midi en vue de cette expédition qui n'était pas sans l'impressionner.

Après le second étage, il n'y avait plus d'escalier, mais une échelle fixe que surmontait une trappe dans le plafond. Au-delà, c'était un grenier glacé par les courants d'air, où l'inspecteur se risqua à frotter une allumette.

Quelques instants plus tard, il franchissait la lucarne, mais n'osait pas tout de suite descendre vers la corniche. Tout était froid. Au contact des plaques de zinc, les doigts se figeaient. Et Leroy n'avait pas voulu s'encombrer d'un pardessus.

Quand ses yeux se furent accoutumés à l'obscurité, il crut distinguer une masse sombre, trapue, comme un énorme animal à l'affût. Ses narines reconnurent des bouffées de pipe. Il siffla légèrement.

L'instant d'après, il était tapi sur la corniche à côté de Maigret. On ne voyait ni la mer, ni la ville. On se trouvait sur le versant du toit opposé au quai, au bord d'une tranchée noire qui n'était autre que la fameuse ruelle par où le vagabond aux grands pieds s'était échappé.

Tous les plans étaient irréguliers. Il y avait des toits très bas et d'autres à la hauteur des deux hommes. Des fenêtres étaient éclairées, par-ci, par-là. Certaines avaient des stores sur lesquels se jouaient comme des pièces d'ombres chinoises. Dans une chambre, assez loin, une femme lavait un tout jeune bébé dans un bassin émaillé.

La masse du commissaire bougea, rampa plutôt, jusqu'à ce que sa bouche fût collée à l'oreille de son compagnon.

— Attention ! Pas de mouvements brusques. La corniche n'est pas solide et il y a en dessous de nous un tuyau de gouttière qui ne demande qu'à dégringoler avec fracas... Les journalistes ?

— Ils sont en bas, sauf un qui vous cherche à Brest, persuadé que vous suivez la piste Goyard...

— Emma ?...

— Je ne sais pas... Je n'ai pas pris garde à elle... C'est elle qui m'a servi le café après dîner.

C'était déroutant de se trouver ainsi, à l'insu de tous, au-dessus d'une maison pleine de vie, de gens qui circulaient dans la chaleur, dans la lumière, sans avoir besoin de parler bas.

— Bon... Tournez-vous doucement vers l'immeuble à vendre... Doucement !...

C'était la deuxième maison à droite, une des rares à égaler l'hôtel en hauteur. Elle se trouvait dans un pan d'obscurité complète et pourtant l'inspecteur eut l'impression qu'une lueur se reflétait sur une vitre sans rideau du second étage.

Petit à petit, il s'aperçut que ce n'était pas un reflet venu du dehors, mais une faible lumière intérieure. À mesure qu'il fixait le même point de l'espace, des choses y naissaient.

Un plancher ciré... Une bougie à demi brûlée dont la flamme était toute droite, entourée d'un halo...

— Il est là ! dit-il soudain en élevant le ton malgré lui.

— Chut !... Oui...

Quelqu'un était couché à même le parquet, moitié dans la partie éclairée par la bougie, moitié dans la pénombre. On voyait un soulier énorme, un torse large moulé dans un tricot de marin.

Leroy savait qu'il y avait un gendarme au bout de la ruelle, un autre sur la place, un autre encore qui faisait les cent pas sur le quai.

— Vous voulez l'arrêter ?...

— Je ne sais pas. Voilà trois heures qu'il dort.

— Il est armé ?...

— Il ne l'était pas ce matin...

On devinait à peine les syllabes prononcées. C'était un murmure indistinct, mêlé au souffle des respirations.

— Qu'attendons-nous ?...

— Je l'ignore... Je voudrais bien savoir pourquoi, alors qu'il est traqué et qu'il dort, il a allumé une bougie... Attention !...

Un carré jaune venait de naître sur un mur.

— On a fait de la lumière dans la chambre d'Emma, en dessous de nous... C'est le reflet...

— Vous n'avez pas dîné, commissaire ?...

— J'avais emporté du pain et du saucisson... Vous n'avez pas froid ?...

Ils étaient gelés tous les deux. Dans le ciel, ils voyaient passer le rayon lumineux du phare à intervalles réguliers.

— Elle a éteint...

— Oui... Chut !...

Il y eut cinq minutes de silence, de morne attente. Puis la main de Leroy chercha celle de Maigret, la serra d'une façon significative.

— En bas...

— J'ai vu...

Une ombre, sur le mur crépi à la chaux qui séparait le jardin de la maison vide et la ruelle.

— Elle va le retrouver... souffla Leroy qui ne pouvait se résigner au silence.

Là-haut, l'homme dormait toujours, près de sa bougie. Un groseillier fut froissé dans le jardin. Un chat s'enfuit le long d'une gouttière.

— Vous n'avez pas un briquet à mèche d'amadou ?

Maigret n'osait pas rallumer sa pipe. Il hésita longtemps. Il finit par se faire un écran avec le veston de son compagnon et il frotta vivement une allumette tandis que l'inspecteur reniflait à nouveau l'odeur chaude de tabac.

— Regardez !...

Ils ne dirent plus rien. L'homme se levait d'un mouvement si soudain qu'il faillit renverser la bougie. Il reculait vers l'ombre, tandis que la porte s'ouvrait, qu'Emma apparaissait dans la lumière, hésitante, si piteuse qu'elle donnait l'impression d'une coupable.

Elle avait quelque chose sous le bras : une bouteille et un paquet qu'elle posa par terre. Le papier se défit en partie, laissa voir un poulet rôti.

Elle parlait. Ses lèvres remuaient. Elle ne disait que quelques mots, humblement, tristement. Mais son compagnon n'était pas visible pour les policiers.

Est-ce qu'elle ne pleurait pas ? Elle portait sa robe noire de fille de salle, la coiffe bretonne. Elle n'avait retiré que son tablier blanc et cela lui donnait une allure plus déjetée que d'habitude.

Oui ! Elle devait pleurer en parlant... En prononçant des mots espacés. Et, la preuve, c'est qu'elle s'appuyait soudain au chambranle de la porte, enfouissait le visage dans son bras replié. Son dos se soulevait à une cadence irrégulière.

L'homme, en surgissant, noircit presque tout le rectangle de la fenêtre, dégagea ensuite la perspective en s'avançant vers le fond de la pièce. Sa grosse main s'abattit sur l'épaule de la fille, lui imprima une secousse telle qu'Emma fit une volte-face complète, faillit tomber, montra une pauvre face blême, des lèvres gonflées par les sanglots.

Mais c'était aussi imprécis, aussi flou qu'un film projeté quand les lampes de la salle sont rallumées. Et il manquait autre chose : les bruits, les voix...

Toujours comme du cinéma : du cinéma sans musique.

Et pourtant c'était l'homme qui parlait. Il devait parler fort. C'était un ours. La tête rentrée dans les épaules, le torse moulé par son chandail qui faisait saillir les pectoraux, ses cheveux coupés ras comme ceux d'un forçat, les poings aux hanches, il criait des reproches, ou des injures, ou encore des menaces.

Il devait être prêt à frapper. À tel point que Leroy chercha à toucher Maigret davantage, comme pour se rassurer.

Emma pleurait toujours. Son bonnet, maintenant, était de travers. Son chignon allait tomber. Une fenêtre se ferma quelque part et apporta une diversion d'une seconde.

— Commissaire… est-ce que nous…

L'odeur de tabac enveloppait les deux hommes et leur donnait comme une illusion de tiédeur.

Pourquoi Emma joignait-elle les mains ?… Elle parlait à nouveau… Son visage était déformé par une trouble expression d'effroi, de prière, de douleur, et l'inspecteur Leroy entendit Maigret qui armait son revolver.

Il n'y avait que quinze à vingt mètres entre les deux groupes. Un claquement sec, une vitre qui volerait en éclats, et le colosse serait hors d'état de nuire.

Il marchait maintenant de long en large, les mains derrière le dos, semblait plus court, plus large. Son pied heurta le poulet. Il faillit glisser et il l'envoya rageusement rouler dans l'ombre.

Emma regarda de ce côté.

Que pouvaient-ils bien dire tous les deux ? Quel était le *leitmotiv* de ce dialogue pathétique ?

Car l'homme semblait répéter les mêmes mots ! Mais ne les répétait-il pas plus mollement ?…

Elle tomba à genoux, s'y jeta plutôt, sur son passage, et tendit les bras vers lui. Il feignit de ne pas la voir, l'évita, et elle ne fut plus à genoux, mais presque couchée, un bras implorant.

Tantôt on voyait l'homme, tantôt l'ombre l'absorbait. Quand il revint, il se dressa devant la fille suppliante qu'il regarda de haut en bas.

Il se remit à marcher, s'approcha, s'éloigna encore, et alors elle n'eut plus la force, ou le courage, d'étendre son bras vers lui, de supplier. Elle se laissa aller sur le plancher de tout son long. La bouteille de vin était à moins de vingt centimètres de sa main.

Ce fut inattendu. Le vagabond se pencha, baissa plutôt une de ses lourdes pattes, saisit le vêtement à l'épaule, et, d'un seul mouvement, mit Emma debout. Tout cela si brutalement qu'elle vacilla quand elle ne fut plus maintenue.

Et pourtant, son visage défait ne trahissait-il pas un espoir ? Le chignon était tombé. Le bonnet blanc traînait par terre.

L'homme marchait. Deux fois, il évita sa compagne désemparée.

La troisième fois, il la prit dans ses bras, il l'écrasa contre lui, lui renversa la tête. Et goulûment il colla ses lèvres aux siennes.

On ne voyait plus que son dos à lui, un dos inhumain, avec une petite main de femme crispée sur son épaule.

De ses gros doigts, la brute éprouvait le besoin, sans dessouder leurs lèvres, de caresser les cheveux qui pendaient, de les caresser comme s'il eût voulu anéantir sa compagne, l'écraser, mieux : se l'incorporer.

— Par exemple !... fit la voix chavirée de l'inspecteur.

Et Maigret avait été tellement empoigné qu'il faillit, par contrecoup, éclater de rire.

Y avait-il un quart d'heure qu'Emma était là ? L'étreinte avait cessé. La bougie n'en avait plus que pour cinq minutes. Et il y avait dans l'atmosphère une détente presque visible.

Est-ce que la fille de salle ne riait pas ? Elle avait dû trouver quelque part un bout de miroir. En pleine lumière, on la voyait rouler ses longs cheveux, les fixer d'une épingle, chercher par terre une autre épingle qu'elle avait perdue, la tenir entre ses dents pendant qu'elle posait son bonnet.

Elle était presque belle. Elle était belle ! Tout était émouvant, même sa taille plate, sa jupe noire, ses paupières rouges. L'homme avait ramassé le poulet. Et, sans la perdre de vue, il y mordait avec appétit, faisait craquer les os, arrachait des lambeaux de chair.

Il chercha un couteau dans sa poche, n'en trouva pas, cassa le goulot de la bouteille en le frappant sur son talon. Il but. Il voulut faire boire Emma, qui tenta de refuser, en riant. Peut-être le verre cassé lui faisait-il peur ? Mais il l'obligea à ouvrir la bouche, versa tout doucement le liquide.

Elle s'étrangla, toussa. Alors il la prit par les épaules, l'embrassa encore, mais non plus sur les lèvres. Il l'embrassait gaiement, à petits coups, sur les joues, sur les yeux, sur le front et même sur son bonnet de dentelle.

Elle était prête. Il vint coller son visage à la fenêtre et une fois encore il emplit presque en entier le rectangle lumineux. Quand il se retourna, ce fut pour éteindre la bougie.

L'inspecteur Leroy était crispé.

— Ils s'en vont ensemble...

— Oui...

— Ils se feront prendre...

Le groseillier du jardin trembla. Puis une forme fut hissée au sommet du mur. Emma se trouva dans l'impasse, attendit son amant.

— Tu vas les suivre, de loin... Surtout qu'à aucun moment ils ne t'aperçoivent !... Tu me donneras des nouvelles quand tu pourras...

Comme le vagabond l'avait fait pour sa compagne, Maigret aidait l'inspecteur à se hisser le long des ardoises jusqu'à la lucarne. Puis il se penchait pour regarder l'impasse, où les deux personnages n'étaient plus que des têtes.

Ils hésitaient. Ils chuchotaient. Ce fut la fille de salle qui entraîna l'homme vers une sorte de remise dans laquelle ils disparurent, car la porte n'était fermée que par un loquet.

C'était la remise du marchand de cordages. Elle communiquait avec le magasin, où, à cette heure, il n'y avait personne. Une serrure à forcer et le couple atteindrait le quai.

Mais Leroy y serait avant lui.

Dès qu'il eut descendu l'échelle du grenier, le commissaire comprit qu'il se passait quelque chose d'anormal. Il entendait une rumeur dans l'hôtel. En bas, le téléphone fonctionnait au milieu des éclats de voix.

Y compris la voix de Leroy, qui devait parler à l'appareil, car il élevait considérablement le ton !

Maigret dégringola l'escalier, arriva au rez-de-chaussée, se heurta à un journaliste.

— Eh bien ?...

— Un nouveau meurtre... Il y a un quart d'heure... En ville... Le blessé a été transporté à la pharmacie...

Le commissaire se précipita d'abord sur le quai, vit un gendarme qui courait en brandissant son revolver. Rarement le ciel avait été aussi noir. Maigret rejoignit l'homme.

— Que se passe-t-il ?...

— Un couple qui vient de sortir du magasin... Je faisais les cent pas en face... L'homme m'est presque tombé dans les bras... Ce n'est plus la peine de courir... Ils doivent être loin !...

— Expliquez !

— J'entendais du bruit dans la boutique, où il n'y avait pas de lumière... Je guettais, l'arme au poing... La porte s'est ouverte... Un type est sorti... Mais je n'ai pas eu le temps de le mettre en joue... Il m'a donné un tel coup de poing au visage que j'ai roulé par terre... J'ai lâché mon revolver... Je n'avais qu'une peur, c'est qu'il s'en saisît... Mais non !... Il est allé chercher une femme qui attendait sur le seuil... Elle ne pouvait pas courir... Il l'a prise dans ses bras... Le temps de me relever, commissaire... Un coup de poing comme celui-là... Voyez !... Je saigne... Ils ont longé le quai... Ils ont dû faire le tour du bassin... Par là, il y a des tas de petites rues, puis la campagne...

Le gendarme se tamponnait le nez de son mouchoir.

— Il aurait pu me tuer tout comme !... Son poing est un marteau...

On entendait toujours des éclats de voix du côté de l'hôtel, dont les fenêtres étaient éclairées. Maigret quitta le gendarme, tourna l'angle, vit la pharmacie dont les volets étaient clos, mais dont la porte ouverte laissait échapper un flot de lumière.

Une vingtaine de personnes formaient grappe devant cette porte. Le commissaire les écarta à coups de coude.

Dans l'officine, un homme étendu à même le sol poussait des gémissements rythmés en fixant le plafond.

La femme du pharmacien, en chemise de nuit, faisait plus de bruit à elle seule que tout le monde réuni.

Et le pharmacien lui-même, qui avait passé un veston sur son pyjama, s'affolait, remuait des fioles, déchirait de grands paquets de coton hydrophile.

— Qui est-ce ? questionna Maigret.

Il n'attendit pas la réponse, car il avait reconnu l'uniforme de douanier, dont on avait lacéré une jambe du pantalon. Et maintenant il reconnaissait le visage.

C'était le douanier qui, le vendredi précédent, était de garde dans le port et avait assisté de loin au drame dont Mostaguen avait été victime.

Un docteur arrivait, affairé, regardait le blessé, puis Maigret, s'écriait :

— Qu'est-ce qu'il y a encore ?...

Un peu de sang coulait par terre. Le pharmacien avait lavé la jambe du douanier à l'eau oxygénée qui formait des traînées de mousse rose.

Un homme racontait, dehors, peut-être pour la dixième fois, d'une voix qui n'en restait pas moins haletante :

— J'étais couché avec ma femme quand j'ai entendu un bruit qui ressemblait à un coup de feu, puis un cri... Puis plus rien, peut-être pendant cinq minutes !... Je n'osais pas me rendormir... Ma femme voulait que j'aille voir... Alors on a perçu des gémissements qui avaient l'air de venir du trottoir, tout contre notre porte... Je l'ai ouverte... J'étais armé... J'ai vu une forme sombre... J'ai reconnu l'uniforme... Je me suis mis à crier, pour éveiller les voisins, et le marchand de fruits qui a une auto m'a aidé à amener le blessé ici...

— À quelle heure le coup de feu a-t-il éclaté ?...

— Il y a juste une demi-heure...

C'est-à-dire au moment le plus émouvant de la scène entre Emma et l'homme aux empreintes !

— Où habitez-vous ?...

— Je suis le voilier... Vous êtes passé dix fois devant chez moi... À droite du port... Plus loin que la halle aux poissons... Ma maison fait l'angle du quai et d'une petite rue... Après, les constructions s'espacent et il n'y a plus guère que des villas...

Quatre hommes transportaient le blessé dans une pièce du fond où ils l'étendaient sur un canapé. Le docteur donnait des ordres. On entendait dehors la voix du maire qui questionnait :

— Le commissaire est ici ?...

Maigret alla au-devant de lui, les deux mains dans les poches.

— Vous avouerez, commissaire...

Mais le regard de son interlocuteur était si froid que le maire perdit un instant contenance.

— C'est notre homme qui a fait le coup, n'est-ce pas ?

— Non !

— Qu'en savez-vous ?...

— Je le sais parce que, au moment où le crime a été commis, je le voyais à peu près aussi bien que je vous vois...

— Et vous ne l'avez pas arrêté ?

— Non !

— On me parle aussi d'un gendarme assailli...

— C'est exact.

— Vous rendez-vous compte des répercussions que de pareils drames peuvent avoir ?... Enfin ! c'est depuis que vous êtes ici que...

Maigret décrochait le récepteur du téléphone.

— Donnez-moi la gendarmerie, mademoiselle... Oui... Merci... Allô ! la gendarmerie ?... C'est le brigadier lui-même ?... Allô ! Ici, le commissaire Maigret... Le docteur Michoux est toujours là, bien entendu ?... Vous dites ?... Oui, allez vous en assurer quand même... Comment ?... Il y a un homme de garde dans la cour ?... Très bien... J'attends...

— Vous croyez que c'est le docteur qui... ?

— Rien du tout ! Je ne crois jamais rien, monsieur le maire !... Allô !... Oui !... Il n'a pas bougé ?... Merci... Vous dites qu'il dort ?... Très bien... Allô ! Non ! Rien de spécial...

Des gémissements arrivaient de la pièce du fond d'où une voix ne tarda pas à appeler :

— Commissaire...

C'était le médecin, qui essuyait ses mains encore savonneuses à une serviette.

— Vous pouvez l'interroger... La balle n'a fait qu'effleurer le mollet... Il a eu plus de peur que de mal... Il faut dire aussi que l'hémorragie a été assez forte...

Le douanier avait les larmes aux yeux. Il rougit quand le docteur poursuivit :

— Tout son effroi vient de ce qu'il croyait qu'on lui couperait la jambe... Alors que dans huit jours il n'y paraîtra plus !...

Le maire était debout dans l'encadrement de la porte.

— Racontez-moi comment c'est arrivé ! dit doucement Maigret en s'asseyant au bord du canapé. Ne craignez rien... Vous avez entendu ce qu'a dit le docteur...

— Je ne sais pas...

— Mais encore ?...

— Aujourd'hui, je finissais ma faction à dix heures... J'habite un peu plus loin que l'endroit où j'ai été blessé...

— Vous n'êtes donc pas rentré chez vous directement ?...

— Non ! J'ai vu qu'il y avait encore de la lumière au *Café de l'Amiral*... J'ai eu envie de savoir où les choses en étaient... Je vous jure que ma jambe me brûle !...

— Mais non ! Mais non ! affirma le médecin.

— Puisque je vous dis que... Enfin !... du moment que ce n'est rien !... J'ai bu un demi au café... Il y avait seulement des journalistes et je n'ai même pas osé les questionner...

— Qui vous a servi ?...

— Une femme de chambre, je crois... Je n'ai pas vu Emma.

— Ensuite ?...

— J'ai voulu rentrer chez moi... Je suis passé devant le corps de garde où j'ai allumé ma cigarette à la pipe de mon collègue... J'ai suivi les quais... J'ai tourné à droite... Il n'y avait personne... La mer était assez belle... Tout à coup, comme je venais à peine de dépasser un coin de rue, j'ai senti une douleur à la jambe, avant même d'entendre le bruit d'une détonation... C'était comme le choc d'un pavé que j'aurais reçu en plein mollet... Je suis tombé... J'ai voulu me relever... Quelqu'un courait... Ma main a rencontré un liquide chaud et, je ne sais pas comment cela s'est fait, mais j'ai tourné de l'œil... J'ai cru que j'étais mort...

» Quand je suis revenu à moi, le fruitier du coin ouvrait sa porte et n'osait pas avancer...

» C'est tout ce que je sais.

— Vous n'avez pas vu la personne qui a tiré ?...

— Je n'ai rien vu... Cela ne se passe pas comme on croit... Le temps de tomber... Et surtout, quand j'ai retiré ma main pleine de sang...

— Vous ne vous connaissez pas d'ennemi ?...

— Même pas !... Il n'y a que deux ans que je suis ici... Je suis originaire de l'intérieur du pays... Et je n'ai jamais eu l'occasion de voir des contrebandiers...

— Vous rentrez toujours chez vous par ce chemin ?...

— Non !... C'est le plus long... Mais je n'avais pas d'allumettes et je suis allé au corps de garde tout exprès pour allumer ma cigarette... Alors, au lieu de prendre par la ville, j'ai suivi les quais...

— C'est plus court par la ville ?...

— Un peu...

— Si bien que quelqu'un qui vous aurait vu sortir du café et gagner les quais aurait eu le temps d'aller se mettre en embuscade ?...

— Sûrement... Mais pourquoi ?... Je n'ai jamais d'argent sur moi... On n'a pas essayé de me voler...

— Vous êtes certain, commissaire, que vous n'avez pas cessé de voir *votre* vagabond pendant toute la soirée ?...

Il y avait quelque chose de pointu dans la voix du maire. Leroy entrait, un papier à la main.

— Un télégramme, que la poste vient de téléphoner à l'hôtel... C'est de Paris...

Et Maigret lut :

Sûreté Générale à commissaire Maigret, Concarneau.
Jean Goyard, dit Servières, dont avez envoyé signalement, arrêté ce lundi soir huit heures Hôtel Bellevue, rue Lepic, à Paris, au moment où s'installait chambre 15. A avoué être arrivé de Brest par train de six heures. Proteste innocence et demande être interrogé sur le fond en présence avocat. Attendons instructions.

8

Plus un !

— Vous conviendrez peut-être qu'il est temps,
commissaire, que nous ayons un entretien sérieux…

Le maire avait prononcé ces mots avec une défé-
rence glacée et l'inspecteur Leroy ne connaissait pas
encore assez Maigret pour juger de ses émotions
d'après sa façon de rejeter la fumée de sa pipe. Des
lèvres entrouvertes du commissaire, ce fut un mince
filet gris qui sortit lentement, tandis que les paupières avaient deux ou trois battements. Puis Maigret
tira son calepin de sa poche, regarda autour de lui le
pharmacien, le docteur, les curieux.

— À vos ordres, monsieur le maire… Voici…

— Si vous voulez venir prendre une tasse de thé
chez moi… se hâta d'interrompre le maire. J'ai ma
voiture à la porte… J'attendrai que vous ayez donné
les ordres nécessaires…

— Quels ordres ?…

— Mais… l'assassin… le vagabond… cette fille…

— Ah ! oui ! Eh bien, si la gendarmerie n'a rien
de mieux à faire, qu'elle surveille les gares des
environs…

Il avait son air le plus naïf.

— Quant à vous, Leroy, télégraphiez à Paris qu'on nous expédie Goyard et allez vous coucher.

Il prit place dans la voiture du maire, que conduisait un chauffeur en livrée noire. Un peu avant les Sables Blancs, on aperçut la villa bâtie à même la falaise, ce qui lui donnait un petit air de château féodal. Des fenêtres étaient éclairées.

Pendant la route, les deux hommes n'avaient pas échangé deux phrases.

— Permettez que je vous montre le chemin…

Le maire abandonna sa pelisse aux mains d'un maître d'hôtel.

— Madame est couchée ?

— Elle attend monsieur le maire dans la bibliothèque…

On l'y trouva en effet. Bien qu'âgée d'une quarantaine d'années, elle paraissait très jeune à côté de son mari, qui en avait soixante-cinq. Elle adressa un signe de tête au commissaire.

— Eh bien ?…

Très homme du monde, le maire lui baisa la main, qu'il garda dans la sienne tandis qu'il disait :

— Rassurez-vous !… Un douanier légèrement blessé… Et j'espère qu'après la conversation que nous allons avoir, le commissaire Maigret et moi, cet inadmissible cauchemar prendra fin…

Elle sortit, dans un froissement de soie. Une portière de velours bleu retomba. La bibliothèque était vaste, les murs recouverts de belles boiseries, le plafond à poutres apparentes, comme dans les manoirs anglais.

On apercevait d'assez riches reliures, mais les plus précieuses devaient se trouver dans une bibliothèque close qui occupait tout un pan de mur.

L'ensemble était d'une réelle somptuosité, sans faute de goût, le confort parfait. Bien qu'il y eût le chauffage central, des bûches flambaient dans une cheminée monumentale.

Aucun rapport avec le faux luxe de la villa du docteur. Le maire choisissait parmi des boîtes de cigares, en tendait une à Maigret.

— Merci ! Si vous le permettez, je fumerai ma pipe…

— Asseyez-vous, je vous en prie… Vous prendrez du whisky ?…

Il pressa un timbre, alluma un cigare. Le maître d'hôtel vint les servir. Et Maigret, peut-être volontairement, avait l'air gauche d'un petit-bourgeois reçu dans une demeure aristocratique. Ses traits semblaient plus épais, son regard flou.

Son hôte attendit le départ du domestique.

— Vous devez comprendre, commissaire, qu'il n'est pas possible que cette série de crimes continue… Voilà… voyons, voilà cinq jours que vous êtes ici… Et, depuis cinq jours…

Maigret tira de sa poche son calepin de blanchisseuse recouvert de toile cirée.

— Vous permettez ?… interrompit-il. Vous parlez d'une série de crimes… Or, je remarque que toutes les victimes sont vivantes, sauf une… Une seule morte : celle de M. Le Pommeret… Pour ce qui est du douanier, vous avouerez que, si quelqu'un avait vraiment voulu attenter à sa vie, il ne l'aurait pas atteint à la jambe… Vous connaissez l'endroit où le coup de feu a été tiré... L'agresseur était invisible... Il a pu prendre tout son temps... À moins qu'il n'ait jamais tenu un revolver ?...

Le maire le regarda avec étonnement, dit en saisissant son verre :

— Si bien que vous prétendez... ?

— Qu'on a voulu le blesser à la jambe... Du moins jusqu'à preuve du contraire...

— A-t-on voulu atteindre M. Mostaguen à la jambe aussi ?

L'ironie perçait. Les narines du vieillard frémissaient. Il voulait être poli, rester calme, parce qu'il était chez lui. Mais il y avait un sifflement désagréable dans sa voix.

Maigret, avec l'air d'un bon fonctionnaire qui rend des comptes à un supérieur, poursuivit :

— Si vous le voulez bien, nous allons reprendre mes notes une à une... Je lis à la date du vendredi 7 novembre :

» *Une balle est tirée par la boîte aux lettres d'une maison inhabitée dans la direction de M. Mostaguen.*

» Vous remarquerez tout d'abord que personne, pas même la victime, ne pouvait savoir qu'à un moment donné M. Mostaguen aurait l'idée de s'abriter sur un seuil pour allumer son cigare... Un peu de vent en moins et le crime n'avait pas lieu !... Or, il y avait néanmoins un homme armé d'un revolver derrière la porte... Ou bien c'était un fou, ou bien il attendait *quelqu'un qui devait venir*... Maintenant, souvenez-vous de l'heure !... Onze heures du soir... Toute la ville dort, hormis le petit groupe du *Café de l'Amiral*.

» Je ne conclus pas. Voyons les coupables possibles. MM. Le Pommeret et Jean Servières, ainsi qu'Emma, sont hors de cause, puisqu'ils se trouvaient dans le café.

» Restent le docteur Michoux, sorti un quart d'heure plus tôt, et le vagabond aux empreintes formidables. Plus un inconnu que nous appellerons Ixe. Nous sommes d'accord ?

» Ajoutons en marge que M. Mostaguen n'est pas mort et que dans quinze jours il sera sur pied.

» Passons au deuxième drame. *Le lendemain samedi, je suis au café avec l'inspecteur Leroy. Nous allons prendre l'apéritif avec MM. Michoux, Le Pommeret et Jean Servières, quand le docteur est pris de soupçon en regardant son verre. L'analyse prouve que la bouteille de pernod est empoisonnée.*

» Coupables possibles : MM. Michoux, Le Pommeret, Servières, la fille de salle Emma, le vagabond – qui a pu, au cours de la journée, pénétrer dans le café sans être vu – et enfin notre inconnu, que nous avons désigné sous le nom de Ixe.

» Continuons. *Le dimanche matin, Jean Servières a disparu. Sa voiture est retrouvée, sanglante, non loin de chez lui. Avant même cette découverte*, Le Phare de Brest *a reçu un compte rendu des événements bien fait pour semer la panique à Concarneau.*

» *Or, Servières est vu à Brest d'abord, à Paris ensuite, où il semble se cacher et où il se trouve évidemment de son plein gré.*

» Un seul coupable possible : Servières lui-même.

» *Le même dimanche, M. Le Pommeret prend l'apéritif avec le docteur, rentre chez lui, y dîne et meurt peu après des suites d'un empoisonnement par la strychnine.*

» Coupables possibles : au café, si c'est là qu'il a été empoisonné, le docteur, Emma, et enfin notre Ixe.

» Ici, en effet, le vagabond doit être mis hors de cause, car la salle n'a pas été vide un seul instant et ce n'est plus la bouteille qui a été empoisonnée mais un seul verre.

» Si le crime a été commis dans la maison de Le Pommeret, coupables possibles : sa logeuse, le vagabond et notre Ixe sempiternel.

» Ne vous impatientez pas... Nous arrivons au bout... *Ce soir, un douanier reçoit une balle dans la jambe alors qu'il passe dans une rue déserte... Le docteur n'a pas quitté la prison, où il est surveillé de près... Le Pommeret est mort... Servières est à Paris entre les mains de la Sûreté Générale... Emma et le vagabond, à la même heure, sont occupés, sous mes yeux, à s'étreindre, puis à dévorer un poulet...*

» Donc, un seul coupable possible : Ixe...

» C'est-à-dire un individu que nous n'avons pas encore rencontré au cours des événements... Un individu qui peut avoir tout fait comme il peut n'avoir commis que ce dernier crime...

» Celui-là, nous ne le connaissons pas. Nous n'avons pas son signalement... Une seule indication : il avait intérêt, cette nuit, à provoquer un drame... Un intérêt puissant... Car ce coup de feu n'a pas été tiré par un rôdeur.

» Maintenant, ne me demandez pas de l'arrêter... Car vous conviendrez, monsieur le maire, que chacun dans la ville, que tous ceux surtout qui connaissent les principaux personnages mêlés à cette histoire et qui, en particulier, fréquentent au *Café de l'Amiral* sont susceptibles d'être cet Ixe…

» Vous-même…

Ces derniers mots furent dits d'un ton léger en même temps que Maigret se renversait dans son fauteuil, étendait les jambes vers les bûches.

Le maire n'avait eu qu'un tressaillement.

— J'espère que ce n'est qu'une petite vengeance…

Alors Maigret se leva soudain, secoua sa pipe dans le foyer, prononça en arpentant la bibliothèque :

— Même pas ! Vous voulez des conclusions ? Eh bien ! en voilà… J'ai tenu simplement à vous montrer qu'une affaire comme celle-ci n'est pas une simple opération de police qu'on dirige de son fauteuil à coups de téléphone… Et j'ajouterai, monsieur le maire, avec tout le respect que je vous dois, que, quand je prends la responsabilité d'une enquête, je tiens avant tout à ce qu'on me f… la paix !

C'était sorti tout à trac. Il y avait des jours que cela couvait. Maigret, peut-être pour se calmer, but une gorgée de whisky, regarda la porte en homme qui a dit ce qu'il avait à dire et qui n'attend plus que la permission de s'en aller.

Son interlocuteur resta un bon moment silencieux, à contempler la cendre blanche de son cigare. Il finit par la laisser tomber dans un bol de porcelaine bleue, puis il se leva lentement, chercha des yeux le regard de Maigret.

— Écoutez-moi, commissaire…

Il devait peser ses mots, car ceux-ci étaient espacés par des silences.

— J'ai peut-être eu tort, au cours de nos brèves relations, de manifester quelque impatience...

C'était assez inattendu. Surtout dans ce cadre, où le vieillard avait l'air plus racé que jamais, avec ses cheveux blancs, son veston bordé de soie, son pantalon gris au pli rigide.

— Je commence à vous apprécier à votre juste valeur... En quelques minutes, à l'aide d'un simple résumé des faits, vous m'avez fait toucher du doigt le mystère angoissant, d'une complexité que je ne soupçonnais pas, qui est à la base de cette affaire... J'avoue que votre inertie en ce qui concerne le vagabond n'a pas été sans m'indisposer contre vous...

Il s'était approché du commissaire dont il toucha l'épaule.

— Je vous demande de ne pas m'en tenir rigueur... J'ai de lourdes responsabilités, moi aussi...

Il eût été impossible de deviner les sentiments de Maigret, qui était occupé à bourrer une pipe de ses gros doigts. Sa blague à tabac était usée. Son regard errait à travers une baie sur le vaste horizon de la mer.

— Quelle est cette lumière ? questionna-t-il soudain.

— C'est le phare...

— Non ! Je parle de cette petite lumière à droite...

— La maison du docteur Michoux...

— La servante est donc revenue ?

— Non ! C'est Mme Michoux, la mère du docteur, qui est rentrée cet après-midi...

— Vous l'avez vue ?...

Maigret crut sentir une certaine gêne chez son hôte.

— C'est-à-dire qu'elle s'est étonnée de ne pas trouver son fils... Elle est venue s'informer ici... Je lui ai appris l'arrestation, en expliquant que c'était plutôt une mesure de protection... Car c'est bien cela, n'est-ce pas ?... Elle m'a demandé l'autorisation de lui rendre visite en prison... À l'hôtel, on ne savait pas ce que vous étiez devenu... J'ai pris sur moi de permettre cette visite...

» Mme Michoux est revenue peu avant le dîner pour avoir les dernières nouvelles... C'est ma femme qui l'a reçue et qui l'a invitée à dîner...

— Elles sont amies ?

— Si vous voulez ! Plus exactement, des relations de bon voisinage... L'hiver, il y a très peu de monde à Concarneau...

Maigret reprenait sa promenade à travers la bibliothèque.

— Vous avez donc dîné à trois ?...

— Oui... C'est arrivé assez souvent... J'ai rassuré comme je l'ai pu Mme Michoux, qui était très impressionnée par cette démarche à la gendarmerie... Elle a eu beaucoup de mal à élever son fils, dont la santé n'est pas brillante...

— Il n'a pas été question de Le Pommeret et de Jean Servières ?...

— Elle n'a jamais aimé Le Pommeret... Elle l'accusait d'entraîner son fils à boire... Le fait est que...

— Et Servières ?...

— Elle le connaissait moins... Il n'appartenait pas au même monde... Un petit journaliste, une relation de café, si vous voulez, un garçon amusant... Mais, par exemple, on ne peut pas recevoir sa femme, dont le passé n'est pas irréprochable... C'est la petite ville, commissaire !... Il faut vous résigner à ces distinctions... Elles vous expliquent en partie mes humeurs... Vous ignorez ce que c'est d'administrer une population de pêcheurs tout en tenant compte des susceptibilités des patrons et enfin d'une certaine bourgeoisie qui...

— À quelle heure Mme Michoux est-elle partie d'ici ?

— Vers dix heures... Ma femme l'a reconduite en voiture...

— Cette lumière nous prouve que Mme Michoux n'est pas encore couchée...

— C'est son habitude... La mienne aussi !... À un certain âge, on n'a plus besoin de beaucoup de sommeil... Très tard dans la nuit, je suis encore ici à lire, ou à feuilleter des dossiers...

— Les affaires des Michoux sont prospères ?

Nouvelle gêne, à peine marquée.

— Pas encore... Il faut attendre que les Sables Blancs soient mis en valeur... Étant donné les relations de Mme Michoux à Paris, cela ne tardera pas... De nombreux lots sont vendus... Au printemps, on commencera à bâtir... Au cours du voyage qu'elle vient de faire, elle a à peu près décidé un banquier dont je ne puis vous dire le nom à construire une magnifique villa au sommet de la côte...

— Une question encore, monsieur le maire... À qui appartenaient auparavant les terrains qui font l'objet du lotissement ?

Son interlocuteur n'hésita pas.

— À moi ! C'est un bien de famille, comme cette villa. Il n'y poussait que de la bruyère et des genêts quand les Michoux ont eu l'idée…

À ce moment, la lumière au loin s'éteignit.

— Encore un verre de whisky, commissaire ?… Bien entendu, je vous ferai reconduire par mon chauffeur…

— Vous êtes trop aimable. J'adore marcher, surtout quand je dois réfléchir…

— Que pensez-vous de cette histoire de chien jaune ?… Je confesse que c'est peut-être ce qui me déroute le plus… Ça et le pernod empoisonné !… Car enfin…

Mais Maigret cherchait son chapeau et son manteau autour de lui. Le maire ne put que pousser le bouton électrique.

— Les vêtements du commissaire, Delphin !

Le silence fut si absolu qu'on entendit le bruit sourd, scandé, du ressac sur les rochers servant de base à la villa.

— Vous ne voulez vraiment pas ma voiture ?…

— Vraiment…

Il restait dans l'atmosphère comme des lambeaux de gêne qui ressemblaient aux lambeaux de fumée de tabac s'étirant autour des lampes.

— Je me demande ce que va être demain l'état d'esprit de la population… Si la mer est belle, du moins aurons-nous les pêcheurs en moins dans les rues, car ils en profiteront pour aller poser leurs casiers…

Maigret prit son manteau des mains du maître d'hôtel, tendit sa grosse main. Le maire avait encore des questions à poser, mais il hésitait, à cause de la présence du domestique.

— Combien de temps croyez-vous qu'il faille désormais pour...

L'horloge marquait une heure du matin.

— Ce soir, j'espère que tout sera fini...

— Si vite ?... Malgré ce que vous m'avez dit tout à l'heure ?... Dans ce cas, vous comptez sur Goyard ?... À moins que...

Il était trop tard. Maigret s'engageait dans l'escalier. Le maire cherchait une dernière phrase à prononcer. Il ne trouvait rien qui traduisît son sentiment.

— Je suis confus de vous laisser rentrer à pied... par ces chemins...

La porte se referma. Maigret était sur la route avec, au-dessus de sa tête, un beau ciel aux nuages lourds qui jouaient à passer au plus vite devant la lune.

L'air était vif. Le vent venait du large, sentait le goémon dont on devinait les gros tas noirs sur le sable de la plage.

Le commissaire marcha lentement, les mains dans les poches, la pipe aux dents. Il vit de loin, en se retournant, les lumières s'éteindre dans la bibliothèque, puis d'autres qui s'allumaient au second étage où les rideaux les étouffèrent.

Il ne prit pas à travers la ville, mais longea la côte, comme le douanier l'avait fait, s'arrêta un instant à l'angle où l'homme avait été blessé. Tout était calme. Un réverbère, de loin en loin. Concarneau dormait.

Quand il arriva sur la place, il vit les baies du café qui étaient encore éclairées et qui troublaient la paix de la nuit de leur halo vénéneux.

Il poussa la porte. Un journaliste dictait, au téléphone :

— ... *On ne sait plus qui soupçonner. Les gens, dans les rues, se regardent avec angoisse. Peut-être est-ce celui-ci le meurtrier ? Peut-être celui-là ? Jamais atmosphère de mystère et de peur ne fut si épaisse...*

Le patron, lugubre, était lui-même à sa caisse. Quand il aperçut le commissaire, il voulut parler. On devinait d'avance ses récriminations.

Le café était en désordre. Il y avait des journaux sur toutes les tables, des verres vides, et un photographe était occupé à faire sécher des épreuves sur le radiateur.

L'inspecteur Leroy s'avança vers son chef.

— C'est Mme Goyard... dit-il à mi-voix en désignant une femme grassouillette affalée sur la banquette.

Elle se levait. Elle s'essuyait les yeux.

— Dites, commissaire !... Est-ce vrai ?... Je ne sais plus qui croire... Il paraît que Jean est vivant ?... Mais ce n'est pas possible, n'est-ce pas ? qu'il ait joué cette comédie !... Il ne m'aurait pas fait ça !... Il ne m'aurait pas laissée dans une pareille inquiétude !... Il me semble que je deviens folle !... Qu'est-ce qu'il serait allé faire à Paris ?... Dites !... Et sans moi !...

Elle pleurait. Elle pleurait comme certaines femmes savent pleurer, à grand renfort de larmes fluides qui roulaient sur ses joues, coulaient jusqu'à son menton tandis que sa main pressait un sein charnu.

Et elle reniflait. Elle cherchait son mouchoir. Elle voulait parler par surcroît.

— Je vous jure que ce n'est pas possible !... Je sais bien qu'il était un peu coureur... Mais il n'aurait pas fait ça !... Quand il revenait, il me demandait pardon... Comprenez-vous ?... Ils disent...

Elle désigna les journalistes.

— ... ils disent que c'est lui-même qui a fait les taches de sang dans la voiture, pour laisser croire à un crime... Mais alors, c'est qu'il n'aurait pas eu l'intention de revenir !... Et je sais, moi, vous entendez, je suis sûre qu'il serait revenu !... Il n'aurait jamais fait la noce si les autres ne l'avaient pas entraîné... M. Le Pommeret... Le docteur... Et le maire !... Et tous, qui ne me saluaient même pas dans la rue, parce que j'étais trop peu de chose pour eux !...

» On m'a dit qu'il était arrêté... Je refuse de le croire... Qu'est-ce qu'il aurait fait de mal ?... Il gagnait assez pour le train de vie que nous menions... On était heureux, malgré les bombes qu'il s'offrait de temps en temps...

Maigret la regarda, soupira, prit un verre sur la table, en avala le contenu d'un trait et murmura :

— Vous m'excuserez, madame... Il faut que j'aille dormir...

— Vous croyez, vous aussi, qu'il est coupable de quelque chose ?...

— Je ne crois jamais rien... Faites comme moi, madame... Demain, c'est encore un jour...

Et il gravit l'escalier à pas lourds tandis que le journaliste, qui n'avait pas quitté l'appareil téléphonique, tirait parti de cette dernière phrase.

— *Aux dernières nouvelles, c'est demain que le commissaire Maigret compte élucider définitivement le mystère.*

Il ajouta d'une autre voix :

— C'est tout, mademoiselle... Surtout, dites au patron qu'il ne change pas une ligne à mon papier... Il ne peut pas comprendre... Il faut être sur les lieux...

Ayant raccroché, il commanda en poussant son bloc-notes dans sa poche :

— Un grog, patron !... Beaucoup de rhum et un tout petit peu d'eau chaude...

Cependant que Mme Goyard acceptait l'offre qu'un reporter lui faisait de la reconduire. Et elle recommençait chemin faisant ses confidences :

— À part qu'il était un peu coureur... Mais vous comprenez, monsieur !... Tous les hommes le sont !...

9

La boîte aux coquillages

Maigret était de si bonne humeur, le lendemain matin, que l'inspecteur Leroy osa le suivre en bavardant, et même lui poser des questions.

D'ailleurs, sans qu'on eût pu dire pourquoi, la détente était générale. Cela tenait peut-être au temps qui, tout à coup, s'était mis au beau. Le ciel semblait avoir été lavé tout fraîchement. Il était bleu, d'un bleu un peu pâle mais vibrant où scintillaient de légères nuées. Du fait, l'horizon était plus vaste, comme si on eût creusé la calotte céleste. La mer, toute plate, scintillait, plantée de petites voiles qui avaient l'air de drapeaux épinglés sur une carte d'état-major.

Or, il ne faut qu'un rayon de soleil pour transformer Concarneau, car alors les murailles de la vieille ville, lugubres sous la pluie, deviennent d'un blanc joyeux, éclatant.

Les journalistes, en bas, fatigués par les allées et venues des trois dernières journées, se racontaient des histoires en buvant leur café, et l'un d'eux était descendu en robe de chambre, les pieds nus dans des mules.

Maigret, lui, avait pénétré dans la chambre d'Emma, une mansarde plutôt, dont la fenêtre à tabatière s'ouvrait sur la ruelle et dont le plafond en pente ne permettait de se tenir debout que dans la moitié de la pièce.

La fenêtre était ouverte. L'air était frais, mais on y sentait des caresses de soleil. Une femme en avait profité pour mettre du linge à sécher à sa fenêtre, de l'autre côté de la venelle. Dans une cour d'école, quelque part, vibrait une rumeur de récréation.

Et Leroy, assis au bord du petit lit de fer, remarquait :

— Je ne comprends pas encore tout à fait vos méthodes, commissaire, mais je crois que je commence à deviner...

Maigret le regarda de ses yeux rieurs, envoya dans le soleil une grosse bouffée de fumée.

— Vous avez de la chance, vieux ! Surtout en ce qui concerne cette affaire, dans laquelle ma méthode a justement été de ne pas en avoir... Si vous voulez un bon conseil, si vous tenez à votre avancement, n'allez surtout pas prendre modèle sur moi, ni essayer de tirer des théories de ce que vous me voyez faire...

— Pourtant... je constate que maintenant vous en arrivez aux indices matériels, après que...

— Justement, après ! Après tout ! Autrement dit, j'ai pris l'enquête à l'envers, ce qui ne m'empêchera peut-être pas de prendre la prochaine à l'endroit... Question d'atmosphère... Question de têtes... Quand je suis arrivé ici, je suis tombé sur une tête qui m'a séduit et je ne l'ai plus lâchée...

Mais il ne dit pas à qui appartenait cette tête. Il soulevait un vieux drap de lit qui cachait une penderie. Elle contenait un costume breton en velours noir qu'Emma devait réserver pour les jours de fête.

Sur la toilette, un peigne aux nombreuses dents cassées, des épingles à cheveux et une boîte de poudre de riz trop rose. C'est dans un tiroir qu'il trouva ce qu'il semblait chercher : une boîte ornée de coquillages brillants comme on en vend dans tous les bazars du littoral. Celle-ci, qui datait peut-être de dix ans et qui avait parcouru Dieu sait quel chemin, portait les mots : *Souvenir d'Ostende.*

Il s'en dégageait une odeur de vieux carton, de poussière, de parfum et de papier jauni. Maigret, qui s'était assis au bord du lit près de son compagnon, faisait de ses gros doigts l'inventaire de menues choses.

Il y avait un chapelet aux boules de verre bleu taillées à facettes, à la frêle chaînette d'argent, une médaille de première communion, un flacon de parfum vide qu'Emma avait dû garder à cause de sa forme séduisante et qu'elle avait peut-être trouvé dans la chambre d'une locataire...

Une fleur en papier, souvenir d'un bal ou d'une fête, apportait une note d'un rouge vif.

À côté, une petite croix, en or, était le seul objet d'un peu de valeur.

Tout un tas de cartes postales. L'une représentait un grand hôtel de Cannes. Au dos, une écriture de femme :

Tu feré mieu de venir isi que de resté dan ton sale trou ou i pleu tout le tant. Et on gagnes bien. On mange tan qu'ont veu. Je t'embrasse.

Louise

Maigret passa la carte à l'inspecteur, regarda attentivement une de ces photographies de foire que l'on obtient en tirant une balle au milieu d'une cible.

Par le fait qu'il épaulait la carabine, on voyait à peine l'homme, dont un œil était fermé. Il avait une carrure énorme, une casquette de marin sur la tête. Et Emma, souriant à l'objectif, lui tenait ostensiblement le bras. Au bas de la carte, la mention : *Quimper.*

Une lettre, au papier si froissé qu'elle avait dû être relue maintes fois :

Ma chérie,

C'est dit, c'est signé : j'ai mon bateau. Il s'appellera : La Belle Emma. *Le curé de Quimper m'a promis de le baptiser la semaine prochaine, avec l'eau bénite, les grains de blé, le sel et tout, et il y aura du vrai champagne, parce que je veux que ce soit une fête dont on parle longtemps dans le pays.*

Ce sera un peu dur au début de le payer, car je dois verser à la banque dix mille francs par an. Mais pense qu'il porte cent brasses carrées de toile et qu'il filera ses dix nœuds. Il y a gros à gagner en transportant les oignons en Angleterre. C'est te dire qu'on ne tardera pas à se marier. J'ai déjà trouvé du fret pour le premier voyage mais on essaie de me refaire parce que je suis nouveau.

Ta patronne pourrait bien te donner deux jours de congé pour le baptême car tout le monde sera saoul et tu ne pourras pas rentrer à Concarneau. Il a déjà fallu que je paie des tournées dans les cafés à cause du bateau qui est déjà dans le port et qui a un pavillon tout neuf.

Je me ferai photographier dessus et je t'enverrai la photo. Je t'embrasse comme je t'aime en attendant que tu sois la femme chérie de ton

Léon

Maigret glissa la lettre dans sa poche, en regardant d'un air rêveur le linge qui séchait de l'autre côté de l'impasse. Il n'y avait plus rien dans la boîte aux coquillages, sinon un porte-plume en os découpé où l'on voyait, dans une lentille de verre, la crypte de Notre-Dame de Lourdes.

— Il y a quelqu'un dans la chambre qu'occupait habituellement le docteur ? questionna-t-il.

— Je ne le pense pas. Les journalistes sont installés au second...

Le commissaire fouilla encore la pièce, par acquit de conscience, mais ne trouva rien d'intéressant. Un peu plus tard, il était au premier étage, poussait la porte de la chambre 3, celle dont le balcon domine le port et la rade.

Le lit était fait, le plancher ciré. Il y avait des serviettes propres sur le broc.

L'inspecteur suivait des yeux son chef avec une curiosité mêlée de scepticisme. Maigret, d'autre part, sifflotait en regardant autour de lui, avisait une petite table de chêne posée devant la fenêtre et ornée d'un sous-main réclame et d'un cendrier.

Dans le sous-main, il y avait du papier blanc à entête de l'hôtel et une enveloppe bleue portant les mêmes mentions. Mais il y avait aussi deux grandes feuilles de papier buvard, l'une presque noire d'encre, l'autre à peine tachetée de caractères incomplets.

— Allez me chercher un miroir, vieux !

— Un grand ?

— Peu importe ! Un miroir que je puisse poser sur la table.

Quand l'inspecteur revint, il trouva Maigret campé sur le balcon, les doigts passés dans les entournures du gilet, fumant sa pipe avec une satisfaction évidente.

— Celui-ci conviendra ?...

La fenêtre fut refermée. Maigret posa le miroir debout sur la table et, à l'aide de deux chandeliers qu'il prit sur la cheminée, il dressa vis-à-vis la feuille de papier buvard.

Les caractères reflétés dans la glace étaient loin d'être d'une lecture facile. Des lettres, des mots entiers manquaient. Il fallait en deviner d'autres, trop déformés.

— J'ai compris ! dit Leroy d'un air malin.

— Bon ! alors, allez demander au patron un carnet de comptes d'Emma... ou n'importe quoi écrit par elle...

Il transcrivit des mots, au crayon, sur une feuille de papier.

... te voir... heures... inhabitée... absolument...

Quand l'inspecteur revint, le commissaire, remplissant les vides avec approximation, reconstituait le billet suivant :

J'ai besoin de te voir. Viens demain à onze heures dans la maison inhabitée qui se trouve sur la place, un peu plus loin que l'hôtel. Je compte absolument sur toi. Tu n'auras qu'à frapper et je t'ouvrirai la porte.

— Voici le carnet de la blanchisseuse, qu'Emma tenait à jour ! annonça Leroy.

— Je n'en ai plus besoin... La lettre est signée... Regardez ici... *mma*... Autrement dit : *Emma*... Et la lettre a été écrite dans cette chambre !...

— Où la fille de salle retrouvait le docteur ? s'effara l'inspecteur.

Maigret comprit sa répugnance à admettre cette hypothèse, surtout après la scène à laquelle, couchés sur la corniche, ils avaient assisté la veille.

— Dans ce cas, ce serait elle qui... ?

— Doucement ! Doucement, petit ! Pas de conclusions hâtives ! Et surtout pas de déductions !... À quelle heure arrive le train qui doit nous amener Jean Goyard ?...

— Onze heures trente-deux...

— Voici ce que vous allez faire, vieux !... Vous direz d'abord aux deux collègues qui l'accompagnent de me conduire le bonhomme à la gendarmerie... Il y arrivera donc vers midi... Vous téléphonerez au maire que je serais heureux de le voir à la même heure, au même endroit... Attendez !... Même message pour Mme Michoux, que vous toucherez téléphoniquement à sa villa... Enfin, il est probable que d'un moment à l'autre les policiers ou les gendarmes vous amèneront Emma et son amant... Même destination,

même heure !... Est-ce que je n'oublie personne ?...
Bon ! une recommandation !... Qu'Emma ne soit pas
interrogée en mon absence... Empêchez-la même de
parler...

— Le douanier ?...

— Je n'en ai pas besoin.

— M. Mostaguen...

— Heu !... Non !... C'est tout !...

Dans le café, Maigret commanda un marc du pays,
qu'il dégusta avec un visible plaisir tout en lançant
aux journalistes :

— Cela se tire, messieurs !... Ce soir, vous pour-
rez regagner Paris...

Sa promenade à travers les rues tortueuses de la
vieille ville accrut sa bonne humeur. Et, quand il
arriva devant la porte de la gendarmerie, surmontée
du clair drapeau français, il nota que l'atmosphère, par
la magie du soleil, des trois couleurs, du mur ruisselant de lumière, avait une allégresse de 14 Juillet.

Un vieux gendarme assis sur une chaise, de l'autre
côté de la poterne, lisait un journal amusant. La cour,
avec tous ses petits pavés séparés par des traits de
mousse verte, avait la sérénité d'une cour de couvent.

— Le brigadier ?...

— Ils sont tous en route, le lieutenant, le brigadier
et la plupart des hommes, à la recherche du vagabond que vous savez...

— Le docteur n'a pas bougé ?...

L'homme sourit en regardant la fenêtre grillagée
du cachot, à droite.

— Il n'y a pas de danger !

— Ouvrez-moi la porte, voulez-vous ?

Et, dès que les verrous furent tirés, il lança d'une voix joyeuse, cordiale :

— Bonjour, docteur !... Vous avez bien dormi, au moins ?...

Mais il ne vit qu'un pâle visage en lame de couteau qui, sur le lit de camp, émergeait d'une couverture grise. Les prunelles étaient fiévreuses, profondément enfoncées dans les orbites.

— Alors quoi ? Ça ne va pas ?...

— Très mal... articula Michoux en se soulevant sur sa couche avec un soupir. C'est mon rein...

— On vous donne tout ce dont vous avez besoin, j'espère ?

— Oui... Vous êtes bien aimable...

Il s'était couché tout habillé. Il sortit les jambes de la couverture, s'assit, se passa la main sur le front. Et Maigret, au même moment, enfourchait une chaise, s'accoudait au dossier, éclatant de santé, d'entrain.

— Dites donc ! je vois que vous avez commandé du bourgogne !...

— C'est ma mère qui me l'a apporté hier... J'aurais autant aimé éviter cette visite... Elle a dû avoir vent de quelque chose, à Paris... Elle est rentrée...

Le cerne des paupières rongeait la moitié des joues non rasées, qui semblaient plus creuses. Et l'absence de cravate comme le complet fripé accroissaient l'impression de détresse qui se dégageait du personnage.

Il s'interrompait de parler pour toussoter. Il cracha même ostensiblement dans son mouchoir qu'il

regarda en homme qui craint la tuberculose et qui
s'observe avec anxiété.

— Vous avez du nouveau ? questionna-t-il avec
lassitude.

— Les gendarmes ont dû vous parler du drame de
cette nuit ?

— Non… Qu'est-ce que… ? Qui a été… ?

Il s'était collé au mur comme s'il eût craint d'être
assailli.

— Bah ! Un passant, qui a reçu une balle dans la
jambe…

— Et on tient le… le meurtrier ?… Je n'en peux
plus, commissaire !… Avouez qu'il y a de quoi
devenir fou… Encore un client du *Café de l'Amiral*,
n'est-ce pas ?… C'est nous que l'on vise !… Et je me
creuse en vain la tête pour deviner pourquoi… Oui,
pourquoi ?… Mostaguen !… Le Pommeret !…
Goyard !… Et le poison qui nous était destiné à
tous !… Vous verrez qu'ils finiront par m'atteindre
malgré tout, ici même !… Mais pourquoi, dites ?…

Il n'était plus pâle. Il était livide. Et il faisait mal à
voir tant il illustrait l'idée de panique dans ce qu'elle
a de plus pitoyable, de plus affreux.

— Je n'ose pas dormir… Cette fenêtre, tenez !…
Il y a des barreaux… Mais il est possible de tirer à
travers… La nuit !… Un gendarme, ça peut
s'endormir, ou penser à autre chose… Je ne suis pas
né pour une vie pareille, moi !… Hier, j'ai bu toute
cette bouteille, avec l'espoir de dormir… Et je n'ai
pas fermé l'œil !… J'ai été malade !… Si seulement
on était parvenu à abattre ce vagabond, avec son
chien jaune…

» Est-ce qu'on l'a revu, le chien ?... Est-ce qu'il rôde toujours autour du café ?... Je ne comprends pas qu'on ne lui ait pas envoyé une balle dans la peau... À lui et à son maître !...

— Son maître a quitté Concarneau cette nuit...

— Ah !...

Le docteur semblait avoir peine à y croire.

— Tout de suite après... après son nouveau crime ?...

— Avant !...

— Mais alors ?... Ce n'est pas possible !... Il faut croire que...

— C'est cela ! Je le disais au maire, cette nuit... Un drôle de bonhomme, entre nous, le maire... Qu'est-ce que vous en pensez, vous ?...

— Moi ?... Je ne sais pas... Je...

— Enfin, il vous a vendu les terrains du lotissement... Vous êtes en rapport avec lui... Vous étiez ce qu'on appelle des amis...

— Nous avions surtout des relations d'affaires et de bon voisinage... À la campagne...

Maigret nota que la voix se raffermissait, qu'il y avait moins de flou dans le regard du docteur.

— Qu'est-ce que vous lui disiez ?...

Maigret tira son carnet de sa poche.

— Je lui disais que la série de crimes, ou si vous préférez de tentatives de meurtre, n'avait pu être commise par aucune des personnes actuellement connues de nous... Je ne vais pas reprendre les drames un par un... Je résume... Je parle objectivement, n'est-ce pas ? en technicien ?... Eh bien ! il est certain que vous n'avez pas pu matériellement tirer cette nuit sur le douanier, ce qui pourrait suffire à

vous mettre hors de cause... Le Pommeret n'a pas pu
tirer non plus, puisqu'on l'enterre demain matin...
Ni Goyard, qui vient d'être retrouvé à Paris !... Et ils
ne pouvaient, ni l'un ni l'autre, se trouver le vendredi
soir derrière la boîte aux lettres de la maison vide...
Emma non plus...

— Mais le vagabond au chien jaune ?

— J'y ai pensé ! Non seulement ce n'est pas lui
qui a empoisonné Le Pommeret, mais, cette nuit, il
était loin des lieux du drame quand celui-ci s'est produit... C'est pourquoi j'ai parlé au maire d'une personne inconnue, un Ixe mystérieux qui, lui, pourrait
avoir commis tous ces crimes... À moins...

— À moins ?...

— À moins qu'il ne s'agisse pas d'une série !... Au
lieu d'une sorte d'offensive unilatérale, supposez un
vrai combat, entre deux groupes, ou entre deux
individus...

— Mais alors, commissaire, qu'est-ce que je
deviens, moi ?... S'il y a des ennemis inconnus qui
rôdent... je...

Et son visage se ternissait à nouveau. Il se prit la
tête à deux mains.

— Quand je pense que je suis malade, que les
médecins me recommandent le calme le plus
absolu !... Oh ! il n'y aura pas besoin d'une balle ni
de poison pour m'avoir... Vous verrez que mon rein
fera le nécessaire...

— Qu'est-ce que vous pensez du maire ?...

— Je ne sais pas ! Je ne sais rien !... Il est d'une
famille très riche... Jeune homme, il a mené la
grande vie à Paris... Il a eu son écurie de courses...
Puis il s'est rangé... Il a sauvé une partie de sa

fortune et il est venu s'installer ici, dans la maison de son grand-père, qui était, lui aussi, maire de Concarneau... Il m'a vendu les terres qui ne lui servaient pas... Je crois qu'il voudrait être nommé conseiller général, pour finir au Sénat...

Le docteur s'était levé et on eût juré qu'en quelques jours il avait maigri de dix kilos. Il se fût mis à pleurer d'énervement qu'on ne s'en serait pas étonné.

— Qu'est-ce que vous voulez y comprendre ?... Et ce Goyard qui est à Paris quand on croit... Qu'est-ce qu'il peut bien faire là ?... Et pourquoi ?...

— Nous ne tarderons pas à le savoir, car il va arriver à Concarneau... Il est même arrivé à l'heure qu'il est...

— On l'a arrêté ?...

— On l'a prié de suivre deux messieurs jusqu'ici... Ce n'est pas la même chose...

— Qu'est-ce qu'il a dit ?...

— Rien ! Il est vrai qu'on ne lui a rien demandé !

Alors, soudain, le docteur regarda le commissaire en face. Le sang lui monta d'un seul coup aux pommettes.

— Qu'est-ce que cela veut dire ?... Moi, j'ai l'impression que quelqu'un devient fou !... Vous venez me parler du maire, de Goyard... Et je sens, vous entendez, je sens que d'un moment à l'autre c'est moi qui serai tué... Malgré ces barreaux qui n'empêcheront rien !... Malgré ce gros imbécile de gendarme qui est de garde dans la cour !... Et je ne veux pas mourir !... Je ne veux pas !... Qu'on me donne seulement un revolver pour me défendre !... Ou alors, qu'on enferme ceux qui en veulent à ma vie, ceux qui ont tué Le Pommeret, qui ont empoisonné la bouteille...

Il pantelait des pieds à la tête.

— Je ne suis pas un héros, moi ! Mon métier n'est pas de braver la mort !... Je suis un homme !... Je suis un malade !... Et j'ai bien assez, pour vivre, de lutter contre la maladie... Vous parlez ! Vous parlez !... Mais qu'est-ce que vous faites ?...

Rageur, il se frappa le front contre le mur.

— Tout ceci ressemble à une conspiration... À moins qu'on veuille me rendre fou... Oui ! on veut m'interner !... Qui sait ?... N'est-ce pas ma mère qui en a assez ?... Parce que j'ai toujours gardé jalousement la part qui me revient dans l'héritage de mon père... Mais je ne me laisserai pas faire...

Maigret n'avait pas bougé. Il était toujours là, au milieu de la cellule blanche dont un mur était inondé de soleil, les coudes sur le dossier de sa chaise, la pipe aux dents.

Le docteur allait et venait, en proie à une agitation qui confinait au délire.

Or, soudain, on entendit dans la pièce une voix joyeuse, à peine ironique, qui modulait à la façon des enfants :

— Coucou !...

Ernest Michoux sursauta, regarda les quatre coins de la cellule avant de fixer Maigret. Et alors il aperçut le visage du commissaire, qui avait tiré sa pipe de sa bouche et qui rigolait en lui lançant une œillade.

Ce fut comme l'effet d'un déclic. Michoux s'immobilisa, tout mou, tout falot, eut l'air de fondre jusqu'à en devenir une silhouette irréelle d'inconsistance.

— C'est vous qui... ?

On eût pu croire que la voix venait d'ailleurs, comme celle d'un ventriloque qui fait jaillir les mots du plafond ou d'un vase de porcelaine.

Les yeux de Maigret riaient toujours tandis qu'il se levait et prononçait avec une gravité encourageante, qui contrastait avec l'expression de sa physionomie :

— Remettez-vous, docteur !... J'entends des pas dans la cour... Dans quelques instants, l'assassin sera certainement entre ces quatre murs...

Ce fut le maire que le gendarme introduisit le premier. Mais il y avait d'autres bruits de pas dans la cour.

10

La Belle Emma

— Vous m'avez prié de venir, commissaire ?...

Maigret n'avait pas eu le temps de répondre qu'on voyait entrer dans la cour deux inspecteurs qui encadraient Jean Goyard, tandis qu'on devinait dans la rue, des deux côtés de la poterne, une foule agitée.

Le journaliste paraissait plus petit, plus grassouillet, entre ses gardes du corps. Il avait rabattu son chapeau mou sur ses yeux et, par crainte des photographes, sans doute, il tenait un mouchoir devant le bas de son visage.

— Par ici ! dit Maigret aux inspecteurs. Vous pourriez peut-être aller nous chercher des chaises, car j'entends une voix féminine...

Une voix aiguë, qui disait :

— Où est-il ?... Je veux le voir immédiatement !... Et je vous ferai casser, inspecteur... Vous entendez ?... Je vous ferai casser...

C'était Mme Michoux, en robe mauve, avec tous ses bijoux, de la poudre et du rouge, qui haletait d'indignation.

— Ah ! vous êtes ici, cher ami... minauda-t-elle devant le maire. Imagine-t-on une histoire pareille ?...

Ce petit monsieur arrive chez moi alors que je ne suis même pas habillée... Ma domestique est en congé... Je lui dis à travers la porte que je ne puis pas le recevoir et il insiste, il exige, il attend pendant que je fais ma toilette en prétendant qu'il a ordre de m'amener ici... C'est tout bonnement inouï !... Quand je pense que mon mari était député, qu'il a presque été président du Conseil et que ce... ce galapiat... oui, galapiat !...

Elle était trop indignée pour se rendre compte de la situation. Mais soudain elle vit Goyard qui détournait la tête, son fils assis au bord de la couchette, la tête entre les mains. Une auto entrait dans la cour ensoleillée. Des uniformes de gendarmes chatoyaient. Et de la foule, maintenant, partait une clameur.

— Qu'est-ce que... qu'est-ce que vous... ?

On dut fermer la porte cochère pour empêcher le public de pénétrer de force dans la cour. Car la première personne que l'on tira littéralement de l'auto n'était autre que le vagabond. Non seulement il avait des menottes aux mains, mais encore on lui avait entravé les chevilles à l'aide d'une corde solide, si bien qu'il fallut le transporter comme un colis.

Derrière lui, Emma descendait, libre de ses mouvements, aussi ahurie que dans un rêve.

— Libérez-lui les jambes !

Les gendarmes étaient fiers, encore émus de leur capture. Celle-ci n'avait pas dû être facile, à en juger par les uniformes en désordre et surtout par le visage du prisonnier, qui était complètement maculé du sang qui coulait encore de sa lèvre fendue.

Mme Michoux poussa un cri d'effroi, recula jusqu'au mur, comme à la vue d'une chose répugnante, tandis que l'homme se laissait délivrer sans mot dire, que sa tête se levait, qu'il regardait lentement, lentement, autour de lui.

— Tranquille, hein, Léon !... gronda Maigret.

L'autre tressaillit, chercha à savoir qui avait parlé.

— Qu'on lui donne une chaise et un mouchoir...

Il remarqua que Goyard s'était glissé tout au fond de la cellule, derrière Mme Michoux, et que le docteur grelottait, sans regarder personne. Le lieutenant de gendarmerie, embarrassé par cette réunion insolite, se demandait quel rôle il avait à jouer.

— Qu'on ferme la porte !... Que chacun veuille prendre la peine de s'asseoir... Votre brigadier est capable de nous servir de greffier, lieutenant ?... Très bien ! Qu'il s'installe à cette petite table... Je vous demande de vous asseoir aussi, monsieur le maire...

La foule, dehors, ne criait plus, et pourtant on la sentait là, on devinait dans la rue une vie compacte, une attente passionnée.

Maigret bourra une pipe, en marchant de long en large, se tourna vers l'inspecteur Leroy.

— Vous devriez téléphoner avant tout au syndic des gens de mer, à Quimper, pour lui demander ce qui est arrivé, voilà quatre ou cinq ans, peut-être six, à un bateau appelé *La Belle Emma*...

Comme l'inspecteur se dirigeait vers la porte, le maire toussa, fit signe qu'il voulait parler.

— Je puis vous l'apprendre, commissaire... C'est une histoire que tout le monde connaît dans le pays...

— Parlez...

Le vagabond remua dans son coin, à la façon d'un chien hargneux. Emma ne le quittait pas des yeux, se

tenait assise sur l'extrême bord de sa chaise. Le
hasard l'avait placée à côté de Mme Michoux, dont
le parfum commençait à envahir l'atmosphère, une
odeur sucrée de violette.

— Je n'ai pas vu le bateau, disait le maire avec
aisance, avec peut-être un rien de pose. Il appartenait à
un certain Le Glen, ou Le Glerec, qui passait pour un
excellent marin mais pour une tête chaude... Comme
tous les caboteurs du pays, *La Belle Emma* transportait
surtout des primeurs en Angleterre... Un beau jour,
on a parlé d'une plus longue campagne... Pendant
deux mois, on n'a pas eu de nouvelles... On a appris
enfin que *La Belle Emma* avait été arraisonnée en arrivant dans un petit port près de New York, l'équipage
conduit en prison et la cargaison de cocaïne saisie...
Le bateau aussi, bien entendu... C'était l'époque où la
plupart des bateaux de commerce, surtout ceux qui
transportaient le sel à Terre-Neuve, se livraient à la
contrebande de l'alcool...

— Je vous remercie... Bougez pas, Léon...
Répondez-moi de votre place... Et surtout, répondez
exactement à mes questions, *sans plus* !... Vous
entendez ?... D'abord, où vous a-t-on arrêté tout à
l'heure ?...

Le vagabond essuya le sang qui maculait son
menton, prononça d'une voix rauque :

— À Rosporden... dans un entrepôt du chemin de
fer où nous attendions la nuit pour nous glisser dans
n'importe quel train...

— Combien d'argent aviez-vous en poche ?...

Ce fut le lieutenant qui répliqua :

— Onze francs et de la menue monnaie...

Maigret regarda Emma, qui avait des larmes fluides sur les joues, puis la brute repliée sur elle-même. Il sentit que le docteur, bien qu'immobile, était en proie à une agitation intense et il fit signe à un des policiers d'aller se placer près de lui pour parer à toute éventualité.

Le brigadier écrivait. La plume grattait le papier avec un bruit métallique.

— Racontez-nous exactement dans quelles conditions s'est fait ce chargement de cocaïne, Le Guérec…

L'homme leva les yeux. Son regard, braqué sur le docteur, se durcit. Et, la bouche hargneuse, ses gros poings serrés, il grommela :

— La banque m'avait prêté de l'argent pour faire construire mon bateau…

— Je sais ! Ensuite…

— Il y a eu une mauvaise année… Le franc remontait… L'Angleterre achetait moins de fruits… Je me demandais comment j'allais payer les intérêts… J'attendais, pour me marier avec Emma, d'avoir remboursé le plus gros… C'est alors qu'un journaliste, que je connaissais parce qu'il était souvent à fureter dans le port, est venu me trouver…

À la stupéfaction générale, Ernest Michoux découvrit son visage, qui était pâle, mais infiniment plus calme qu'on ne le supposait. Et il tira un carnet, un crayon de sa poche, écrivit quelques mots.

— C'est Jean Servières qui vous a proposé un chargement de cocaïne ?

— Pas tout de suite ! Il m'a parlé d'une affaire. Il m'a donné rendez-vous dans un café de Brest où il se trouvait avec deux autres…

— Le docteur Michoux et M. Le Pommeret ?

— C'est cela !

Michoux prenait de nouvelles notes et son visage avait une expression dédaigneuse. Il alla même à un certain moment jusqu'à esquisser un sourire ironique.

— Lequel des trois vous a mis le marché en main ?

Le docteur attendit, crayon levé.

— Aucun des trois... Ou plutôt ils ne m'ont parlé que de la grosse somme à gagner en un mois ou deux... Un Américain est arrivé une heure après... Je n'ai jamais su son nom... Je ne l'ai vu que deux fois... Sûrement un homme qui connaît la mer, car il m'a demandé les caractéristiques de mon bateau, le nombre d'hommes qu'il me faudrait à bord et le temps nécessaire à poser un moteur auxiliaire... Je croyais qu'il s'agissait de contrebande de l'alcool... Tout le monde en faisait, même des officiers de paquebots... La semaine suivante, des ouvriers venaient installer un moteur semi-diesel sur *La Belle Emma*...

Il parlait lentement, le regard fixe, et c'était impressionnant de voir remuer ses gros doigts, plus éloquents, dans leurs gestes lents comme des spasmes, que son visage.

— On m'a remis une carte anglaise donnant tous les vents de l'Atlantique et la route des voiliers, car je n'avais jamais fait la traversée... Je n'ai pris que deux hommes avec moi, par prudence, et je n'ai parlé de l'affaire à personne, sauf à Emma, qui était sur la jetée la nuit du départ... Les trois hommes étaient là aussi, près d'une auto qui avait éteint ses feux... Le chargement avait eu lieu l'après-midi... Et, à ce moment-là, j'ai eu le trac... Pas tant à cause de la

contrebande !... Je ne suis guère allé à l'école... Tant
que je peux me servir du compas et de la sonde, ça
va... Je ne crains personne... Mais là-bas, au large...
Un vieux capitaine avait essayé de m'apprendre à
manier le sextant pour faire le point... J'avais acheté
une table de logarithmes et tout ce qu'il faut... Mais
j'étais sûr de m'embrouiller dans les calculs... Seulement, si je réussissais, le bateau était payé et il me
restait quelque chose comme vingt mille francs en
poche... Il ventait furieusement, cette nuit-là... On a
perdu de vue l'auto et les trois hommes... Puis
Emma, dont la silhouette se découpait en noir au
bout de la jetée... Deux mois en mer...

Michoux prenait toujours des notes, mais évitait de
regarder l'homme qui parlait.

— J'avais des instructions pour le débarque-
ment... On arrive enfin Dieu sait comment dans le
petit port désigné... On n'a pas encore lancé les
amarres à terre que trois vedettes de la police, avec
des mitrailleuses et des hommes armés de fusils, nous
entourent, sautent sur le pont, nous mettent en joue
en nous criant quelque chose en anglais et nous donnent des coups de crosse jusqu'à ce que nous mettions haut les mains...

» Nous n'y avons vu que du feu, tellement ça a été
vite fait... Je ne sais pas qui a conduit mon bateau à
quai, ni comment nous avons été fourrés dans un
camion automobile. Une heure plus tard, nous étions
chacun enfermés dans une cage de fer, à la prison de
Sing-Sing...

» On en était malades... Personne ne parlait le
français... Des prisonniers nous lançaient des plaisanteries et des injures...

» Là-bas, ces sortes de choses vont vite… Le lendemain, nous passions devant une sorte de tribunal et l'avocat qui, paraît-il, nous défendait ne nous avait même pas adressé la parole !…

» C'est après, seulement, qu'il m'a annoncé que j'étais condamné à deux ans de travaux forcés et à cent mille dollars d'amende, que mon bateau était confisqué, et tout… Je ne comprenais pas… Cent mille dollars !… Je jurai que je n'avais pas d'argent… Dans ce cas, c'était je ne sais combien d'années de prison en plus…

» Je suis resté à Sing-Sing… Mes matelots ont dû être conduits dans une autre prison, car je ne les ai jamais revus… On m'a tondu… On m'a emmené sur la route pour casser des pierres… Un chapelain a voulu m'enseigner la Bible…

» Vous ne pouvez pas savoir… Il y avait des prisonniers riches qui allaient se promener en ville presque tous les soirs… Et les autres leur servaient de domestiques !…

» Peu importe… Ce n'est qu'après un an que j'ai rencontré, un jour, l'Américain de Brest, qui venait visiter un détenu… Je l'ai reconnu… Je l'ai appelé… Il a mis quelque temps à se souvenir, puis il a éclaté de rire et il m'a fait conduire au parloir…

» Il était très cordial… Il me traitait en vieux camarade… Il m'a dit qu'il avait toujours été agent de la prohibition… Il travaillait surtout à l'étranger, en Angleterre, en France, en Allemagne, d'où il envoyait à la police américaine des renseignements sur les convois en partance…

» Mais, en même temps, il lui arrivait de trafiquer pour son compte… C'était le cas pour cette affaire de

cocaïne, qui devait rapporter des millions, car il y en
avait dix tonnes à bord, à je ne sais combien de
francs le gramme. Il s'était donc abouché avec des
Français qui devaient fournir le bateau et une partie
des fonds... C'étaient mes trois hommes... Et, naturellement, les bénéfices étaient à partager entre eux
quatre...

» Mais attendez !... Car c'est le plus beau qu'il me
reste à dire... Le jour même où l'on procédait au
chargement, à Quimper, l'Américain reçoit un avis de
son pays... Il y a un nouveau chef de la prohibition... La surveillance est renforcée... Les acheteurs
des États-Unis hésitent et, de ce fait, la marchandise
risque de ne pas trouver preneur...

» Par contre, un nouvel arrêté promet à tout homme
qui fera saisir de la marchandise prohibée une prime
s'élevant au tiers de la valeur de cette marchandise...

» C'est dans ma prison qu'on me raconte cela !...
J'apprends que, tandis que je larguais mes amarres,
anxieux, et que je me demandais si nous arriverions
vivants sur l'autre bord de l'Atlantique, mes trois
hommes discutaient avec l'Américain, sur le quai
même...

» Risquer le tout pour le tout ?... C'est le docteur,
je le sais, qui a insisté en faveur de la dénonciation...
Du moins, de la sorte, était-ce un tiers du capital
récupéré à coup sûr, sans risque de complications...

» Sans compter que l'Américain s'arrangeait avec un
collègue pour mettre à gauche une partie de la cocaïne
saisie. Des combines incroyables, je le sais !...

» *La Belle Emma* glissait sur l'eau noire du port...
Je regardais une dernière fois ma fiancée, sûr de venir
l'épouser quelques mois plus tard...

» Et ils savaient, eux qui nous regardaient partir, que nous serions cueillis à notre arrivée !... Ils comptaient même que nous nous défendrions, que nous serions sans doute tués dans la lutte, comme cela arrivait tous les jours à cette époque-là dans les eaux américaines...

» Ils savaient que mon bateau serait confisqué, qu'il n'était pas entièrement payé, que je n'avais rien d'autre au monde !...

» Ils savaient que je ne rêvais que de me marier... Et ils nous regardaient partir !...

» C'est cela qu'on m'avouait, à Sing-Sing, où j'étais devenu une brute parmi d'autres brutes... On me donnait des preuves... Mon interlocuteur riait, s'écriait en se tapant les cuisses :

» — De jolies canailles, ces trois-là !...

Il y eut un silence brusque, absolu. Et, dans ce silence, on eut la stupeur d'entendre le crayon de Michoux glisser sur une page blanche qu'il venait de tourner.

Maigret regarda – en comprenant – les initiales SS tatouées sur la main du colosse : Sing-Sing !

— Je crois que j'en avais bien pour dix ans encore... Dans ce pays-là, on ne sait jamais... La moindre faute contre le règlement, et la peine s'allonge, en même temps que pleuvent les coups de matraque... J'en ai reçu des centaines... Et des coups de mes compagnons !... Et c'est mon Américain qui a fait des démarches en ma faveur... Je crois qu'il était dégoûté par la lâcheté de ceux qu'il appelait mes amis... Je n'avais pour compagnon qu'un chien... Une bête que j'avais élevée à bord, qui m'avait sauvé de la noyade et que là-bas, malgré toute leur discipline, on avait laissée vivre dans la prison... Car ils n'ont pas les mêmes idées que nous sur ces sortes de choses... Un enfer !... N'empêche qu'on vous joue de la musique le dimanche, quitte à vous rosser ensuite jusqu'au sang... À la fin, je ne savais même plus si j'étais encore un homme... J'ai sangloté cent fois, mille fois...

» Et quand, un matin, on m'a ouvert la porte, en me donnant un coup de crosse dans les reins pour me renvoyer à la vie civilisée, je me suis évanoui, bêtement, sur le trottoir... Je ne savais plus vivre... Je n'avais plus rien...

» Si ! une chose...

Sa lèvre fendue saignait. Il oubliait d'éponger le sang. Mme Michoux se cachait le visage de son mouchoir de dentelle dont l'odeur tournait le cœur. Et Maigret fumait tranquillement, sans quitter des yeux le docteur qui écrivait toujours.

— La volonté de faire subir le même sort à ceux qui étaient cause de toute cette débâcle !... Pas les tuer ! Non !... Ce n'est rien de mourir !... À Sing-Sing, j'ai essayé vingt fois, sans y parvenir... J'ai refusé de manger et on m'a nourri artificiellement... *Leur faire connaître la prison !* J'aurais voulu que ce fût en Amérique... Mais c'était impossible...

» J'ai traîné dans Brooklyn, où j'ai fait tous les métiers en attendant de pouvoir payer mon passage à bord d'un bateau... J'ai même payé pour mon chien...

» Je n'avais jamais eu de nouvelles d'Emma... Je n'ai pas mis les pieds à Quimper, où on aurait pu me reconnaître, malgré ma sale gueule...

» Ici, j'ai appris qu'elle était fille de salle, et à l'occasion la maîtresse de Michoux... Peut-être des autres aussi ?... Une fille de salle, n'est-ce pas ?...

» Ce n'était pas facile d'envoyer mes trois saligauds en prison... Et j'y tenais !... Je n'avais plus que ce désir-là !... J'ai vécu avec mon chien à bord d'une barque échouée, puis dans l'ancien poste de veille, à la pointe du Cabélou...

» J'ai commencé à me montrer à Michoux... Rien que me montrer !... Montrer ma vilaine figure, ma silhouette de brute !... Vous comprenez ?... Je voulais lui faire peur... Je voulais provoquer chez lui une frousse capable de le pousser à tirer sur moi !... J'y serais peut-être resté... Mais après ?... Le bagne, c'était pour lui !... Les coups de pied !... Les coups de crosse !... Les compagnons répugnants, plus forts que vous, qui vous obligent à les servir... Je rôdais autour de sa villa... Je me mettais sur son chemin... Trois jours !... quatre jours !... Il m'avait reconnu... Il sortait moins... Et pourtant, ici, pendant tout ce temps, la vie n'avait pas changé. Ils buvaient des apéritifs, tous les trois !... Les gens les saluaient !... Je volais de quoi manger aux étalages... Je voulais que ça aille vite...

Une voix mate s'éleva :

— Pardon, commissaire ! Cet interrogatoire, sans la présence d'un juge d'instruction, a-t-il une valeur légale ?

C'était Michoux !... Michoux blanc comme un drap, les traits tirés, les narines pincées, les lèvres décolorées. Mais Michoux qui parlait avec une netteté presque menaçante !

Un coup d'œil de Maigret ordonna à un agent de se placer entre le docteur et le vagabond. Il était temps ! Léon Le Guérec se levait lentement, attiré par cette voix, les poings serrés, lourds comme des massues.

— Assis !… Asseyez-vous, Léon !…

Et tandis que la brute obéissait, la respiration rauque, le commissaire prononçait en secouant la cendre de sa pipe :

— C'est à moi de parler !…

11

La peur

Sa voix basse, son débit rapide contrastèrent avec le discours passionné du marin qui le regardait de travers.

— Un mot d'abord sur Emma, messieurs... Elle apprend que son fiancé a été arrêté... Elle ne reçoit plus rien de lui... Un jour, pour une cause futile, elle perd sa place et devient fille de salle à l'*Hôtel de l'Amiral*... C'est une pauvre fille, qui n'a aucune attache... Des hommes lui font la cour comme de riches clients font la cour à une servante... Deux ans, trois ans ont passé... Elle ignore que Michoux est coupable... Elle le rejoint, un soir, dans sa chambre... Et le temps passe toujours, la vie coule... Michoux a d'autres maîtresses... De temps en temps, la fantaisie lui prend de coucher à l'hôtel... Ou bien, quand sa mère est absente, il fait venir Emma chez lui... Des amours ternes, sans amour... Et la vie d'Emma est terne... Elle n'est pas une héroïne... Elle garde dans une boîte de coquillages une lettre, une photo, mais ce n'est qu'un vieux rêve qui pâlit chaque jour davantage...

» Elle ne sait pas que Léon vient de revenir...

» Elle n'a pas reconnu le chien jaune qui rôde autour d'elle et qui avait quatre mois quand le bateau est parti...

» Une nuit, Michoux lui dicte une lettre, sans lui dire à qui elle est destinée... Il s'agit de donner rendez-vous à quelqu'un dans une maison inhabitée, à onze heures du soir...

» Elle écrit... Une fille de salle !... Vous comprenez ?... Léon Le Guérec ne s'est pas trompé... Michoux a peur !... Il sent sa vie en danger... Il veut supprimer l'ennemi qui rôde...

» Mais c'est un lâche !... Il a éprouvé le besoin de me le crier lui-même !... Il se cachera derrière une porte, dans un corridor, après avoir fait parvenir la lettre à sa victime en l'attachant par une ficelle au cou du chien...

» Est-ce que Léon se méfiera ?... Est-ce qu'il ne voudra pas revoir malgré tout son ancienne fiancée ?... Au moment où il frappera à la porte, il suffira de tirer à travers la boîte aux lettres, de fuir par la ruelle... Et le crime restera d'autant plus un mystère que nul ne reconnaîtra la victime !...

» Mais Léon se méfie... Il rôde peut-être sur la place... Peut-être va-t-il se décider à aller quand même au rendez-vous ?... Le hasard veut que M. Mostaguen sorte à cet instant du café, légèrement pris de boisson, qu'il s'arrête sur le seuil pour allumer son cigare... Son équilibre est instable... Il heurte la porte... C'est le signal... Une balle l'atteint en plein ventre...

» Voilà la première affaire... Michoux a raté son coup... Il est rentré chez lui... Goyard et Le Pommeret, qui sont au courant et qui ont le même intérêt à la disparition de celui qui les menace tous les trois, sont terrorisés...

» Emma a compris à quel jeu on l'avait fait jouer... Peut-être a-t-elle aperçu Léon ?... Peut-être son esprit a-t-il travaillé et a-t-elle identifié enfin le chien jaune ?...

» Le lendemain, je suis sur les lieux... Je vois les trois hommes... Je sens leur terreur... *Ils s'attendent à un drame !...* Et je veux savoir d'où ils croient que doit venir le coup... Je tiens à m'assurer que je ne me trompe pas...

» C'est moi qui empoisonne une bouteille d'apéritif, maladroitement... Je suis prêt à intervenir au cas où quelqu'un boirait... Mais non !... Michoux veille !... Michoux se méfie de tout, des gens qui passent, de ce qu'il mange, de ce qu'il boit... Il n'ose même plus quitter l'hôtel !...

Emma s'était figée dans une immobilité telle qu'on n'eût pu trouver image plus saisissante de la stupeur. Et Michoux avait redressé la tête un instant, pour regarder Maigret dans les yeux. Maintenant, il écrivait fiévreusement.

— Voilà le second drame, monsieur le maire ! Et notre trio vit toujours, continue à avoir peur... Goyard est le plus impressionnable des trois, sans doute aussi le moins mauvais bougre... Cette histoire d'empoisonnement l'a mis hors de lui... Il sent qu'il y passera un jour ou l'autre... Il me devine sur la piste... Et il décide de fuir... Fuir sans laisser de traces... Fuir sans qu'on puisse l'accuser d'avoir fui... Il feindra une agression, laissera croire qu'il est mort et que son corps a été jeté dans l'eau du port...

» Auparavant, la curiosité le pousse à fureter chez Michoux, peut-être à la recherche de Léon et pour lui proposer la paix... Il y trouve des traces du passage de la brute. Ces traces, il comprend que je ne vais pas tarder à les découvrir à mon tour.

» Car il est journaliste !... Il sait par surcroît combien les foules sont impressionnables... Il sait que tant que Léon vivra il ne sera en sûreté nulle part... Et il trouve quelque chose de vraiment génial : l'article, écrit de la main gauche et envoyé au *Phare de Brest*...

» On y parle du chien jaune, du vagabond... Chaque phrase est calculée pour semer la terreur à Concarneau... Et, de la sorte, il y a des chances, si des gens aperçoivent l'homme aux grands pieds, que celui-ci reçoive une charge de plomb dans la poitrine...

» Cela a failli arriver !... On a commencé par tirer sur le chien... On aurait tiré de même sur l'homme !... Une population affolée est capable de tout...

» Le dimanche, en effet, la terreur règne en ville... Michoux ne quitte pas l'hôtel... Il est malade de peur... Mais il reste bien décidé à se défendre jusqu'au bout, *par tous les moyens*...

» Je le laisse seul avec Le Pommeret... J'ignore ce qui se passe alors entre eux... Goyard a fui... Le Pommeret, lui, qui appartient à une honorable famille du pays, doit être tenté de faire appel à la police, de tout révéler plutôt que de continuer à vivre ce cauchemar... Que risque-t-il ?... Une amende !... Un peu de prison !... À peine !... Le principal délit a été commis en Amérique...

» Et Michoux, qui le sent faiblir, qui a le meurtre Mostaguen sur la conscience, qui veut en sortir coûte que coûte par ses propres moyens, n'hésite pas à l'empoisonner...

» Emma est là... N'est-ce pas elle qu'on soupçonnera ?...

» Je voudrais vous parler plus longuement de la peur, parce que c'est elle qui est à la base de tout ce drame. Michoux a peur... Michoux veut vaincre sa peur plus encore que son ennemi...

» Il connaît Léon Le Guérec. Il sait que celui-ci ne se laissera pas arrêter sans résistance... Et il compte sur une balle, tirée par les gendarmes ou par quelque habitant effrayé, pour en finir...

» Il ne bouge pas d'ici... J'apporte le chien blessé, mourant... Je veux savoir si le vagabond viendra le chercher et il vient...

» On n'a plus vu la bête depuis et cela me prouve qu'elle est morte...

Ce fut un simple bruit dans la gorge de Léon.

— Oui...

— Vous l'avez enterrée ?...

— Au Cabélou... Il y a une petite croix, faite de deux branches de sapin...

— La police trouve Léon Le Guérec. Il s'enfuit, parce que sa seule idée est de forcer Michoux à l'attaquer... Il l'a dit : *il veut le voir en prison*... Mon devoir est d'empêcher un nouveau drame et c'est pourquoi j'arrête Michoux, tout en lui affirmant que c'est pour le mettre en sûreté... Ce n'est pas un mensonge... Mais, par la même occasion, j'empêche Michoux de commettre d'autres crimes... Il est à bout... Il est capable de tout... Il se sent traqué de toutes parts...

» N'empêche qu'il est encore capable de jouer la comédie, de me parler de sa faiblesse de constitution, de mettre sa frousse sur le compte du mysticisme et d'une vieille prédiction inventée de toutes pièces...

» Ce qu'il lui faut, c'est que la population se décide à abattre son ennemi...

» Il sait qu'il peut être logiquement soupçonné de tout ce qui s'est passé jusque-là... Seul dans cette cellule, il se creuse la tête...

» N'y a-t-il pas un moyen de détourner définitivement les soupçons ?... Qu'un nouveau crime soit commis, alors qu'il est sous les verrous, qu'il a le plus éclatant de tous les alibis ?...

» Sa mère vient le voir... Elle sait tout... Il faut qu'elle ne puisse être soupçonnée, ni rejointe par des poursuivants... Il faut qu'elle le sauve !...

» Elle dînera chez le maire. Elle se fera reconduire à sa villa où la lampe ne s'éteindra pas de la soirée... Elle reviendra en ville à pied... Tout le monde dort ?... Sauf au *Café de l'Amiral* !... Il suffit d'attendre que quelqu'un sorte, de le guetter à un coin de rue...

» Et, pour l'empêcher de courir, c'est à la jambe que l'on visera...

» Ce crime-là, totalement inutile, est la pire des charges contre Michoux, si nous n'en avions déjà d'autres... Le matin, quand j'arrive ici, il est fébrile... Il ne sait pas que Goyard a été arrêté à Paris... Il ignore surtout qu'au moment où le coup de feu a été tiré sur le douanier, j'avais le vagabond sous les yeux...

» Car Léon, poursuivi par la police et la gendarmerie, est resté dans le pâté de maisons... Il a hâte d'en finir... Il ne veut pas s'éloigner de Michoux...

» Il dort dans une chambre de l'immeuble vide... De sa fenêtre, Emma l'aperçoit... Et la voilà qui le rejoint... Elle lui crie qu'elle n'est pas coupable !... Elle se jette, elle se traîne à ses genoux...

» C'est la première fois qu'il la revoit en face, qu'il entend à nouveau le son de sa voix... Elle a été à un autre, à d'autres...

» Mais que n'a-t-il pas vécu, lui ?... Son cœur fond... Il la saisit d'une main brutale, comme pour la broyer, mais ce sont ses lèvres qu'il écrase sous les siennes...

» Il n'est plus l'homme tout seul, l'homme d'un but, d'une idée... Dans ses larmes, elle lui a parlé d'un bonheur possible, d'une vie à recommencer...

» Et ils partent tous les deux, sans un sou, dans la nuit... Ils vont n'importe où !... Ils abandonnent Michoux à ses terreurs...

» Ils vont essayer quelque part d'être heureux...

Maigret bourra sa pipe, lentement, en regardant tour à tour toutes les personnes présentes.

— Vous m'excuserez, monsieur le maire, de ne pas vous avoir tenu au courant de mon enquête... Mais, quand je suis arrivé, j'ai eu la certitude que le drame ne faisait que commencer... Pour en connaître les ficelles, il fallait lui permettre de se développer en évitant autant que possible les dégâts... Le Pommeret est mort, assassiné par son complice... Mais, tel que je l'ai vu, je suis persuadé qu'il se serait tué lui-même le jour de son arrestation... Un douanier a reçu une balle dans la jambe... Dans huit jours il n'y paraîtra plus... Par contre, je puis signer maintenant un mandat d'arrêt contre le docteur Ernest Michoux pour tentative d'assassinat et blessures sur la personne de M. Mostaguen et pour empoisonnement volontaire de son ami Le Pommeret. Voici un autre mandat contre Mme Michoux pour agression nocturne... Quant à Jean Goyard, dit Servières, je crois qu'il ne peut guère être poursuivi que pour outrage à la magistrature, par le fait de la comédie qu'il a jouée...

Ce fut le seul incident comique. Un soupir ! Un soupir heureux, aérien, poussé par le journaliste grassouillet. Et il eut le culot de balbutier :

— Je suppose, dans ce cas, que je puis être laissé en liberté sous caution ?... Je suis prêt à verser cinquante mille francs...

— Le Parquet appréciera, monsieur Goyard...

Mme Michoux s'était écroulée sur sa chaise, mais son fils avait plus de ressort qu'elle.

— Vous n'avez rien à ajouter ? lui demanda Maigret.

— Pardon ! Je répondrai en présence de mon avocat. En attendant, je fais toutes réserves sur la légalité de cette confrontation...

Et il tendait son cou de jeune coq maigre, où saillait une pomme d'Adam jaunâtre. Son nez paraissait plus oblique que de coutume. Il n'avait pas lâché le carnet où il avait pris des notes.

— Ces deux-là ?... murmura le maire en se levant.

— Je n'ai absolument aucune charge contre eux. Léon Le Guérec a avoué que son but était d'amener Michoux à tirer sur lui... Pour cela, il n'a fait que se montrer... Il n'existe pas de texte de loi qui...

— À moins que… pour vagabondage ! intervint le lieutenant de gendarmerie.

Mais le commissaire haussa les épaules de telle façon qu'il rougit de sa suggestion.

Bien que l'heure du déjeuner fût passée depuis longtemps, il y avait foule dehors et le maire avait consenti à prêter sa voiture, dont les rideaux fermaient à peu près hermétiquement.

Emma y monta la première, puis Léon Le Guérec, puis enfin Maigret qui prit place dans le fond avec la jeune femme tandis que le marin s'asseyait gauchement sur un strapontin.

On traversa la foule en vitesse. Quelques minutes plus tard, on roulait vers Quimperlé et Léon, gêné, le regard flou, questionnait :

— Pourquoi avez-vous dit ça ?…

— Quoi ?…

— Que c'est vous qui avez empoisonné la bouteille ?

Emma était toute pâle. Elle n'osait pas s'adosser aux coussins et c'était sans doute la première fois de sa vie qu'elle roulait en limousine.

— Une idée !… grommela Maigret en serrant de ses dents le tuyau de sa pipe.

Et la jeune fille, alors, de s'écrier, en détresse :

— Je vous jure, monsieur le commissaire, que je ne savais plus ce que je faisais !… Michoux m'avait fait écrire la lettre… J'avais fini par reconnaître le chien… Le dimanche matin, j'ai vu Léon qui rôdait… Alors, j'ai compris… J'ai essayé de parler à Léon et il est parti sans même me regarder, en crachant par terre... J'ai voulu le venger... J'ai voulu... Je ne sais pas, moi !... J'étais comme folle... Je savais qu'ils voulaient le tuer... Je l'aimais toujours... J'ai passé la journée à rouler des idées dans ma tête... C'est à midi, pendant le déjeuner, que j'ai couru à la villa de Michoux pour prendre le poison... Je ne savais pas lequel choisir... Il m'avait déjà montré des fioles en me disant qu'il y avait de quoi tuer tout Concarneau...

» Mais je vous jure que je ne vous aurais pas laissé boire... Du moins, je ne crois pas...

Elle sanglotait. Léon, maladroitement, lui tapotait le genou pour la calmer.

— Je ne pourrai jamais vous remercier, commissaire, criait-elle entre ses sanglots... Ce que vous avez fait c'est... c'est... je ne trouve pas le mot... c'est tellement merveilleux !...

Maigret les regardait l'un et l'autre, lui avec sa lèvre fendue, ses cheveux ras et sa face de brute qui essaie de s'humaniser, elle avec sa pauvre tête blêmie dans cet aquarium du *Café de l'Amiral*.

— Qu'est-ce que vous allez faire ?...

— On ne sait pas encore... Quitter le pays... Gagner Le Havre, peut-être ?... J'ai bien trouvé le moyen de gagner ma vie sur les quais de New York...

— On vous a rendu vos douze francs ?

Léon rougit, ne répondit pas.

— Que coûte le train d'ici au Havre ?...

— Non ! Ne faites pas ça, commissaire... Parce que alors... on ne saurait comment... Vous comprenez ?...

Maigret frappa du doigt la vitre de la voiture, car on passait devant une petite gare. Il tira deux billets de cent francs de sa poche.

— Prenez-les !... Je les mettrai sur ma note de frais...

Et il les poussa presque dehors, referma la portière alors qu'ils cherchaient encore des remerciements.

— À Concarneau !... En vitesse !...

Tout seul dans la voiture, il haussa au moins trois fois les épaules, comme un homme qui a une rude envie de se moquer de lui.

Le procès a duré un an. Pendant un an, le docteur Michoux s'est présenté jusqu'à cinq fois par semaine chez le juge d'instruction, avec une serviette de maroquin bourrée de documents.

Et à chaque interrogatoire il y eut de nouveaux sujets de chicane.

Chaque pièce du dossier donna lieu à des controverses, à des enquêtes et à des contre-enquêtes.

Michoux était toujours plus maigre, plus jaune, plus souffreteux, mais il ne désarmait pas.

— Permettez à un homme qui n'en a plus pour trois mois à vivre...

C'était sa phrase favorite. Il se défendit pied à pied, avec des manœuvres sournoises, des ripostes inattendues. Et il avait découvert un avocat plus bilieux que lui qui le relayait.

Condamné à vingt ans de travaux forcés par la cour d'assises du Finistère, il espéra six mois durant que son affaire irait en cassation.

164

Mais
parue
maigre
calot su
Martini
Cayenn
À Pa
trois m
tiques.
Elle
Léon
à bord

Les Mémoires de Maigret

1

*Où je ne suis pas fâché de l'occasion
qui se présente de m'expliquer enfin
sur mes accointances avec le nommé Simenon*

C'était en 1927 ou 1928. Je n'ai pas la mémoire des
dates et je ne suis pas de ceux qui gardent soigneusement des traces écrites de leurs faits et gestes,
chose fréquente dans notre métier qui s'est avérée
fort utile à quelques-uns et même parfois profitable.
Et ce n'est que tout récemment que je me suis souvenu des cahiers où ma femme, longtemps à mon
insu, voire en cachette, a collé les articles de journaux
qui me concernaient.

À cause d'une certaine affaire qui nous a donné du
mal cette année-là je pourrais sans doute retrouver la
date exacte, mais je n'ai pas le courage d'aller feuilleter les cahiers.

Peu importe. Mes souvenirs, par ailleurs, sont
précis quant au temps qu'il faisait. C'était une quelconque journée du début de l'hiver, une de ces
journées sans couleur, en gris et blanc, que j'ai envie
d'appeler une journée administrative, parce qu'on a
l'impression qu'il ne peut rien se passer d'intéressant
dans une atmosphère aussi terne et qu'on a envie, au

bureau, par ennui, de mettre à jour des dossiers, d'en finir avec des rapports qui traînent depuis longtemps, d'expédier farouchement, mais sans entrain, de la besogne courante.

Si j'insiste sur cette grisaille dénuée de relief, ce n'est pas par goût du pittoresque, mais pour montrer combien l'événement, en lui-même, a été banal, noyé dans les menus faits et gestes d'une journée banale.

Il était environ dix heures du matin. Le rapport était fini depuis près d'une demi-heure, car il avait été court.

Le public le moins averti sait maintenant plus ou moins en quoi consiste le rapport à la Police Judiciaire, mais, à cette époque-là, la plupart des Parisiens auraient été en peine de dire quelle administration était logée quai des Orfèvres.

Sur le coup de neuf heures donc, une sonnerie appelle les différents chefs de service dans le grand bureau du directeur, dont les fenêtres donnent sur la Seine. La réunion n'a rien de prestigieux. On s'y rend en fumant sa pipe ou sa cigarette, la plupart du temps un dossier sous le bras. La journée n'a pas encore embrayé et garde pour les uns et les autres un vague relent de café au lait et de croissants. On se serre la main. On bavarde, au ralenti, en attendant que tout le monde soit là.

Puis chacun, à son tour, met le patron au courant des événements qui se sont produits dans son secteur. Certains restent debout, parfois à la fenêtre, à regarder les autobus et les taxis passer sur le pont Saint-Michel.

Contrairement à ce que le public se figure, on n'entend pas parler que de criminels.

— Comment va votre fille, Priollet ? Sa rougeole ?

Je me souviens avoir entendu détailler avec compétence des recettes de cuisine.

Il est question de choses plus sérieuses aussi, évidemment, par exemple du fils d'un député ou d'un ministre qui a fait des bêtises, qui continue à les accumuler comme à plaisir et qu'il est urgent de ramener à la raison sans esclandre. Ou bien d'un riche étranger récemment descendu dans un palace des Champs-Élysées et dont le gouvernement commence à s'inquiéter. D'une petite fille ramassée quelques jours plus tôt dans la rue et qu'aucun parent ne réclame, encore que tous les journaux aient publié sa photographie.

On est entre gens du métier, et les événements sont envisagés du strict point de vue du métier, sans paroles inutiles, de sorte que tout devient fort simple. C'est en quelque sorte du quotidien.

— Alors, Maigret, vous n'avez pas encore arrêté votre Polonais de la rue de Birague ?

Je m'empresse de déclarer que je n'ai rien contre les Polonais. S'il m'arrive d'en parler assez souvent, ce n'est pas non plus qu'il s'agisse d'un peuple particulièrement féroce ou perverti. Le fait est simplement qu'à cette époque la France, manquant de main-d'œuvre, importait les Polonais par milliers pour les installer dans les mines du Nord. Dans leur pays, on les ramassait au petit bonheur, par villages entiers, hommes, femmes et enfants, on les entassait dans des trains un peu comme, à d'autres époques, on recrutait la main-d'œuvre noire.

La plupart ont fourni des travailleurs de premier ordre, beaucoup sont devenus des citoyens honorables.

Il n'y en a pas moins eu du déchet, comme il fallait s'y attendre, et ce déchet, pendant un temps, nous a donné du fil à retordre.

J'essaie, en parlant ainsi, d'une façon un peu décousue, de mes préoccupations du moment, de mettre le lecteur dans l'ambiance.

— J'aimerais, patron, le faire filer pendant deux ou trois jours encore. Jusqu'ici, il ne nous a menés nulle part. Il finira bien par rencontrer des complices.

— Le ministre s'impatiente, à cause des journaux…

Toujours les journaux ! Et toujours, en haut lieu, la peur des journaux, de l'opinion publique. Un crime est à peine commis qu'on nous enjoint de trouver tout de suite un coupable coûte que coûte.

C'est tout juste si on ne nous dit pas après quelques jours :

— Fourrez quelqu'un en boîte, n'importe qui, en attendant, pour calmer l'opinion.

J'y reviendrai probablement. Ce n'était d'ailleurs pas du Polonais qu'il s'agissait ce matin-là, mais d'un vol qui venait d'être commis selon une technique nouvelle, ce qui est rare.

Trois jours plus tôt, boulevard Saint-Denis, en plein midi, alors que la plupart des magasins venaient de fermer leurs portes pour le déjeuner, un camion s'était arrêté en face d'une petite bijouterie. Des hommes avaient débarqué une énorme caisse, qu'ils avaient posée tout contre la porte, et étaient repartis avec le camion.

Des centaines de gens étaient passés devant cette caisse sans s'étonner. Le bijoutier, lui, en revenant du restaurant où il avait cassé la croûte, avait froncé les sourcils.

Et, quand il avait écarté la caisse, devenue très légère, il s'était aperçu qu'une ouverture avait été découpée dans le côté touchant la porte, une autre ouverture dans cette porte, et que, bien entendu, ses rayons avaient été mis au pillage, ainsi que son coffre-fort.

C'est le genre d'enquête sans prestige qui peut demander des mois et qui exige le plus d'hommes. Les cambrioleurs n'avaient pas laissé la moindre empreinte, ni aucun objet compromettant.

Le fait que la méthode était neuve ne nous permettait pas de chercher dans telle ou telle catégorie de malandrins.

Nous avions tout juste la caisse, banale, encore que de grand format, et depuis trois jours une bonne douzaine d'inspecteurs visitaient tous les fabriquants de caisses et, en général, toutes les entreprises utilisant des caisses de grand modèle.

Je venais donc de rentrer dans mon bureau, où j'avais commencé à rédiger un rapport, quand la sonnerie du téléphone intérieur résonna.

— C'est vous, Maigret ? Vous voulez passer chez moi un instant ?

Rien de surprenant non plus. Chaque jour, ou presque, il arrivait au grand patron de m'appeler une ou plusieurs fois dans son bureau, en dehors du rapport : je le connaissais depuis l'enfance, il avait souvent passé ses vacances près de chez nous, dans l'Allier, et il avait été un ami de mon père.

Et ce grand patron-là, à mes yeux, était vraiment le grand patron dans toute l'acception du terme, celui sous lequel j'avais fait mes premières armes à la Police Judiciaire, celui qui, sans me protéger à proprement parler, m'avait suivi discrètement et de haut, celui que j'avais vu, vêtu de noir, coiffé d'un chapeau melon, se diriger, tout seul, sous les balles, vers la porte du pavillon dans lequel Bonnot et sa bande tenaient tête depuis deux jours à la police et à la gendarmerie.

Je veux parler de Xavier Guichard, aux yeux malicieux et aux longs cheveux blancs de poète.

— Entrez, Maigret.

Le jour était si terne, ce matin-là, que la lampe à abat-jour vert était allumée sur son bureau. À côté de celui-ci, dans un fauteuil, je vis un jeune homme qui se leva pour me tendre la main quand on nous présenta l'un à l'autre.

— Le commissaire Maigret. M. Georges Sim, journaliste...

— Pas journaliste, romancier, protesta le jeune homme en souriant.

Xavier Guichard sourit aussi. Et celui-là possédait une gamme de sourires qui pouvaient exprimer toutes les nuances de sa pensée. Il avait aussi à sa disposition une qualité d'ironie perceptible pour ceux-là seuls qui le connaissaient bien et qui, par d'autres, le faisait parfois prendre pour un naïf.

Il me parlait avec le plus grand sérieux, comme s'il s'agissait d'une affaire d'importance, d'un personnage de marque.

— M. Sim, pour ses romans, a besoin de connaître le fonctionnement de la Police Judiciaire. Comme il vient de me l'exposer, une bonne partie des drames humains se dénouent dans cette maison. Il m'a expliqué aussi que ce sont moins les rouages de la police qu'il désire se voir détailler, car il a eu l'occasion de se documenter par ailleurs, que l'ambiance dans laquelle les opérations se déroulent.

Je ne jetais que de petits coups d'œil au jeune homme, qui devait avoir dans les vingt-quatre ans, qui était maigre, les cheveux presque aussi longs que ceux du patron, et dont le moins que je puisse dire est qu'il ne paraissait douter de rien et certainement pas de lui-même.

— Vous voulez lui faire les honneurs de la maison, Maigret ?

Et, au moment où j'allais me diriger vers la porte, j'entendis le Sim en question prononcer :

— Je vous demande pardon, monsieur Guichard, mais vous avez oublié de dire au commissaire...

— Ah ! oui. Vous avez raison. M. Sim, comme il l'a souligné, n'est pas journaliste. Nous ne courons pas le risque qu'il raconte dans les journaux des choses qui ne doivent pas être publiées. Il m'a promis, sans que je le lui demande, de n'utiliser ce qu'il pourra voir ou entendre ici que dans ses romans et sous une forme suffisamment différente pour que cela ne nous crée aucune difficulté.

J'entends encore le grand patron ajouter gravement, en se penchant sur son courrier :

— Vous pouvez avoir confiance, Maigret. Il m'a donné sa parole.

N'empêche que Xavier Guichard s'était laissé embobeliner, je le sentais déjà et j'en ai eu la preuve par la suite. Pas seulement par la jeunesse audacieuse de son visiteur, mais pour une raison que je n'ai connue que plus tard. Le patron, en dehors de son service, avait une passion : l'archéologie. Il faisait partie de plusieurs sociétés savantes et avait écrit un gros ouvrage (que je n'ai jamais lu) sur les lointaines origines de la région de Paris.

Or notre Sim le savait, je me demande si c'était par hasard, et avait eu soin de lui en parler.

Est-ce à cela que je dus d'être dérangé personnellement ? Presque chaque jour, quelqu'un se voit octroyer, au Quai, la « corvée de visite ». La plupart du temps, il s'agit d'étrangers de marque, ou appartenant plus ou moins à la police de leur pays, parfois simplement d'électeurs influents venus de province et exhibant fièrement une carte de leur député.

C'est devenu une routine. C'est tout juste si, comme pour les monuments historiques, il n'existe pas un petit laïus que chacun a plus ou moins appris par cœur.

Mais, d'habitude, un inspecteur fait l'affaire, et il faut qu'une personnalité commence à être de première grandeur pour qu'on dérange un chef de service.

— Si vous voulez, proposai-je, nous monterons d'abord au service anthropométrique.

— À moins que cela vous dérange beaucoup, je préférerais commencer par l'antichambre.

Ce fut mon premier étonnement. Il disait cela gentiment, d'ailleurs, avec un regard désarmant, en expliquant :

— Vous comprenez, je voudrais suivre le chemin que vos clients suivent d'habitude.

— Dans ce cas, il faudrait commencer par le Dépôt, car la plupart y passent la nuit avant de nous être amenés.

Et lui, tranquillement :

— J'ai visité le Dépôt la nuit dernière.

Il ne prit pas de notes. Il n'avait ni carnet ni stylo. Il resta plusieurs minutes dans la salle d'attente vitrée où, dans des cadres noirs, sont exposées les photographies des membres de la police tombés en service commandé.

— Combien en meurt-il par an, en moyenne ?

Puis il demanda à voir mon bureau. Or le hasard voulut qu'à cette époque des ouvriers fussent occupés à réaménager celui-ci. J'occupais provisoirement, à l'entresol, un ancien bureau du plus vieux style administratif, poussiéreux à souhait, avec des meubles en bois noir et un poêle à charbon du modèle qu'on voit encore dans certaines gares de province.

C'était le bureau où j'avais fait mes débuts, où j'avais travaillé pendant une quinzaine d'années comme inspecteur, et j'avoue que je gardais une certaine tendresse à ce gros poêle dont j'aimais, l'hiver, voir la fonte rougir et que j'avais pris l'habitude de charger jusqu'à la gueule.

Ce n'était pas tant une manie qu'une contenance, presque une ruse. Au milieu d'un interrogatoire difficile, je me levais et commençais à tisonner longuement, puis à verser de bruyantes pelletées de charbon, l'air bonasse, cependant que mon client me suivait des yeux, dérouté.

Et il est exact que, lorsque j'ai disposé enfin d'un bureau moderne, muni du chauffage central, j'ai regretté mon vieux poêle, mais sans obtenir, sans même demander – ce qui m'aurait été refusé – de l'emmener avec moi dans mes nouveaux locaux.

Je m'excuse de m'attarder à ces détails, mais je sais plus ou moins où je veux en venir.

Mon hôte regardait mes pipes, mes cendriers, l'horloge de marbre noir sur la cheminée, la petite fontaine d'émail, derrière la porte, la serviette qui sent toujours le chien mouillé.

Il ne me posait aucune question technique. Les dossiers ne paraissaient pas l'intéresser le moins du monde.

— Par cet escalier, nous allons arriver au laboratoire.

Là aussi, il contempla le toit en partie vitré, les murs, les planchers, le mannequin dont on se sert pour certaines reconstitutions, mais il ne s'occupa ni du laboratoire proprement dit, avec ses appareils compliqués, ni du travail qui s'y faisait.

Par habitude, je voulus expliquer :

— En agrandissant quelques centaines de fois n'importe quel texte écrit et en comparant...

— Je sais. Je sais.

C'est là qu'il me demanda négligemment :

— Vous avez lu Hans Gross ?

Je n'avais jamais entendu prononcer ce nom. J'ai su, par la suite, qu'il s'agissait d'un juge d'instruction autrichien qui, vers 1880, occupa la première chaire d'instruction criminelle scientifique à l'Université de Vienne.

Mon visiteur, lui, avait lu ses deux gros volumes. Il avait tout lu, des quantités de livres dont j'ignorais l'existence et dont il me citait les titres d'un ton détaché.

— Suivez-moi dans ce couloir, que je vous montre les sommiers, où sont rangées les fiches de...

— Je sais. Je sais.

Il commençait à m'impatienter. On aurait dit qu'il ne m'avait dérangé que pour regarder des murs, des plafonds, des planchers, que pour nous regarder tous avec l'air d'effectuer un inventaire.

— À cette heure-ci, nous allons trouver foule à l'anthropométrie. On doit en avoir fini avec les femmes. C'est le tour des hommes...

Il y en avait une vingtaine, tout nus, ramassés au cours de la nuit, qui attendaient leur tour de passer à la mensuration et à la photographie.

— En somme, me dit le jeune homme, il ne me reste à voir que l'Infirmerie Spéciale du Dépôt.

Je fronçai les sourcils.

— Les visiteurs n'y sont pas admis.

C'est un des endroits les moins connus, où les criminels et les suspects passent, devant les médecins légistes, un certain nombre de tests mentaux.

— Paul Bourget avait l'habitude d'assister aux séances, me répondit tranquillement mon visiteur. Je demanderai l'autorisation.

En définitive, je n'en gardai qu'un souvenir banal, banal comme le temps de ce jour-là. Si je ne m'arrangeai pas pour abréger la visite, c'est d'abord à cause de la recommandation du grand patron, ensuite parce que je n'avais rien d'important à faire et que cela tuait quand même un certain nombre de minutes.

Il se trouva repasser par mon bureau, s'assit, me tendit sa blague à tabac.

— Je vois que vous êtes fumeur de pipe aussi. J'aime les fumeurs de pipe.

Il y en avait, comme toujours, une bonne demi-douzaine étalées, et il les examina en connaisseur.

— Quelle est l'affaire dont vous vous occupez à présent ?

De mon ton le plus professionnel, je lui parlai du coup de la caisse déposée à la porte de la bijouterie et fis remarquer que c'était la première fois que cette technique était employée.

— Non, me dit-il. Elle l'a été il y a huit ans à New York, devant un magasin de la Huitième Avenue.

Il devait être content de lui, mais je dois dire qu'il n'avait pas l'air de se vanter. Il fumait sa pipe gravement, comme pour se donner dix ans de plus que son âge, comme pour se mettre de plain-pied avec l'homme déjà mûr que j'étais alors.

— Voyez-vous, monsieur le commissaire, les professionnels ne m'intéressent pas. Leur psychologie ne pose aucun problème. Ce sont des gens qui font leur métier, un point, c'est tout.

— Qu'est-ce qui vous intéresse ?

— Les autres. Ceux qui sont faits comme vous et moi et qui finissent, un beau jour, par tuer sans y être préparés.

— Il y en a très peu.

— Je sais.

— En dehors des crimes passionnels…

— Les crimes passionnels ne sont pas intéressants non plus.

C'est à peu près tout ce qui émerge dans ma mémoire de cette rencontre-là. J'ai dû lui parler incidemment d'une affaire qui avait requis mes soins quelques mois plus tôt, justement parce qu'il ne s'agissait pas de professionnels, dans laquelle il était question d'une jeune fille et d'un collier de perles.

— Je vous remercie, monsieur le commissaire. J'espère que j'aurai le plaisir de vous rencontrer à nouveau.

À part moi, je me disais : « J'espère bien que non. »

Des semaines passèrent, des mois. Une seule fois, en plein hiver, j'eus l'impression de reconnaître le dénommé Sim dans le grand couloir de la Police Judiciaire, où il faisait les cent pas.

Un matin, je trouvai sur mon bureau, à côté de mon courrier, un petit livre à couverture horriblement illustrée comme on en voit chez les marchands de journaux et entre les mains des midinettes. Cela s'intitulait : *La Jeune Fille aux perles*, et le nom de l'auteur était Georges Sim.

Je n'eus pas la curiosité de le lire. Je lis peu et jamais de romans populaires. Je ne sais même pas où je mis la brochure imprimée sur du mauvais papier, probablement au panier, et je fus quelques jours sans y penser.

Puis, un autre matin, je trouvai un livre identique à la même place sur mon bureau, et, désormais, chaque matin, un nouvel exemplaire faisait son apparition à côté de mon courrier.

Je mis un certain temps à m'apercevoir que mes inspecteurs, en particulier Lucas, me lançaient parfois des coups d'œil amusés. Lucas finit par me dire, après avoir longtemps tourné autour du pot, un midi que nous allions prendre l'apéritif ensemble à la *Brasserie Dauphine* :

— Voilà que vous devenez un personnage de roman, patron.

Il sortit le bouquin de sa poche.

— Vous avez lu ?

Il m'avoua que c'était Janvier, le plus jeune de la brigade, à cette époque, qui, chaque matin, plaçait un des bouquins sur mon bureau.

— Par certains traits, cela vous ressemble, vous verrez.

Il avait raison. Cela me ressemblait comme le dessin crayonné sur le marbre d'une table de café par un caricaturiste amateur ressemble à un être en chair et en os.

Je devenais plus gros, plus lourd que nature, avec, si je puis m'exprimer ainsi, une pesanteur étonnante.

Quant à l'histoire, elle était méconnaissable, et il m'arrivait, dans le récit, d'employer des méthodes à tout le moins inattendues.

Le même soir, je trouvai ma femme avec le livre entre les mains.

— C'est la crémière qui me l'a remis. Il paraît qu'on parle de toi. Je n'ai pas encore eu le temps de le lire.

Qu'est-ce que je pouvais faire ? Comme le nommé Sim l'avait promis, il ne s'agissait pas d'un journal. Il ne s'agissait pas non plus d'un livre sérieux, mais d'une publication à bon marché à laquelle il aurait été ridicule d'attacher de l'importance.

Il avait employé mon véritable nom. Mais il pouvait me répondre qu'il existe sur terre un certain nombre de Maigret. Je me promis seulement de le recevoir assez sèchement si d'aventure je le rencontrais à nouveau, tout en étant persuadé qu'il éviterait de mettre les pieds à la Police Judiciaire.

En quoi je me trompais. Un jour que je frappais à la porte du chef sans avoir été appelé, pour lui demander un avis, il me dit, vivement :

— Entrez, Maigret. J'allais justement vous téléphoner. Notre ami Sim est ici.

Pas gêné du tout, l'ami Sim. Absolument à son aise, au contraire, une pipe plus grosse que jamais à la bouche.

— Comment allez-vous, monsieur le commissaire ?

Et Guichard de m'expliquer :

— Il vient de me lire quelques passages d'un machin qu'il a écrit sur la maison.

— Je connais.

Les yeux de Xavier Guichard riaient, mais c'était de moi, cette fois, qu'il avait l'air de se payer la tête.

— Il m'a dit ensuite des choses assez pertinentes qui vous intéressent. Il va vous les répéter.

— C'est très simple. Jusqu'ici, en France, dans la littérature, à de rares exceptions près, le rôle sympathique a toujours été tenu par le malfaiteur, tandis que la police se voit ridiculisée, quand ce n'est pas pis.

Guichard hochait la tête, approbateur.

— Exact, n'est-ce pas ?

Et c'était exact, en effet. Pas seulement dans la littérature, mais aussi dans la vie courante. Cela me rappelait un souvenir assez cuisant de mes débuts, de l'époque à laquelle je « faisais » la voie publique. J'étais sur le point d'arrêter un voleur à la tire, à la sortie du métro, quand mon homme se mit à crier je ne sais quoi – peut-être : « Au voleur ! »

Instantanément, vingt personnes me tombèrent dessus. Je leur expliquai que j'appartenais à la police, que l'individu qui s'éloignait était un récidiviste. Je suis persuadé que tous me crurent. Ils ne s'en arrangèrent pas moins pour me retarder par tous les moyens, laissant ainsi à mon tireur le temps de prendre le large.

— Eh bien ! reprenait Guichard, notre ami Sim se propose d'écrire une série de romans où la police sera montrée sous son vrai jour.

Je fis une grimace qui n'échappa pas au grand patron.

— À peu près sous son vrai jour, corrigea-t-il. Vous me comprenez ? Son livre n'est qu'une ébauche de ce qu'il envisage de faire.

— Il s'y est servi de mon nom.

Je croyais que le jeune homme allait se montrer confus, s'excuser. Pas du tout.

— J'espère que cela ne vous a pas choqué, monsieur le commissaire. C'est plus fort que moi. Lorsque j'ai imaginé un personnage sous un nom déterminé, il m'est impossible de le changer. J'ai cherché en vain à accoupler toutes les syllabes inimaginables pour remplacer celles du mot Maigret. En fin de compte, j'y ai renoncé. Cela n'aurait plus été *mon* personnage.

Il dit *mon* personnage, tranquillement, et, le plus fort, c'est que je n'ai pas bronché, peut-être à cause de Xavier Guichard et du regard pétillant de malice qu'il tenait fixé sur moi.

— Il ne s'agit plus, cette fois, d'une collection populaire, mais de ce qu'il appelle... Comment avez-vous dit, monsieur Sim ?

— Semi-littérature.

— Et vous comptez sur moi pour...

— J'aimerais vous connaître davantage.

Je vous l'ai dit en commençant : il ne doutait de rien. Je crois bien que c'était sa force. C'est en partie grâce à cela qu'il était déjà parvenu à mettre dans son jeu le grand patron qui s'intéressait à tous les spécimens d'humanité et qui m'annonça sans rire :

— Il n'a que vingt-quatre ans.

— Il m'est difficile de bâtir un personnage si je ne sais pas comment il se comporte à tous les moments de la journée. Par exemple, je ne pourrai pas parler de milliardaires tant que je n'en aurai vu un, en robe de chambre, prendre son œuf à la coque du matin.

Cela se passait il y a bien longtemps et je me demande maintenant pour quelle raison mystérieuse nous avons écouté tout ça sans éclater de rire.

— En somme, vous voudriez...

— Vous connaître davantage, vous voir vivre et travailler.

Bien entendu, le patron ne me donnait aucun ordre. Je me serais sans doute rebiffé. Pendant tout un temps, je n'ai pas été trop sûr qu'il ne m'ait pas monté un canular, car il avait gardé dans le caractère un certain côté Quartier latin, du temps où le Quartier latin aimait encore les farces.

Probablement est-ce pour ne pas avoir l'air de prendre cette affaire trop au sérieux que je dis en haussant les épaules :

— Quand vous voudrez.

Alors le Sim de se lever, enchanté.

— Tout de suite.

Encore une fois, avec le recul, cela peut paraître ridicule. Le dollar valait je ne sais quelles sommes invraisemblables. Les Américains allumaient leur cigare avec des billets de mille francs. Les musiciens nègres sévissaient à Montmartre, et les riches dames mûres se faisaient voler leurs bijoux dans les thés dansants par des gigolos argentins.

La Garçonne atteignait des tirages astronomiques, et la police des mœurs était débordée par les « partouzes » du bois de Boulogne qu'elle osait à peine interrompre par crainte de déranger dans leurs ébats des personnages consulaires.

Les cheveux des femmes étaient courts, les robes aussi, et les hommes portaient des souliers pointus, des pantalons serrés aux chevilles.

Cela n'explique rien, je le sais. Mais tout fait partie du tout. Et je revois le jeune Sim entrer le matin dans mon bureau, comme s'il était devenu un de mes inspecteurs, me lancer gentiment : « Ne vous dérangez pas… », et aller s'asseoir dans un coin.

Il ne prenait toujours pas de notes. Il posait peu de questions. Il aurait eu plutôt tendance à affirmer. Il m'a expliqué par la suite – ce qui ne signifie pas que je l'aie cru – que les réactions de quelqu'un à une affirmation sont plus révélatrices que ses réponses à une question précise.

Un midi que nous allions prendre l'apéritif à la *Brasserie Dauphine*, Lucas, Janvier et moi, comme cela nous arrivait fréquemment, il nous suivit.

Et, un matin, à l'heure du rapport, je le trouvai installé dans un coin du bureau du patron.

Cela dura quelques mois. Quand je lui demandai s'il écrivait, il me répondit :

— Des romans populaires, toujours pour gagner ma vie. De quatre heures à huit heures du matin. À huit heures, j'ai fini ma journée. Je n'entreprendrai les romans semi-littéraires que quand je me sentirai au point.

Je ne sais pas ce qu'il entendait par là, mais, après un dimanche où je l'invitai à déjeuner boulevard Richard-Lenoir et où je le présentai à ma femme, il cessa soudain ses visites Quai des Orfèvres.

Cela faisait drôle de ne plus le voir dans son coin, se levant quand je me levais, me suivant quand je m'en allais et m'accompagnant pas à pas à travers les bureaux.

Dans le courant du printemps, je reçus un « carton » pour le moins inattendu.

*Georges Sim a l'honneur de vous inviter au baptême de son bateau, l'*Ostrogoth*, auquel M. le curé de Notre-Dame procédera mardi prochain, au square du Vert-Galant.*

Je n'y suis pas allé. J'ai su, par la police du quartier, que pendant trois jours et trois nuits une bande d'énergumènes avait mené grand tapage à bord d'un bateau amarré au beau milieu de Paris et arborant le grand pavois.

Une fois, en franchissant le Pont-Neuf, je vis le bateau en question et, au pied du mât, quelqu'un qui tapait à la machine, coiffé d'une casquette de capitaine au long cours.

La semaine suivante, le bateau n'était plus là, et le square du Vert-Galant avait repris son visage familier.

Plus d'un an après, je recevais une autre invitation, écrite cette fois sur une de nos fiches dactyloscopiques.

Georges Simenon a l'honneur de vous inviter au bal anthropométrique qui sera donné à la Boule Blanche *à l'occasion du lancement de ses romans policiers.*

Le Sim était devenu Simenon.

Plus exactement, se sentant peut-être désormais une grande personne, il avait repris son vrai nom.

Je ne m'en préoccupai pas. Je n'allai pas au bal en question et je sus le lendemain que le préfet de police s'y était rendu.

Par les journaux. Les mêmes journaux qui m'apprenaient, en première page, que le commissaire Maigret venait de faire une entrée bruyante dans la littérature policière.

Ce matin-là, quand j'arrivai au Quai et que je montai le grand escalier, je ne vis que des sourires goguenards, des visages amusés qui se détournaient.

Mes inspecteurs faisaient tout leur possible pour garder leur sérieux. Mes collègues, au rapport, feignaient de me traiter avec un respect nouveau.

Il n'y eut que le grand patron à se comporter comme si rien ne s'était passé et à me demander, l'air absent :

— Et vous, Maigret ? Vos affaires en cours ?

Dans les boutiques du quartier Richard-Lenoir, pas un commerçant ne manquait de montrer le journal à ma femme, avec mon nom en gros caractères, et de lui demander, impressionné :

— C'est bien votre mari, n'est-ce pas ?

C'était moi, hélas !

2

*Où il est question d'une vérité
qu'on appelle toute nue
et qui ne convainc personne
et de vérités « arrangées »
qui font plus vrai que nature*

Quand on a su que j'écrivais ce livre, puis que l'éditeur de Simenon m'avait offert de le publier, avant de le lire, avant même que le premier chapitre en fût terminé, j'ai senti, chez la plupart de mes amis, une approbation quelque peu hésitante. Ils se disaient, j'en suis sûr : « Voilà Maigret qui y passe à son tour ! »

Au cours des quelques dernières années, en effet, trois au moins de mes anciens collègues, de ceux de ma génération, ont écrit et édité leurs mémoires.

Je m'empresse de faire remarquer qu'ils ont suivi, en cela, une vieille tradition de la police parisienne, qui nous a valu, entre autres, les mémoires de Macé et ceux du grand Goron, tous deux chefs, en leur temps, de ce qu'on appelait alors la Sûreté. Quant au plus illustre de tous, le légendaire Vidocq, il ne nous a malheureusement pas laissé de souvenirs de sa main que nous puissions comparer avec les portraits que

les romanciers ont tracés de lui, souvent en le désignant sous son nom véritable, ou bien, comme dans
le cas de Balzac, en lui donnant le nom de Vautrin.

Ce n'est pas mon rôle de défendre mes collègues,
mais je n'en réponds pas moins en passant à une
objection que j'ai entendue souvent.

— À les lire, m'a-t-on dit, ils auraient été au moins
trois à trouver la solution de chaque cause célèbre.

On me citait en particulier l'affaire Mestorino, qui
fit grand bruit naguère.

Or je pourrais me mettre sur les rangs, moi aussi,
car une affaire de cette envergure requiert la collabo-
ration de tous les services. Quant à l'interrogatoire
final, ce fameux interrogatoire de vingt-huit heures
qu'on cite aujourd'hui en exemple, nous avons été,
non quatre, mais six au moins à nous relayer, à
reprendre les questions une à une, de toutes les
façons inimaginables, gagnant chaque fois un petit
bout de terrain.

Bien malin, dans ces conditions, celui qui dirait
lequel d'entre nous, à un moment donné, a poussé le
déclic qui a amené les aveux.

Je tiens à déclarer, d'ailleurs, que le titre de
mémoires n'a pas été choisi par moi et a été mis en
fin de compte, faute d'un autre mot que nous
n'avons pas trouvé.

Il en est de même (je souligne ceci en corrigeant
les épreuves) des sous-titres, de ce qu'on appelle,
paraît-il, les têtes de chapitres, que l'éditeur m'a
demandé la permission d'ajouter après coup, pour
des raisons typographiques, m'a-t-il dit gentiment ; en
réalité, je pense, pour donner un peu de légèreté à
mon texte.

De toutes les tâches que j'ai accomplies Quai des Orfèvres, la seule sur laquelle j'aie jamais renâclé a été la rédaction des rapports. Cela tient-il à un souci atavique d'exactitude, à des scrupules avec lesquels j'ai vu mon père se battre avant moi ?

J'ai souvent entendu la plaisanterie presque classique :

— Dans les rapports de Maigret, il y a surtout des parenthèses.

Probablement parce que je veux trop expliquer, tout expliquer, que rien ne me paraît simple ni résolu.

Si l'on entend par mémoires le récit des événements auxquels j'ai été mêlé au cours de ma carrière, je crains que le public soit déçu.

En l'espace de près d'un demi-siècle, je ne pense pas qu'il y ait eu plus d'une vingtaine d'affaires vraiment sensationnelles, y compris celles auxquelles j'ai déjà fait allusion : l'affaire Bonnot, l'affaire Mestorino, plus l'affaire Landru, l'affaire Sarret et quelques autres.

Or mes collègues, mes anciens chefs dans certains cas, en ont parlé longuement.

Pour les autres enquêtes, celles qui étaient intéressantes en elles-mêmes, mais n'ont pas eu la vedette dans les journaux, Simenon s'en est chargé.

Cela m'amène où je voulais en venir, où j'essaie d'en venir depuis que j'ai commencé ce manuscrit, c'est-à-dire à la vraie raison d'être de ces mémoires qui n'en sont pas, et je sais moins que jamais comment je vais m'exprimer.

J'ai lu jadis dans les journaux qu'Anatole France, qui devait être à tout le moins un homme intelligent et qui maniait volontiers l'ironie, ayant posé pour un portrait devant le peintre Van Dongen, non seulement avait refusé livraison de celui-ci une fois le tableau achevé, mais avait interdit de l'exposer en public.

C'est vers la même époque qu'une actrice célèbre a intenté un procès sensationnel à un caricaturiste qui l'avait représentée sous des traits qu'elle jugeait outrageants et dommageables à sa carrière.

Je ne suis ni académicien, ni vedette de la scène. Je ne crois pas avoir des susceptibilités exagérées. Jamais, au cours de mes années de métier, il ne m'est arrivé d'envoyer une seule rectification à la presse, laquelle ne s'est pourtant pas fait faute de critiquer mes faits et gestes ou mes méthodes.

Il n'est plus donné à tout le monde de commander son portrait à un peintre, mais chacun, de nos jours, a au moins l'expérience des photographes. Et je suppose que chacun connaît ce malaise qui nous prend devant une image de nous-mêmes qui n'est pas tout à fait exacte.

Comprend-on bien ce que je veux dire ? J'ai un peu honte d'insister. Je sais que je touche à un point essentiel, ultra-sensible, et, ce qui m'arrive rarement, j'ai soudain peur du ridicule.

Je crois qu'il me serait à peu près égal qu'on me dépeigne sous des traits complètement différents des miens, au point, si on y tient, de friser la calomnie.

Mais j'en reviens à la comparaison de la photographie. L'objectif ne permet pas l'inexactitude absolue. L'image est différente sans l'être. Devant l'épreuve qu'on vous tend, vous êtes souvent incapable de mettre le doigt sur le détail qui vous choque, de dire *ce* qui n'est pas vous, *ce* que vous ne reconnaissez pas comme vôtre.

Eh bien ! pendant des années, tel a été mon cas en présence du Maigret de Simenon, que je voyais grandir chaque jour à mon côté, au point qu'à la fin des gens me demandaient de bonne foi si j'avais copié ses tics, d'autres si mon nom était vraiment le nom de mon père et si je ne l'avais pas emprunté au romancier.

J'ai essayé d'expliquer tant bien que mal comment les choses se sont passées au début, innocemment, en somme, sans que cela parût tirer à conséquence.

L'âge même du gamin que le bon Xavier Guichard m'avait présenté un jour dans son bureau m'aurait plutôt donné l'envie de hausser les épaules que de me méfier.

Or, quelques mois plus tard, j'étais bel et bien pris dans un engrenage dont je ne suis jamais sorti et dont les pages que je noircis maintenant ne me sauveront pas tout à fait.

— De quoi vous plaignez-vous ? Vous êtes célèbre !

Je sais ! Je sais ! On dit ça quand on n'est pas passé par là. Je concède même qu'à certains moments, dans certaines circonstances, ce n'est pas désagréable. Pas seulement à cause des satisfactions d'amour-propre. Souvent pour des raisons d'ordre pratique. Tenez ! rien que pour décrocher une bonne place dans un train ou dans un restaurant bondé, ou pour ne pas avoir à faire la queue.

Pendant tant d'années, je n'ai jamais protesté, pas plus que je n'ai envoyé de rectifications aux journaux.

Et je ne prétends pas, tout à coup, que je bouillais en dedans, ni que je rongeais mon frein. Ce serait exagéré, et je déteste l'exagération.

Je ne m'en suis pas moins promis qu'un jour je dirais tranquillement, sans humeur comme sans rancune, ce que j'ai à dire et que je mettrais une fois pour toutes les choses au point.

Et ce jour-là est arrivé.

Pourquoi ceci s'intitule-t-il *Mémoires* ? Je n'en suis pas responsable, je le répète, et le mot n'est pas de mon choix.

Il ne s'agit en réalité ni de Mestorino, ni de Landru, ni de l'avocat du Massif central qui exterminait ses victimes en les plongeant dans une baignoire remplie de chaux vive.

Il s'agit plus simplement de confronter un personnage avec un personnage, une vérité avec une vérité.

Vous allez voir tout de suite ce que certains entendent par vérité.

C'était au début, à l'époque de ce bal anthropométrique qui a servi, avec quelques autres manifestations plus ou moins spectaculaires et de bon goût, au lancement de ce qu'on commençait déjà à appeler les « premiers Maigret », deux volumes qui s'intitulaient : *Le Pendu de Saint-Pholien* et *Monsieur Gallet, décédé*.

Ces deux-là, je ne le cache pas, je les ai lus tout de suite. Et je revois Simenon arrivant dans mon bureau le lendemain, content d'être lui, avec plus d'assurance encore, si possible, que précédemment, mais avec, quand même, une petite anxiété dans le regard.

— Je sais ce que vous allez me dire ! me lança-t-il alors que j'ouvrais la bouche.

Et de m'expliquer en marchant de long en large :

— Je n'ignore pas que ces livres sont bourrés d'inexactitudes techniques. Il est inutile d'en faire le compte. Sachez qu'elles sont voulues, et je vais vous en donner la raison.

Je n'ai pas enregistré tout son discours, mais je me rappelle la phrase essentielle, qu'il m'a souvent répétée par la suite, avec une satisfaction confinant au sadisme :

— La vérité ne paraît jamais vraie. Je ne parle pas seulement en littérature ou en peinture. Je ne vous citerai pas non plus le cas des colonnes doriques dont les lignes nous semblent rigoureusement perpendiculaires et qui ne donnent cette impression que parce qu'elles sont légèrement courbes. C'est si elles étaient droites que notre œil les verrait renflées, comprenez-vous ?

Il aimait encore, en ce temps-là, faire étalage d'érudition.

— Racontez n'importe quelle histoire à quelqu'un. Si vous ne l'arrangez pas, on la trouvera incroyable, artificielle. Arrangez-la, et elle fera plus vrai que nature.

Il claironnait ces derniers mots comme s'il s'agissait d'une découverte sensationnelle.

— Faire plus vrai que nature, tout est là. Eh bien ! moi, je vous ai fait plus vrai que nature.

Je demeurai sans voix. Sur le moment, le pauvre commissaire que j'étais, le commissaire « moins vrai que nature », n'a rien trouvé à répondre.

Et lui, avec une abondance de gestes et une pointe d'accent belge, de me démontrer que mes enquêtes, telles qu'il les avait racontées, étaient plus plausibles – peut-être bien a-t-il dit plus exactes ? – que telles que je les avais vécues.

Lors de nos premières rencontres, à l'automne, il ne manquait pas d'assurance. Le succès aidant, il en débordait, il en avait à revendre à tous les timorés de la terre.

— Suivez-moi bien, commissaire...

Car il avait décidé de laisser tomber le « monsieur ».

— Dans une véritable enquête, vous êtes parfois cinquante, sinon plus, à vous occuper de la recherche du coupable. Il n'y a pas que vous et vos inspecteurs à suivre une piste. La police, la gendarmerie du pays entier sont alertées. On travaille dans les gares, au départ des paquebots et aux frontières. Je ne parle pas des indicateurs, encore moins des amateurs qui se mettent de la partie.

» Essayez, dans les deux cents ou les deux cent cinquante pages d'un roman, de donner une image à peu près fidèle de ce grouillement ! Un roman-fleuve n'y suffirait pas, et le lecteur serait découragé après quelques chapitres, brouillant tout, confondant tout.

» Or, dans la réalité, qui est-ce qui empêche cette confusion de se produire, qui est-ce qui s'y retrouve, chaque matin, mettant chacun à sa place et suivant le fil conducteur ?

Il me toisait triomphalement.

— C'est vous, vous le savez bien. C'est celui qui dirige l'enquête. Je n'ignore pas qu'un commissaire de la Police Judiciaire, un chef de brigade spéciale, ne court pas les rues en personne pour aller interroger les concierges et les marchands de vin.

» Je n'ignore pas non plus que, sauf des cas exceptionnels, vous ne passez pas vos nuits à battre la semelle sous la pluie dans les rues désertes, à attendre que telle fenêtre s'éclaire ou que telle porte s'entr'ouvre.

» N'empêche que c'est exactement comme si vous étiez là vous-même, n'est-il pas vrai ?

Que répondre à cela ? D'un certain point de vue, c'était logique.

— Donc, simplification ! La première qualité, la qualité essentielle d'une vérité est d'être simple. Et j'ai simplifié. J'ai réduit à leur plus simple expression les rouages autour de vous sans que, pour cela, le résultat soit changé le moins du monde.

» Où cinquante inspecteurs plus ou moins anonymes grouillaient en désordre, je n'en ai gardé que trois ou quatre ayant une personnalité propre.

J'essayai d'objecter :

— Les autres ne sont pas contents.

— Je n'écris pas pour les quelques douzaines de fonctionnaires de la Police Judiciaire. Lorsqu'on écrit un livre sur les instituteurs, on mécontente, quoi qu'on fasse, des dizaines de milliers d'instituteurs. Il en serait de même si on écrivait sur les chefs de gare ou sur les dactylos. Où en étions-nous ?

— Aux différentes sortes de vérités.

— J'essayais de vous démontrer que la mienne est la seule valable. Voulez-vous un autre exemple ? Il n'y a pas besoin d'avoir passé dans ce bâtiment les journées que j'y ai passées pour savoir que la Police Judiciaire, faisant partie de la Préfecture de Police, ne peut agir que dans le périmètre de Paris et, par extension, dans certains cas, du département de la Seine.

» Or, dans *Monsieur Gallet, décédé*, je raconte une enquête qui s'est déroulée dans le centre de la France.

» Y êtes-vous allé, oui ou non ?

C'était oui, bien entendu.

— J'y suis allé, c'est vrai, mais à une époque où...

— À une époque où, pendant un certain temps, vous avez travaillé, non plus pour le Quai des Orfèvres, mais pour la rue des Saussaies. Pourquoi troubler les idées du lecteur avec ces subtilités administratives ?

» Faudra-t-il, pour chaque enquête, expliquer en commençant : "Ceci se passait en telle année. Donc Maigret était attaché à tel service."

» Laissez-moi finir...

Il avait son idée et savait qu'il allait toucher un point faible.

— Êtes-vous, de par vos habitudes, vos attitudes, votre caractère, un homme du Quai des Orfèvres ou un homme de la rue des Saussaies ?

J'en demande pardon à mes collègues de la Sûreté nationale, parmi lesquels je compte de bons amis, mais je n'apprends rien à personne en admettant qu'il y a, mettons une rivalité, pour ne pas dire plus, entre les deux maisons.

Admettons aussi, ce que Simenon avait compris depuis le début, qu'en ce temps-là surtout il existait deux types de policiers assez différents.

Ceux de la rue des Saussaies, qui dépendent directement du ministre de l'Intérieur, sont plus ou moins amenés par la force des choses à s'occuper de besognes politiques.

Je ne leur en fais pas grief. J'avoue simplement que, pour ce qui est de moi, je préfère n'en pas être chargé.

Notre champ d'action, Quai des Orfèvres, est peut-être plus restreint, plus terre à terre. Nous nous contentons, en effet, de nous occuper des malfaiteurs de toutes sortes et, en général, de tout ce qui est inclus dans le mot « police » précisé par le mot « judiciaire ».

— Vous m'accorderez que vous êtes un homme du Quai. Vous en êtes fier. Eh bien ! j'ai fait de vous un homme du Quai. J'ai essayé d'en faire l'incarnation. Va-t-il falloir, pour des minuties, parce que vous avez la manie de l'exactitude, que je rende cette image moins nette en expliquant qu'en telle année, pour des raisons compliquées, vous avez provisoirement changé de maison, ce qui vous a permis de travailler aux quatre coins de la France ?

— Mais…

— Un instant. Le premier jour que je vous ai rencontré, je vous ai déclaré que je n'étais pas journaliste, mais romancier, et je me souviens avoir promis à M. Guichard que jamais mes récits ne constitueraient des indiscrétions susceptibles d'attirer des difficultés à ses services.

— Je sais, mais…

— Attendez donc, Maigret, sacrebleu !

C'était la première fois qu'il m'appelait comme ça. C'était la première fois aussi que ce gamin me faisait taire.

— J'ai changé les noms, sauf le vôtre et celui de deux ou trois de vos collaborateurs. J'ai pris soin de changer aussi les localités. Souvent, pour plus de précautions, j'ai changé les relations de famille des personnages entre eux.

» J'ai simplifié, et parfois il ne reste qu'un seul interrogatoire là où vous avez dû en faire subir quatre ou cinq, que deux ou trois pistes là où, au début, vous en avez eu dix devant vous.

» Je prétends que c'est moi qui ai raison, que c'est ma vérité la bonne.

» Je vous en ai apporté une preuve.

Il me désigna une pile de bouquins qu'il avait déposés sur mon bureau en arrivant et auxquels je n'avais pas prêté attention.

— Ce sont les livres écrits par des spécialistes sur des questions policières au cours des vingt dernières années, des récits vrais, de cette sorte de vérité que vous aimez.

» Lisez-les. Pour la plupart, vous connaissez les enquêtes que ces livres racontent par le détail.

» Eh bien ! je parie que vous ne les reconnaîtrez pas, justement parce que le souci d'objectivité fausse cette vérité qui est toujours, qui *doit* toujours être simple.

» Et maintenant...

Allons ! J'aime mieux en venir tout de suite à l'aveu. C'est à ce moment-là, justement, que j'ai su où le bât me blessait.

Il avait raison, parbleu, sur tous les points qu'il venait d'énumérer. Je me moquais, moi aussi, qu'il ait réduit le nombre des inspecteurs, qu'il m'ait fait passer des nuits sous la pluie à la place de ceux-ci et ait confondu, volontairement ou non, la Sûreté nationale avec la Police Judiciaire.

Ce qui me choquait, au fond, et que je ne voulais pas encore m'avouer à moi-même, c'était...

Bon Dieu ! que c'est difficile ! Souvenez-vous de ce que je vous ai dit du monsieur devant sa photographie.

Ne prenons que le détail du chapeau melon. Tant pis si je me couvre de ridicule en avouant que ce détail idiot m'a fait souffrir plus que tous les autres.

Quand le jeune Sim est entré pour la première fois au Quai des Orfèvres, j'avais encore un chapeau melon dans mon armoire, mais je ne le portais plus qu'à de rares occasions : pour des enterrements ou des cérémonies officielles.

Or il se fait que, dans mon bureau, était pendue une photographie prise quelques années plus tôt lors de je ne sais quel congrès et sur laquelle j'étais représenté avec ce maudit chapeau.

Ce qui me vaut encore aujourd'hui, lorsqu'on me présente à des gens qui ne m'ont jamais vu, de m'entendre dire :

— Tiens ! Vous avez changé de chapeau.

Quant au fameux pardessus à col de velours, ce n'est pas avec moi, mais avec ma femme que Simenon a eu, un jour, à s'en expliquer.

J'en ai eu un, je l'admets. J'en ai même eu plusieurs, comme tous les hommes de ma génération. Peut-être m'est-il arrivé, vers 1927, un jour de grand froid ou de pluie battante, de décrocher un de ces vieux pardessus-là.

Je ne suis pas coquet. Je me soucie assez peu de l'élégance. Mais, peut-être à cause de cela, j'ai horreur de me singulariser. Et mon petit tailleur juif de la rue de Turenne n'a pas plus envie que moi qu'on se retourne dans la rue à mon passage.

« Est-ce ma faute si je vous vois ainsi ? » aurait pu me répondre Simenon, comme le peintre qui fait un nez de travers ou des yeux bigles à son modèle.

Seulement le modèle en question n'est pas tenu de vivre toute sa vie face à face avec son portrait, et il n'y a pas des milliers de gens pour croire désormais qu'il a le nez de travers ou les yeux bigles.

Tout ceci, je ne le lui dis pas ce matin-là. Pudiquement, je me contentai de prononcer en regardant ailleurs :

— Était-il indispensable de *me* simplifier aussi ?

— Au début, mais oui. Il faut que le public s'habitue à vous, à votre silhouette, à votre démarche. Je viens sans doute de trouver le mot. Pour le moment, vous n'êtes encore qu'une silhouette, un dos, une pipe, une façon de marcher, de grommeler.

— Merci.

— Les détails apparaîtront peu à peu, vous verrez. Je ne sais pas le temps que cela prendra. Petit à petit, vous vous mettrez à vivre d'une vie plus subtile, plus complexe.

— C'est rassurant.

— Par exemple, jusqu'ici, vous n'avez pas encore de vie familiale, alors que le boulevard Richard-Lenoir et Mme Maigret constituent une bonne moitié de votre existence. Vous n'avez encore fait que téléphoner là-bas, mais on vous y verra.

— En robe de chambre et en pantoufles ?

— Et même dans votre lit.

— Je porte des chemises de nuit, dis-je avec ironie.

— Je sais. Cela vous complète. Même si vous vous étiez adapté aux pyjamas, je vous aurais mis une chemise de nuit.

Je me demande comment cette conversation aurait fini – probablement par une bonne dispute – si on ne m'avait annoncé qu'un petit indicateur de la rue Pigalle demandait à me parler.

— En somme, dis-je à Simenon, au moment où il tendait la main, vous êtes content de vous.

— Pas encore, mais cela viendra.

Est-ce que je pouvais lui déclarer que je lui interdisais, désormais, de se servir de mon nom ? Légalement, oui. Et cela aurait donné lieu à ce qu'on appelle un procès bien parisien qui m'aurait couvert de ridicule.

Le personnage se serait appelé autrement. Il n'en serait pas moins resté moi, ou plus exactement ce moi simplifié qui, à en croire son auteur, allait progressivement se compliquer.

Le pis, c'est que le bougre ne se trompait pas et que, chaque mois, pendant des années, j'allais trouver dans un livre à couverture photographique un Maigret qui m'imitait de plus en plus.

Si encore cela n'avait été que dans les livres ! Le cinéma allait s'en mêler, la radio, la télévision plus tard.

C'est une drôle de sensation de voir sur l'écran, allant, venant, parlant, se mouchant, un monsieur qui prétend être vous, qui emprunte certains de vos tics, prononce des phrases que vous avez prononcées, dans des circonstances que vous avez connues, que vous avez vécues, dans des cadres qui, parfois, ont été minutieusement reconstitués.

Encore avec le premier Maigret de l'écran, Pierre Renoir, la vraisemblance était-elle à peu près respectée. Je devenais un peu plus grand, plus svelte. Le visage, bien entendu, était différent, mais certaines attitudes étaient si frappantes que je soupçonne l'acteur de m'avoir observé à mon insu.

Quelques mois plus tard, je rapetissais de vingt centimètres et, ce que je perdais en hauteur, je le gagnais en embonpoint, je devenais, sous les traits d'Abel Tarride, obèse et bonasse, si mou que j'avais l'air d'un animal en baudruche qui va s'envoler au plafond. Je ne parle pas des clins d'œil entendus par lesquels je soulignais mes propres trouvailles et mes finesses !

Je ne suis pas resté jusqu'au bout du film, et mes tribulations n'étaient pas finies.

Harry Baur était sans doute un grand acteur, mais il avait vingt bonnes années de plus que moi à cette époque, un faciès à la fois mou et tragique.

Passons !

Après avoir vieilli de vingt ans, je rajeunissais de presque autant, beaucoup plus tard, avec un certain Préjean, à qui je n'ai aucun reproche à faire pas plus qu'aux autres, mais qui ressemble beaucoup plus à certains jeunes inspecteurs d'aujourd'hui qu'à ceux de ma génération.

Tout récemment enfin, on m'a grossi à nouveau, grossi à m'en faire éclater, en même temps que je me mettais, sous les traits de Charles Laughton, à parler la langue anglaise comme ma langue maternelle.

Eh bien ! de tous ceux-là, il y en a au moins un qui a eu le goût de tricher avec Simenon et de trouver que ma vérité valait mieux que la sienne.

C'est Pierre Renoir, qui ne s'est pas vissé un chapeau melon sur la tête, mais qui a arboré un chapeau mou tout ordinaire, des vêtements comme en porte n'importe quel fonctionnaire, qu'il soit ou non de la police.

Je m'aperçois que je n'ai parlé que de détails mesquins, d'un chapeau, d'un pardessus, d'un poêle à charbon, probablement parce que ce sont ces détails-là qui m'ont choqué les premiers.

On ne s'étonne pas de devenir un homme, puis un vieillard. Mais qu'un homme coupe simplement les pointes de ses moustaches et il ne se reconnaît pas lui-même.

La vérité, c'est que j'aime mieux en finir avec ce que je considère comme de menues faiblesses avant de confronter sur le fond les deux personnages.

Si Simenon a raison, ce qui est fort possible, le mien paraîtra falot et filandreux à côté de sa fameuse vérité simplifiée – ou arrangée –, et j'aurai l'air du monsieur grincheux qui retouche lui-même son portrait.

Maintenant que j'ai commencé, par le vêtement, il faut bien que je continue, ne fût-ce que pour ma tranquillité personnelle.

Simenon m'a demandé récemment – au fait, il a changé, lui aussi, depuis le gamin rencontré chez Xavier Guichard –, Simenon m'a demandé, dis-je, l'air un peu goguenard :

— Alors ? Ce nouveau Maigret ?

J'ai essayé de lui répondre par ses paroles de jadis.

— Il se dessine ! Ce n'est encore qu'une silhouette. Un chapeau. Un pardessus. Mais c'est son vrai chapeau. Son vrai pardessus ! Petit à petit, peut-être que le reste viendra, qu'il aura des bras, des jambes, qui sait, un visage ? Peut-être même se mettra-t-il à penser tout seul, sans l'aide d'un romancier.

Au fait, Simenon a maintenant à peu près l'âge que j'avais lorsque nous nous sommes rencontrés pour la première fois. À cette époque-là, il avait tendance à me considérer comme un homme mûr et même, au fond de lui, comme un homme déjà vieux.

Je ne lui ai pas demandé ce qu'il en pensait aujourd'hui, mais je n'ai pas pu m'empêcher de remarquer :

— Savez-vous qu'avec les années vous vous êtes mis à marcher, à fumer votre pipe, voire à parler comme *votre* Maigret ?

Ce qui est vrai et ce qui me fournit, on me le concédera, une assez savoureuse vengeance.

C'est un peu comme si, sur le tard, il commençait à *se* prendre pour *moi* !

3

*Où j'essayerai de parler d'un docteur barbu
qui a eu son influence sur la vie
de ma famille et peut-être, en fin de compte,
sur le choix de ma carrière*

Je ne sais pas si, cette fois, je trouverai le ton, car, ce matin, j'ai déjà rempli mon panier à papiers de pages déchirées les unes après les autres.

Et, hier soir, j'ai été sur le point d'abandonner.

Pendant que ma femme lisait ce que j'avais écrit dans la journée, je l'observais en feignant de lire mon journal, comme d'habitude, et à certain moment j'ai eu l'impression qu'elle était surprise, puis, jusqu'à la fin, elle me lança des petits coups d'œil étonnés, presque peinés.

Au lieu de me parler tout de suite, elle est allée silencieusement remettre le manuscrit dans le tiroir, et cela a pris du temps avant qu'elle prononce, en s'efforçant de rendre sa remarque aussi légère que possible :

— On dirait que tu ne l'aimes pas.

Je n'avais pas besoin de lui demander de qui elle parlait et cela a été mon tour de ne pas comprendre, de fixer sur elle mes plus gros yeux.

— Qu'est-ce que tu racontes ? m'exclamai-je. Depuis quand Simenon ne serait-il plus notre ami ?

— Oui, évidemment…

Je cherchais ce qu'elle pouvait avoir derrière la tête, essayais de me rappeler ce que j'avais écrit.

— Je me trompe peut-être, ajouta-t-elle. Je me trompe sûrement, puisque tu le dis. Mais j'ai eu l'impression, en lisant certains passages, que tu assouvissais une vraie rancune. Comprends-moi. Pas une de ces grosses rancunes qu'on avoue. Quelque chose de plus sourd, de plus…

Elle n'ajouta pas le mot, – ce que je fis pour elle : « … de plus honteux… »

Or, Dieu sait si, en écrivant, c'était loin de mon esprit. Non seulement j'ai toujours entretenu avec Simenon des relations les plus cordiales, mais il n'a pas tardé à devenir l'ami de la famille, et nos rares déplacements d'été ont été presque tous pour aller le voir dans ses domiciles successifs, quand il vivait encore en France : en Alsace, à Porquerolles, en Charente, en Vendée, et j'en passe. Peut-être même, si, plus récemment, j'ai accepté une tournée semi-officielle qu'on m'offrait à travers les États-Unis, n'était-ce que parce que je savais le rencontrer en Arizona où il vivait alors.

— Je te jure… commençai-je gravement.

— Je te crois. Ce sont les lecteurs qui ne te croiront peut-être pas.

C'est ma faute, j'en suis persuadé. Je n'ai pas l'habitude de manier l'ironie et je me rends compte que je dois le faire lourdement. Or, justement, j'avais voulu traiter avec légèreté, par une sorte de pudeur, un sujet difficile, plus ou moins pénible à mon amour-propre.

Ce que j'essaie de faire, en somme, c'est ni plus ni moins que d'ajuster une image à une autre image, un personnage, non pas à son ombre, mais à son double. Et Simenon a été tout le premier à m'encourager dans cette entreprise.

J'ajoute, pour tranquilliser ma femme, qui est d'une fidélité presque sauvage dans ses amitiés, que Simenon, comme je l'ai dit hier en d'autres termes, parce que je plaisantais, n'a plus rien du jeune homme dont l'assurance agressive m'avait parfois fait tiquer, qu'au contraire c'est lui, à présent, qui est devenu volontiers taciturne, qui parle avec une certaine hésitation, surtout des sujets qui lui tiennent à cœur, craignant d'affirmer, quêtant, je le jurerais, mon approbation.

Ceci dit, vais-je encore le chiner ? Un tout petit peu, malgré tout. Ce sera sans doute la dernière fois. L'occasion est trop belle, et je n'y résiste pas.

Dans les quelque quarante volumes qu'il a consacrés à mes enquêtes, on compterait probablement une vingtaine d'allusions à mes origines, à ma famille, quelques mots sur mon père et sur sa profession de régisseur, une mention du collège de Nantes où j'ai fait une partie de mes études, d'autres, très brèves, à mes deux années de médecine.

Or c'est le même homme à qui il a fallu près de huit cents pages pour raconter son enfance jusqu'à l'âge de seize ans. Peu importe qu'il l'ait fait sous forme de roman, que les personnages soient exacts ou non, il n'en a pas moins cru que son héros n'était complet qu'accompagné de ses parents et grands-parents, de ses oncles et de ses tantes dont il nous rapporte les travers et les maladies, les petits vices et les fibromes, et il n'y a pas jusqu'au chien de la voisine qui n'ait droit à une demi-page.

Je ne m'en plains pas, et, si je fais cette remarque, c'est une façon détournée de me défendre à l'avance de l'accusation qu'on pourrait me faire de parler des miens avec trop de complaisance.

Pour moi, un homme sans passé n'est pas tout à fait un homme. Au cours de certaines enquêtes, il m'est arrivé de consacrer plus de temps à la famille et à l'entourage d'un suspect qu'au suspect lui-même, et c'est souvent ainsi que j'ai découvert la clé de ce qui aurait pu rester un mystère.

On a dit, et c'est exact, que je suis né dans le Centre, non loin de Moulins, mais je ne me souviens pas qu'il ait été précisé que la propriété dont mon père était régisseur était une propriété de trois mille hectares sur laquelle on ne comptait pas moins de vingt-six métairies.

Non seulement mon grand-père, que j'ai connu, était un de ces métayers, mais il succédait à trois générations au moins de Maigret qui avaient labouré la même terre.

Une épidémie de typhus, alors que mon père était jeune, a décimé la famille qui comportait sept ou huit enfants, n'en laissant survivre que deux, mon père et une sœur, qui devait par la suite épouser un boulanger et aller se fixer à Nantes.

Pourquoi mon père est-il allé au lycée de Moulins, rompant ainsi avec des traditions si anciennes ? J'ai tout lieu de croire que le curé du village s'est inté-ressé à lui. Mais ce n'était pas la rupture avec la terre, car, après deux années dans une école d'agriculture, il est revenu au village et est entré au service du château comme aide-régisseur.

Je ressens toujours une certaine gêne à parler de lui. J'ai l'impression, en effet, que les gens se disent :

« Il a gardé de ses parents l'image qu'on s'en fait quand on est enfant. »

Et, longtemps, je me suis demandé à moi-même si je ne me trompais pas, si mon esprit critique n'était pas en défaut.

Mais il m'est arrivé de rencontrer d'autres hommes comme lui, surtout parmi ceux de sa génération, la plupart du temps dans la même condition sociale, qu'on pourrait dire intermédiaire.

Pour mon grand-père, les gens du château, leurs droits, leurs privilèges, leur comportement ne se discutaient pas. Ce qu'il en pensait au fond de lui-même, je ne l'ai jamais su. J'étais encore jeune quand il est mort. Je n'en reste pas moins persuadé, en me souvenant de certains regards, de certains silences surtout, que son approbation n'était pas passive, qu'elle n'était même pas toujours de l'approbation, ni de la résignation, mais qu'elle procédait, au contraire, d'une certaine fierté et surtout d'un sentiment très poussé du devoir.

C'est ce sentiment-là qui a subsisté chez des hommes comme mon père, mêlé à une réserve, à un besoin de décence qui a pu faire croire à de la résignation.

Je le revois fort bien. J'ai gardé de lui des photographies. Il était très grand, très maigre, et sa maigreur était accentuée par des pantalons étroits que des jambières de cuir recouvraient jusqu'au-dessous des genoux. J'ai toujours vu mon père en jambières de cuir. C'était pour lui une sorte d'uniforme. Il ne portait pas la barbe, mais de longues moustaches d'un blond roux dans lesquelles, l'hiver, quand il rentrait, je sentais en l'embrassant de petits cristaux de glace.

Notre maison se dressait dans la cour du château, une jolie maison en briques roses, à un étage, qui dominait les bâtiments bas où vivaient plusieurs familles de valets, de palefreniers, de gardes, dont les femmes, pour la plupart, travaillaient au château comme blanchisseuses, comme couturières ou comme aides de cuisine.

Dans cette cour-là, mon père était une sorte de souverain à qui les hommes parlaient avec respect en retirant leur casquette.

Une fois par semaine environ, il partait en carriole, au début de la nuit, parfois dès le soir, avec un ou plusieurs métayers, pour aller vendre ou acheter des bêtes dans quelque foire lointaine dont il ne revenait que le lendemain à la tombée du jour.

Son bureau était dans un bâtiment séparé, avec, sur les murs, des photographies de bœufs et de chevaux primés, les calendriers des foires et, presque toujours, se desséchant à mesure que l'année s'avançait, la plus belle gerbe de blé récoltée sur les terres.

Vers dix heures, il traversait la cour et pénétrait dans un domaine à part. Contournant les bâtiments, il gagnait le grand perron que les paysans ne franchissaient jamais et passait un certain temps derrière les murs épais du château.

C'était pour lui, en somme, ce que le rapport du matin est pour nous à la Police Judiciaire, et, enfant, j'étais fier de le voir, très droit, sans trace de servilité, gravir les marches de ce perron prestigieux.

Il parlait peu, riait rarement, mais, quand cela lui arrivait, on était surpris de lui découvrir un rire jeune, presque enfantin, de le voir s'amuser de plaisanteries naïves.

Il ne buvait pas, contrairement à la plupart des gens que je connaissais. À chaque repas, on lui mettait à table une petite carafe qui lui était réservée, remplie à moitié d'un léger vin blanc récolté dans la propriété, et jamais je ne lui ai rien vu prendre d'autre, même aux mariages ou aux enterrements. Et, dans les foires, où il était obligé de fréquenter les auberges, on lui apportait d'office une tasse de café dont il était friand.

À mes yeux, c'était un homme, et même un homme d'un certain âge. J'avais cinq ans quand mon grand-père est mort. Quant à mes grands-parents maternels, ils habitaient à plus de cinquante kilomètres de là, et nous ne faisions le voyage que deux fois par an, de sorte que je les ai peu connus. Ce n'étaient pas des fermiers. Ils tenaient, dans un bourg assez important, une épicerie flanquée, comme c'est souvent le cas à la campagne, d'une salle de café.

Je n'affirmerais pas, aujourd'hui, que cela n'a pas été la raison pour laquelle nos rapports avec la belle-famille n'étaient pas plus étroits.

J'avais un peu moins de huit ans quand j'ai fini par m'apercevoir que ma mère était enceinte. Par des phrases surprises au hasard, par des chuchotements, j'ai plus ou moins compris que l'événement était inattendu, qu'après ma naissance les médecins avaient

décrété que de nouvelles couches étaient impro-
bables.

Tout cela, je l'ai surtout reconstitué par la suite,
morceau par morceau, et je suppose qu'il en est ainsi
de tous les souvenirs d'enfance.

Il y avait à cette époque, au village voisin, plus
important que le nôtre, un médecin à barbe rousse et
pointue qu'on appelait Gadelle – Victor Gadelle, si
je ne me trompe pas – dont on parlait beaucoup,
presque toujours avec des airs mystérieux, et, probablement à cause de sa barbe, à cause aussi de tout ce
qui se disait sur lui, je n'étais pas loin de le prendre
pour une sorte de diable.

Il existait un drame dans sa vie, un vrai drame, le
premier qu'il m'ait été donné de connaître et qui m'a
fort impressionné, d'autant plus qu'il devait avoir une
profonde influence sur notre famille, et, par là, sur
toute mon existence.

Gadelle buvait. Il buvait plus que n'importe quel
paysan du pays, pas seulement de temps en temps,
mais tous les jours, commençant le matin, pour ne
s'arrêter que le soir. Il buvait assez pour répandre,
dans la chaleur d'une pièce, une odeur d'alcool que
je reniflais toujours avec dégoût.

En outre, il était peu soigné de sa personne. On
peut même dire qu'il était sale.

Comment, dans ces conditions, pouvait-il être l'ami
de mon père ? C'était pour moi un mystère. Le fait
est qu'il venait souvent le voir, bavarder avec lui dans
notre maison et qu'il y avait même un rite, celui, dès
son arrivée, de prendre, dans le buffet vitré, un
carafon d'eau-de-vie qui ne servait guère que pour
lui.

Du premier drame, je n'ai presque rien su à l'époque. La femme du Dr Gadelle a été enceinte, et cela devait être pour la sixième ou la septième fois. À mes yeux, c'était déjà une vieille femme, alors qu'elle avait probablement une quarantaine d'années.

Que s'est-il passé le jour de l'accouchement ? Il paraît que Gadelle est rentré chez lui plus ivre que d'habitude, qu'en attendant la délivrance, au chevet de sa femme, il a continué à boire.

Or l'attente a été plus longue que la normale. On avait emmené les enfants chez des voisins. Vers le matin, comme rien ne se produisait, la belle-sœur, qui avait passé la nuit dans la maison, s'était absentée pour aller jeter un coup d'œil chez elle.

Il paraît qu'on a entendu des cris, un vacarme, des allées et venues chez le docteur.

Quand on y est entré, Gadelle pleurait dans un coin. Sa femme était morte. L'enfant aussi.

Et, longtemps après, je devais encore surprendre les commères qui se murmuraient à l'oreille, avec des mines indignées ou consternées :

— Une vraie boucherie !...

Pendant des mois, il y eut un cas Gadelle, qui faisait l'objet de toutes les conversations et qui, comme il fallait s'y attendre, divisait le pays en deux camps.

Certains – et ils étaient nombreux – allaient à la ville, ce qui était alors un vrai voyage, pour consulter un autre médecin, tandis que quelques-uns, indifférents ou confiants quand même, continuaient à appeler le docteur barbu.

Mon père ne m'a jamais fait de confidences sur ce sujet. J'en suis donc réduit aux conjectures.

Gadelle, c'est certain, n'a jamais cessé de venir nous voir. Il entrait chez nous comme par le passé, au cours de ses tournées, et le geste restait le même pour poser devant lui le fameux carafon à bord doré.

Il buvait moins, cependant. On prétendait qu'on ne le voyait plus jamais ivre. Une nuit, dans la plus lointaine des métairies, il fut appelé pour un accouchement et s'en tira honorablement. En rentrant chez lui, il passa par chez nous, et je me souviens qu'il était très pâle ; je revois mon père lui serrer la main avec une insistance qui n'était pas dans sa manière, comme pour l'encourager, comme pour lui dire : « Vous voyez que ce n'était pas désespéré. »

Car mon père ne désespérait jamais des gens. Je ne lui ai jamais entendu prononcer un jugement sans appel, même quand la brebis galeuse du domaine, un métayer fort en gueule, dont il avait dû dénoncer les malversations au château, l'avait accusé de je ne sais quelles manigances malpropres.

Il est certain que, si, après la mort de sa femme et de l'enfant, personne ne s'était trouvé pour tendre la main au docteur, c'était un homme perdu.

Mon père l'a fait. Et, quand ma mère a été enceinte, un certain sentiment qu'il m'est difficile d'expliquer, mais que je comprends, l'a obligé à aller jusqu'au bout.

Il a pourtant pris des précautions. Deux fois, dans les derniers temps de la grossesse, il a emmené ma mère à Moulins pour consulter un spécialiste.

Le terme est arrivé. Un valet d'écurie, à cheval, est allé chercher le docteur vers le milieu de la nuit. On ne m'a pas fait quitter la maison où je suis resté enfermé dans ma chambre, terriblement impressionné, bien que, comme tous les gamins de la campagne, j'aie eu très jeune une certaine connaissance de ces choses.

Ma mère est morte à sept heures du matin, alors que l'aube se levait, et, quand je suis descendu, le premier objet qui ait attiré mon regard, malgré mon émotion, a été le carafon sur la table de la salle à manger.

Je restais enfant unique. Une fille des environs est venue s'installer à la maison pour faire le ménage et prendre soin de moi. Je n'ai jamais vu, depuis, le Dr Gadelle franchir notre seuil, mais jamais non plus je n'ai entendu mon père dire un mot à son sujet.

Une période très grise, confuse, a suivi ce drame. J'allais à l'école du village. Mon père parlait de moins en moins. Il avait trente-deux ans, et ce n'est que maintenant que je me rends compte de sa jeunesse.

Je n'ai pas protesté lorsque j'eus mes douze ans et qu'il fut question de m'envoyer comme interne au lycée de Moulins, où il était impossible de me conduire chaque jour.

Je n'y suis resté que quelques mois. J'y étais malheureux, complètement étranger dans un monde nouveau qui me paraissait hostile. Je n'en ai rien dit à mon père, qui me ramenait à la maison tous les samedis soir. Je ne me suis jamais plaint.

Il a dû comprendre, car, aux vacances de Pâques, sa sœur, dont le mari avait ouvert une boulangerie à Nantes, vint soudain nous voir, et je m'aperçus qu'il s'agissait d'un plan déjà échafaudé par correspondance.

Ma tante, qui avait le teint très rose, commençait à s'empâter. Elle n'avait pas d'enfant et s'en chagrinait.

Pendant plusieurs jours, je l'ai vue tourner maladroitement autour de moi comme pour m'apprivoiser.

Elle me parlait de Nantes, de leur maison près du port, de la bonne odeur du pain chaud, de son mari qui passait toute la nuit dans son fournil et qui dormait pendant la journée.

Elle se montrait très gaie. J'avais deviné. J'étais résigné. Ou, plus exactement, car je n'aime pas ce mot-là, j'avais accepté.

Nous avons eu, mon père et moi, une longue conversation, en nous promenant dans la campagne, un dimanche matin après la messe. C'est la première fois qu'il m'a parlé comme à un homme. Il envisageait mon avenir, l'impossibilité pour moi d'étudier au village, l'absence pour moi, si je restais interne à Moulins, de vie familiale normale.

Je sais aujourd'hui ce qu'il pensait. Il se rendait compte que la compagnie d'un homme comme lui, qui s'était replié sur lui-même et vivait le plus souvent avec ses pensées, n'était pas souhaitable pour un garçon qui, lui, attendait encore tout de la vie.

Je suis parti avec ma tante, une grosse malle tressautant derrière nous, dans la carriole qui nous conduisait à la gare.

Mon père n'a pas pleuré. Moi non plus.

C'est à peu près tout ce que je sais de lui. Pendant des années, à Nantes, j'ai été le neveu du boulanger et de la boulangère et je me suis presque habitué à un homme dont je voyais chaque jour la poitrine velue dans la lumière rougeoyante du four.

Je passais toutes mes vacances avec mon père. Je n'ose pas dire que nous étions l'un pour l'autre des étrangers. Mais j'avais ma vie personnelle, mes ambitions, mes problèmes.

C'était mon père, que j'aimais, que je respectais, mais que je n'essayais plus de comprendre. Et cela a duré des années. En est-il toujours ainsi ? J'ai une certaine tendance à le penser.

Lorsque la curiosité m'est revenue, il était trop tard pour poser les questions que j'aurais alors tant voulu poser, que je me reprochais de ne pas avoir posées quand il était encore là pour me répondre.

Mon père était mort, à quarante-quatre ans, d'une pleurésie.

J'étais un jeune homme, j'avais commencé mes études médicales. Les dernières fois que j'étais allé au château, j'avais été frappé par la roseur des pommettes de mon père, par ses yeux qui, le soir, devenaient brillants, fiévreux.

— Y a-t-il eu des tuberculeux dans la famille ? ai-je demandé un jour à ma tante.

Et elle, comme si je parlais d'une tare honteuse :

— Jamais de la vie, voyons ! Tous étaient forts comme des chênes ! Ne te souviens-tu pas de ton grand-père ?

Je m'en souvenais, justement. Je me rappelais certaine toux sèche qu'il mettait sur le compte du tabac. Et, aussi loin que je remontais dans mes souvenirs, je revoyais à mon père les mêmes pommettes sous lesquelles un feu avait l'air de couver.

Ma tante, elle aussi, avait ces roseurs-là.

— À toujours vivre dans la chaleur d'une boulangerie ! rétorquait-elle.

Elle n'en est pas moins morte du même mal que son frère, dix ans plus tard.

Quant à moi, de retour à Nantes, où je devais aller rechercher mes affaires avant de commencer une nouvelle existence, j'ai hésité longtemps avant de me présenter au domicile personnel d'un de mes professeurs et de lui demander de m'ausculter.

— Aucun danger de ce côté-là ! me rassura-t-il.

Deux jours après, je prenais le train pour Paris.

Ma femme ne m'en voudra pas, cette fois, si j'en reviens à Simenon et à l'image qu'il a créée de moi, car il s'agit de discuter un point qu'il a soulevé dans un de ses livres, un des plus récents, et qui me touche particulièrement.

C'est même un des points qui m'ont le plus chiffonné et je ne parle pas des petites questions vestimentaires ou autres que je me suis amusé à soulever.

Je ne serais pas le fils de mon père si je n'étais assez chatouilleux en ce qui concerne mon métier, ma carrière, et c'est justement de cela qu'il s'agit.

J'ai eu l'impression, parfois, l'impression désagréable, que Simenon essayait en quelque sorte de m'excuser aux yeux du public d'être entré dans la police. Et je suis certain que dans l'esprit de certains je n'ai accepté cette profession que comme un pis-aller.

Or il n'y a pas de doute, en effet, que j'avais commencé mes études de médecine et que j'avais choisi cette profession de mon plein gré, sans y être poussé par des parents plus ou moins ambitieux, comme c'est souvent le cas.

Il y avait des années que je n'y pensais plus et je ne songeais pas à me poser de questions à ce sujet quand, justement, à cause de quelques phrases écrites sur ma vocation, le problème s'est petit à petit imposé à moi.

Je n'en ai parlé à personne, pas même à ma femme. Aujourd'hui, il me faut surmonter certaines pudeurs pour mettre les choses au point ou essayer de le faire.

Dans un de ses livres donc, Simenon a parlé de « raccommodeur de destinées », et il n'a pas inventé le mot, qui est bien de moi, que j'ai dû lâcher un jour que nous bavardions ensemble.

Or je me demande si tout n'est pas venu de Gadelle, dont le drame, je m'en suis rendu compte par la suite, m'avait frappé beaucoup plus que je ne pensais.

Parce qu'il était médecin, parce qu'il avait failli, la profession médicale s'est trouvée revêtir à mes yeux un prestige extraordinaire, au point de devenir une sorte de sacerdoce.

Pendant des années, sans m'en rendre compte, j'ai essayé de comprendre le drame de cet homme aux prises avec un destin hors de sa mesure.

Et je me rappelais l'attitude de mon père à son égard, je me demandais si mon père avait compris la même chose que moi, si c'était pour cela que, quoi qu'il lui en coûtât, il lui avait laissé jouer sa chance.

De Gadelle, insensiblement, je suis passé à la plupart des gens que j'avais connus, des gens simples, presque tous, à la vie nette en apparence, et qui pourtant avaient eu un jour ou l'autre à se mesurer avec la destinée.

Qu'on n'oublie pas que ce ne sont pas des pensées d'homme fait que je m'efforce de traduire ici, mais le cheminement d'un esprit de gamin, puis d'adolescent.

La mort de ma mère m'apparaissait comme un drame tellement stupide, tellement *inutile* !

Et tous les autres drames que je connaissais, tous ces ratages me plongeaient dans une sorte de désespoir furieux.

Personne n'y pouvait-il rien ? Fallait-il admettre qu'il n'y eût pas quelque part un homme plus intelligent ou plus averti que les autres – que je voyais plus ou moins sous les traits d'un médecin de famille, d'un Gadelle qui n'aurait pas failli – capable de dire doucement, fermement :

— Vous faites fausse route. En agissant ainsi, vous allez fatalement à la catastrophe. Votre vraie place est ici et non là.

Je crois que c'est cela : j'avais l'obscur sentiment que trop de gens n'étaient pas à leur place, qu'ils s'efforçaient de jouer un rôle qui n'était pas à leur taille et que, par conséquent, la partie, pour eux, était perdue d'avance.

Qu'on n'aille surtout pas penser que je prétendais devenir un jour cette sorte de Dieu le Père.

Après avoir cherché à comprendre Gadelle, puis à comprendre le comportement de mon père à son égard, je continuais à regarder autour de moi en me posant les mêmes questions.

Un exemple qui fera sourire. Nous étions cinquante-huit dans ma classe, certaine année, cinquante-huit élèves provenant de milieux divers, avec des qualités, des ambitions, des défauts différents. Or je m'étais amusé à tracer en quelque sorte le destin idéal de tous mes condisciples et, dans mon esprit, je les appelais : « L'avocat… Le percepteur… »

Je m'ingéniais aussi tout un temps à deviner de quoi les gens qui m'approchaient finiraient par mourir.

Comprend-on mieux pourquoi j'ai eu l'idée de devenir médecin ? Le mot police, pour moi, à cette époque, n'évoquait que le sergent de ville du coin de la rue. Et, si j'avais entendu parler de police secrète, je n'avais pas la moindre idée de ce que cela pouvait être.

Et, tout à coup, je devais gagner ma vie. J'arrivai à Paris sans même une vague notion de la carrière que j'allais choisir. Étant donné mes études inachevées, je ne pouvais guère espérer d'autre chance que d'entrer dans un bureau, et c'est dans cet esprit que, sans enthousiasme, je me mis à lire les petites annonces des journaux. Mon oncle m'avait offert, mais en vain, de me garder à la boulangerie et de m'enseigner son métier.

Dans le petit hôtel où j'habitais, rive gauche, vivait, sur le même palier que moi, un homme qui m'intriguait, un homme d'une quarantaine d'années à qui je trouvais, Dieu sait pourquoi, une certaine ressemblance avec mon père.

Au physique, en effet, il était aussi différent que possible de l'homme blond et maigre, aux épaules tombantes, que j'avais toujours vu en jambières de cuir.

Il était plutôt petit, trapu, brun de poil, avec une calvitie précoce qu'il cachait en ramenant soigneusement ses cheveux vers le front, des moustaches noires aux pointes roulées au fer.

Il était toujours vêtu de noir, correctement, portait un pardessus à col de velours, qui explique certain autre pardessus, et une canne à pommeau d'argent massif.

Je crois que la ressemblance avec mon père résidait dans son maintien, dans une certaine façon de marcher sans jamais presser le pas, d'écouter, de regarder, puis, en quelque sorte, de se renfermer en lui-même.

Le hasard me fit le rencontrer dans un restaurant à prix fixe du quartier ; j'appris qu'il y prenait presque chaque jour son repas du soir et je me mis, sans raison précise, à désirer faire sa connaissance.

C'est en vain que j'essayai de deviner ce qu'il pouvait faire dans la vie. Il devait être célibataire, puisqu'il vivait seul à l'hôtel. Je l'entendais se lever le matin, rentrer le soir à des heures irrégulières.

Il ne recevait jamais personne et, la seule fois que je le rencontrai en compagnie, il était en conversation, au coin du boulevard Saint-Michel, avec un individu qui marquait si mal qu'on l'aurait sans hésiter, à l'époque, qualifié d'apache.

J'étais sur le point de trouver une place dans une maison de passementerie de la rue des Victoires. Je devais me représenter le lendemain avec des références que j'avais demandées par écrit à mes anciens professeurs.

Ce soir-là, au restaurant, mû par je ne sais quel instinct, je me décidai à me lever de table juste au moment où mon voisin de palier remettait sa serviette dans son casier, de sorte que je me trouvai à lui tenir la porte.

Il avait dû me remarquer. Peut-être devina-t-il mon désir de lui parler, car il m'accorda un regard appuyé.

— Je vous remercie, dit-il.

Puis, comme je restais debout sur le trottoir :

— Vous rentrez à l'hôtel ?

— Je crois… Je ne sais pas…

Il faisait une belle nuit d'arrière-saison. Les quais n'étaient pas loin, et on voyait la lune se lever au-dessus des arbres.

— Seul à Paris ?

— Je suis seul, oui.

Sans demander ma compagnie, il l'acceptait, l'admettait comme un fait accompli.

— Vous cherchez du travail ?

— Comment le savez-vous ?

Il ne se donna pas la peine de répondre et glissa un cachou entre ses lèvres. Je devais comprendre bientôt pourquoi. Il était affligé d'une mauvaise haleine et le savait.

— Vous venez de province ?

— De Nantes, mais je suis originaire de la campagne.

Je lui parlais avec confiance. C'était à peu près la première fois, depuis que j'étais à Paris, que je trouvais un compagnon, et son silence ne me gênait pas du tout, sans doute parce que j'étais habitué aux silences bienveillants de mon père.

Je lui avais raconté presque toute mon histoire quand nous nous sommes trouvés quai des Orfèvres, de l'autre côté du pont Saint-Michel.

Devant une grande porte entr'ouverte, il s'arrêta, me dit :

— Voulez-vous m'attendre un instant ? Je n'en ai que pour quelques minutes.

Un agent de police en uniforme était en faction à la porte. Après avoir fait un moment les cent pas, je lui demandai :

— N'est-ce pas le Palais de Justice ?

— Cette entrée est celle des locaux de la Sûreté.

Mon voisin de palier s'appelait Jacquemain. Il était célibataire, en effet, je l'appris ce soir-là pendant que nous déambulions le long de la Seine, franchissant plusieurs fois les mêmes ponts, avec, presque toujours, la masse du Palais de Justice qui nous dominait.

Il était inspecteur de police et me parla de son métier, brièvement comme mon père l'aurait fait du sien, avec la même fierté sous-jacente.

Il a été tué trois ans plus tard, avant que j'accède moi-même à ces bureaux du Quai des Orfèvres devenus prestigieux à mes yeux. Cela s'est passé du côté de la Porte d'Italie, au cours d'une rixe. Une balle, qui ne lui était même pas destinée, l'a frappé en pleine poitrine.

Sa photographie existe encore, avec d'autres, dans un de ces cadres noirs surmontés de la mention : « Mort pour le service. »

Il m'a peu parlé. Il m'a surtout écouté. Ce qui ne m'a pas empêché, vers onze heures du soir, de lui dire d'une voix tremblante d'impatience :

— Vous croyez vraiment que c'est possible ?

— Je vous donnerai une réponse demain soir.

Il ne s'agissait pas, évidemment, d'entrer de plain-pied à la Sûreté. Ce n'était pas encore l'époque des diplômes, et chacun devait commencer dans le rang.

Ma seule ambition était d'être accepté, à n'importe quel titre, dans un des commissariats de Paris, d'être admis à découvrir moi-même une face du monde que l'inspecteur Jacquemain n'avait fait que me laisser entrevoir.

Au moment de nous quitter, sur le palier de notre hôtel, qui a été démoli depuis, il me demanda :

— Cela vous ennuierait beaucoup de porter l'uniforme ?

J'ai eu un petit choc, je l'avoue, une courte hésitation qui ne lui a pas échappé et qui n'a pas dû lui faire plaisir.

— Non... ai-je répondu à voix basse.

Et je l'ai porté, pas longtemps, sept ou huit mois. Comme j'avais de longues jambes et que j'étais très maigre, très rapide, si étrange que cela puisse paraître aujourd'hui, on m'a donné un vélo et, pour m'apprendre à connaître un Paris où je me perdais sans cesse, on m'a chargé de délivrer les plis dans les différents bureaux officiels.

Simenon a-t-il raconté ça ? Je ne m'en souviens pas. Pendant des mois, juché sur ma bicyclette, je me suis faufilé entre les fiacres et les omnibus à impériale, encore traînés par des chevaux, qui, surtout quand ils dévalaient de Montmartre, me faisaient une peur épouvantable.

Les fonctionnaires portaient encore des redingotes et des chapeaux hauts de forme et, à partir d'un certain grade, arboraient la jaquette.

Les agents, pour la plupart, étaient des hommes d'un certain âge, au nez souvent rougeoyant, qu'on voyait boire le coup sur le zinc avec les cochers et dont les chansonniers se moquaient sans vergogne.

Je n'étais pas marié. Mon uniforme me gênait pour faire la cour aux jeunes filles, et je décidai que ma vraie vie ne commencerait que le jour où j'entrerais non plus comme messager porteur de plis officiels, mais comme inspecteur, par le grand escalier, dans la maison du Quai des Orfèvres.

Lorsque je lui parlai de cette ambition, mon voisin de palier ne sourit pas, me regarda d'un air rêveur et murmura :

— Pourquoi pas ?

Je ne savais pas que j'irais si tôt à son enterrement. Mes pronostics sur les destinées humaines laissaient à désirer.

4

Où je mange les petits fours
d'Anselme et Géraldine
au nez et à la barbe des Ponts et Chaussées

Est-ce que mon père, mon grand-père se sont jamais demandé s'ils auraient pu être autre chose que ce qu'ils étaient ? Avaient-ils eu d'autres ambitions ? Enviaient-ils un sort différent du leur ?

C'est drôle d'avoir vécu si longtemps avec les gens et de ne rien savoir de ce qui paraîtrait aujourd'hui essentiel. Je me suis souvent posé la question, avec l'impression d'être à cheval entre deux mondes totalement étrangers l'un à l'autre.

Nous en avons parlé, il n'y a pas si longtemps, Simenon et moi, dans mon appartement du boulevard Richard-Lenoir. Je me demande si ce n'était pas la veille de son départ pour les États-Unis. Il était tombé en arrêt devant la photographie agrandie de mon père, qu'il a pourtant vue pendant des années au mur de la salle à manger.

Tout en l'examinant avec une attention particulière, il me lançait de petits coups d'œil scrutateurs, comme s'il cherchait à établir des comparaisons, et cela le rendait rêveur.

— En somme, finit-il par dire, vous êtes né, Maigret, dans le milieu idéal, au moment idéal de l'évolution d'une famille, pour faire un grand commis, comme on disait jadis, ou, si vous préférez, un fonctionnaire de grande classe.

Cela m'a frappé, parce que j'y avais déjà pensé, d'une façon moins précise, surtout moins personnelle, j'avais noté le nombre de mes collègues qui provenaient de familles paysannes ayant depuis peu perdu le contact direct avec la terre.

Simenon continuait, avec presque l'air de le regretter, de m'envier :

— Moi, je suis en avant d'une génération. Il faut que je remonte à mon grand-père pour trouver l'équivalent de votre père. Mon père, lui, était déjà à l'étage fonctionnaire.

Ma femme le regardait avec attention, s'efforçant de comprendre, et il prit un ton plus léger pour ajouter :

— Normalement, j'aurais dû accéder aux professions libérales par la petite porte, par le bas, peiner pour devenir médecin de quartier, avocat ou ingénieur. Ou alors...

— Alors quoi ?

— Être un aigri, un révolté. C'est la majorité, nécessairement. Sinon, il y aurait pléthore de médecins et d'avocats. Je crois que je suis de la souche qui fournit le plus grand nombre de ratés.

Je ne sais pas pourquoi cette conversation me revient tout à coup. C'est probablement parce que j'évoque mes années de début et que j'essaie d'analyser mon état d'esprit à cette époque-là.

J'étais seul au monde. Je venais d'arriver dans un Paris que je ne connaissais pas et où la richesse s'étalait plus ostensiblement qu'aujourd'hui.

Deux choses frappaient : cette richesse, d'une part, et, d'autre part, la pauvreté ; et j'étais du second côté.

Tout un monde vivait, sous les yeux de la foule, une vie d'oisiveté raffinée, et les journaux rendaient compte des faits et gestes de ces gens-là qui n'avaient d'autres préoccupations que leurs plaisirs et leurs vanités.

Or pas un moment je n'ai eu la tentation de me rebeller. Je ne les enviais pas. Je n'espérais pas leur ressembler un jour. Je ne comparais pas mon sort au leur.

Pour moi, ils faisaient partie d'un monde aussi différent que celui d'une autre planète.

Je me souviens que j'avais alors un appétit insatiable, qui était déjà légendaire lorsque j'étais enfant. À Nantes, ma tante racontait volontiers qu'elle m'avait vu manger, en rentrant du lycée, un pain de quatre livres, ce qui ne m'avait pas empêché de dîner deux heures plus tard.

Je gagnais très peu d'argent, et mon grand souci était de satisfaire cet appétit qui était en moi ; le luxe ne m'apparaissait pas aux terrasses des cafés célèbres des boulevards, ni aux vitrines de la rue de la Paix, mais, plus prosaïquement, à l'étalage des charcuteries.

Je connaissais, sur les chemins que j'avais l'habitude de prendre, un certain nombre de charcuteries qui me fascinaient et, du temps où je circulais encore dans Paris en uniforme, juché sur ma bicyclette, je calculais mon temps pour gagner les quelques minutes nécessaires à y acheter et à dévorer sur le trottoir un morceau de saucisson ou une tranche de pâté, avec un petit pain pris à la boulangerie d'à côté.

L'estomac satisfait, je me sentais heureux, plein de confiance en moi. Je faisais mon métier en conscience. J'attachais de l'importance aux moindres tâches qui m'étaient confiées. Et il n'était même pas question d'heures supplémentaires. Je considérais que tout mon temps appartenait à la police, et cela me semblait tout naturel qu'on me tienne au travail quatorze ou quinze heures d'affilée.

Si j'en parle, ce n'est pas pour me donner du mérite, c'est au contraire, justement, parce qu'autant que je me rappelle c'était un état d'esprit courant à l'époque.

Peu de sergents de ville avaient un autre bagage qu'une instruction primaire. À cause de l'inspecteur Jacquemain, on savait, en haut lieu mais moi je ne savais pas encore qui savait, ni même qu'on savait, que j'avais commencé des études supérieures.

Après quelques mois, je fus fort surpris de me voir désigné pour un poste qui m'apparaissait comme inespéré : celui de secrétaire du commissaire de police du quartier Saint-Georges.

Ce métier-là, pourtant, à l'époque, avait un nom peu reluisant. Cela s'appelait être le chien du commissaire.

On me retirait mon vélo, mon képi et mon uniforme. On me retirait aussi la possibilité de m'arrêter à une charcuterie au cours de mes missions à travers les rues de Paris.

J'ai particulièrement apprécié le fait d'être en civil le jour où, passant sur le trottoir du boulevard Saint-Michel, j'entendis une voix me héler.

C'était un grand garçon en blouse blanche qui courait après moi.

— Jubert ! m'écriai-je.

— Maigret !

— Qu'est-ce que tu fais ici ?

— Et toi ?

— Écoute. Je n'ose pas rester dehors maintenant. Viens me prendre à sept heures à la porte de la pharmacie.

Jubert, Félix Jubert, était un des camarades à l'école de médecine de Nantes. Je savais qu'il avait interrompu ses études en même temps que moi, mais, je crois, pour d'autres raisons. Sans être un cancre, il avait l'esprit assez lent, et je me souviens qu'on disait de lui :

— Il étudie à s'en faire pousser des boutons sur la tête, mais il n'en sait pas davantage le lendemain.

Il était très long, osseux, avec un grand nez, de gros traits, des cheveux roux, et je l'ai toujours connu le visage couvert, non pas de ces petits boutons d'acné qui désespèrent les jeunes gens, mais de gros boutons rouges ou violets qu'il passait son temps à couvrir de pommades et de poudres médicamenteuses.

Je suis venu l'attendre le soir même à la pharmacie où il travaillait depuis quelques semaines. Il n'avait pas de famille à Paris. Il vivait, du côté du Cherche-Midi, chez des gens qui prenaient deux ou trois pensionnaires.

— Et toi, qu'est-ce que tu fais ?

— Je suis entré dans la police.

Je revois ses yeux violets, clairs comme des yeux de jeune fille, qui essayaient de cacher leur incrédulité. Sa voix était toute drôle tandis qu'il répétait :

— La police ?

Il regardait mon complet, cherchait malgré lui de l'œil l'agent en faction au coin du boulevard, comme pour établir une comparaison.

— Je suis secrétaire du commissaire.

— Ah ! bon. Je comprends !

Est-ce par respect humain ? N'est-ce pas plutôt par incapacité de m'expliquer et à cause de son incapacité à comprendre ? Je ne lui avouai pas que, trois semaines plus tôt, je portais encore l'uniforme et que mon ambition était d'entrer à la Sûreté.

Secrétaire, à ses yeux, aux yeux de beaucoup de gens, c'était parfait, c'était honorable ; j'étais bien propre, dans un bureau, devant des livres, un porte-plume à la main.

— Tu as beaucoup d'amis à Paris ?

En dehors de l'inspecteur Jacquemain, je ne connaissais pour ainsi dire personne, car, au commissariat, j'étais encore un nouveau qu'on observait avant de se livrer à lui.

— Pas de petite amie non plus ? Qu'est-ce que tu fais de tout ton temps libre ?

D'abord, je n'en avais pas beaucoup. Ensuite, j'étudiais, car, pour atteindre plus vite mon but, j'étais décidé à passer les examens qui venaient d'être institués.

Nous avons dîné ensemble, ce soir-là. Dès le dessert, il me disait, d'un air prometteur :

— Il faudra que je te présente.

— À qui ?

— À des gens très bien. Des amis. Tu verras.

Il ne s'expliqua pas davantage le premier jour. Et, je ne sais plus pourquoi, nous sommes restés plusieurs semaines sans nous revoir. J'aurais pu ne pas le revoir du tout. Je ne lui pas donné mon adresse. Je n'avais pas la sienne. L'idée ne me venait pas d'aller l'attendre à la sortie de sa pharmacie.

C'est le hasard, encore, qui nous mit face à face, à la porte du Théâtre-Français, où nous faisions tous les deux la queue.

— C'est bête ! me dit-il. Je croyais t'avoir perdu. Je ne sais même pas à quel commissariat tu travailles. J'ai parlé de toi à mes amis.

Il avait une façon de parler de ces amis-là qui aurait pu laisser supposer qu'il s'agissait d'un clan tout à fait à part, presque d'une secte mystérieuse.

— Tu as un habit, au moins ?

— J'en ai un.

Il était inutile d'ajouter que c'était l'habit de mon père, quelque peu démodé, puisqu'il lui avait servi à son mariage, que j'avais fait arranger à ma taille.

— Vendredi, je t'emmènerai. Arrange-toi pour être libre sans faute vendredi soir à huit heures. Tu sais danser ?

— Non.

— Cela ne fait rien. Mais il serait préférable que tu prennes quelques leçons. Je connais un bon cours, pas cher. J'y suis allé.

Cette fois, il avait pris note de mon adresse et même du petit restaurant où j'avais l'habitude de dîner quand je n'étais pas de service ; et le vendredi soir il était dans ma chambre, assis sur mon lit, pendant que je m'habillais.

— Il faut que je t'explique, afin que tu ne fasses pas de gaffes. Nous serons les seuls, toi et moi, à ne pas appartenir aux Ponts et Chaussées. C'est un vague cousin à moi, que j'ai retrouvé par hasard, qui m'a introduit. M. et Mme Léonard sont charmants. Leur nièce est la plus délicieuse des jeunes filles.

J'ai compris tout de suite qu'il en était amoureux et que c'était pour me montrer l'objet de sa flamme qu'il m'emmenait presque de force.

— Il y en a d'autres, n'aie pas peur, me promit-il. De très agréables.

Comme il pleuvait et qu'il importait de ne pas arriver crottés, nous avions pris un fiacre, le premier fiacre que j'ai pris à Paris sans une raison professionnelle. Je revois nos plastrons blancs quand nous passions devant les becs de gaz. Et je revois Félix Jubert arrêter la voiture devant une boutique de fleuriste afin de garnir nos boutonnières.

— Le vieux monsieur Léonard, m'expliquait-il, Anselme, comme on l'appelle, est à la retraite depuis une dizaine d'années. Avant cela, c'était un des plus hauts fonctionnaires des Ponts et Chaussées, et il arrive encore que ses successeurs viennent le consulter. Le père de sa nièce appartient, lui aussi, à l'administration des Ponts et Chaussées. Et pour ainsi dire toute leur famille.

À sa façon de parler de cette administration-là, on sentait que, pour Jubert, c'était en quelque sorte le paradis perdu, qu'il aurait tout donné pour n'avoir pas dilapidé de précieuses années à étudier la médecine et pour se lancer à son tour dans la carrière.

— Tu verras !

Et je vis. C'était boulevard Beaumarchais, pas loin de la place de la Bastille, dans un immeuble déjà vieux, mais confortable, assez cossu. Toutes les fenêtres du troisième étage étaient éclairées, et le regard de Jubert, en descendant du fiacre, m'indiqua clairement que c'était là qu'allaient se dérouler les mondanités annoncées.

Je n'étais pas très à mon aise. Je regrettais de m'être laissé emmener. Mon col à pointes cassées me gênait ; j'avais l'impression que ma cravate se mettait sans cesse de travers et qu'une des queues de mon habit avait tendance à se redresser comme le panache d'un coq.

L'escalier était peu éclairé, les marches couvertes d'un tapis cramoisi qui me parut somptueux. Et, aux fenêtres des paliers, il y avait des vitraux que je considérai longtemps comme le dernier mot en matière de raffinement.

Jubert avait étendu une couche plus épaisse d'onguent sur son visage boutonneux, et, je ne sais pourquoi, cela lui donnait des reflets violets. Il tira religieusement un gros gland en passementerie qui pendait devant une porte. Nous entendions, à l'intérieur, un murmure de conversations, avec ce rien d'aigu dans les voix et dans les rires qui indique l'animation d'une réunion mondaine.

Une bonne en tablier blanc vint nous ouvrir, et Félix, tendant son pardessus, fut tout heureux de prononcer, comme un familier des lieux :

— Bonsoir, Clémence.

— Bonsoir, monsieur Félix.

Le salon était assez grand, pas très éclairé, avec une profusion de tentures sombres et, dans la pièce voisine, visible par une large baie vitrée, les meubles avaient été poussés contre les murs de façon à laisser le parquet libre pour les danses.

Protecteur, Jubert me conduisait vers une vieille dame à cheveux blancs assise à côté de la cheminée.

— Je vous présente mon ami Maigret, de qui j'ai eu l'honneur de vous entretenir et qui brûlait du désir de vous apporter personnellement ses hommages.

Sans doute avait-il répété sa phrase tout le long du chemin et s'assurait-il que je saluais convenablement, que je n'étais pas trop embarrassé, qu'en somme je lui faisais honneur.

La vieille dame était délicieuse, menue, les traits fins, le visage vif, mais je fus dérouté quand elle me dit avec un sourire :

— Pourquoi n'appartenez-vous pas aux Ponts et Chaussées ? Je suis sûre qu'Anselme va le regretter.

Elle s'appelait Géraldine. Anselme, son mari, était assis dans un autre fauteuil, tellement immobile qu'on semblait l'avoir apporté là, d'une pièce, pour l'exposer comme une figure de cire. Il était très vieux. J'ai appris plus tard qu'il avait largement dépassé les quatre-vingts ans et que Géraldine les avait atteints.

Quelqu'un jouait du piano en sourdine, un gros garçon boudiné dans son habit à qui une jeune fille en bleu pâle tournait les pages. Je ne la voyais que de dos. Quand on me présenta à elle, je n'osais pas la regarder en face tant j'étais dérouté d'être là, à ne savoir que dire ni où me mettre.

On n'avait pas commencé à danser. Sur un guéridon, il y avait un plateau avec des petits fours secs, et un peu plus tard, comme Jubert m'abandonnait à mon sort, je m'en approchai, je ne sais pas encore aujourd'hui pourquoi, pas par gourmandise, certainement, car je n'avais pas faim et je n'ai jamais aimé les petits fours, probablement par contenance.

J'en pris un machinalement. Puis un autre. Quelqu'un fit :

— Chut !...

Et une seconde jeune fille, en rose celle-ci, qui louchait légèrement, se mit à chanter, debout à côté du piano, auquel elle s'appuyait d'une main tandis que de l'autre elle maniait un éventail.

Je mangeais toujours. Je ne m'en rendais pas compte. Je me rendais encore moins compte que la vieille dame m'observait avec stupeur, puis que d'autres, remarquant mon manège, ne détachaient plus de moi leur regard.

Un des jeunes gens fit à mi-voix une remarque à son voisin et on entendit à nouveau :

— Chut !...

On pouvait compter les jeunes filles par les taches claires parmi les habits noirs. Il y en avait quatre. Jubert, paraît-il, essayait d'attirer mon attention sans y parvenir, malheureux de me voir saisir les petits fours un à un et les manger consciencieusement. Il m'a avoué plus tard qu'il avait eu pitié de moi, qu'il était persuadé que je n'avais pas dîné.

D'autres ont dû le penser. La chanson était finie. La jeune fille en rose saluait, et tout le monde applaudissait ; c'est alors que je m'aperçus que c'était moi qu'on regardait, debout que j'étais à côté du guéridon, la bouche pleine, un petit gâteau à la main.

J'ai failli m'en aller sans m'excuser, battre en retraite, fuir littéralement cet appartement où s'agitait un monde qui m'était si totalement étranger.

À ce moment-là, dans la pénombre, j'aperçus un visage, le visage de la jeune fille en bleu, et, sur ce visage, une expression douce, rassurante, presque familière. On aurait dit qu'elle avait compris, qu'elle m'encourageait.

La bonne entrait avec des rafraîchissements, et, après avoir tant mangé, à contretemps, je n'osai pas prendre un verre alors qu'on m'en offrait.

— Louise, tu devrais passer les petits fours.

C'est ainsi que j'appris que la jeune fille en bleu s'appelait Louise et qu'elle était la nièce de M. et Mme Léonard.

Elle servit tout le monde avant de s'approcher de moi et, me désignant je ne sais quels gâteaux sur lesquels il y avait un petit morceau de fruit confit, me dit avec un regard complice :

— Ils ont laissé les meilleurs. Goûtez ceux-là.

Je ne trouvai à répondre que :

— Vous croyez ?

Ce furent les premiers mots que nous échangeâmes, Mme Maigret et moi.

Tout à l'heure, quand elle lira ce que je suis en train d'écrire, je sais fort bien qu'elle va murmurer en haussant les épaules :

— À quoi bon raconter ça ?

Au fond, elle est enchantée de l'image que Simenon a tracée d'elle, l'image d'une bonne « mémère », toujours à ses fourneaux, toujours astiquant, toujours chouchoutant son grand bébé de

mari. C'est même à cause de cette image, je le soupçonne, qu'elle a été la première à lui vouer une réelle
amitié, au point de le considérer comme de la famille
et de le défendre quand je ne songe pas à l'attaquer.

Or, comme tous les portraits, celui-là est loin
d'être exact. Lorsque je l'ai rencontrée, ce fameux
soir, c'était une jeune fille un peu dodue, au visage
très frais, avec, dans le regard, un pétillement qu'on
ne voyait pas dans celui de ses amies.

Que se serait-il passé si je n'avais pas mangé les
gâteaux ? Il est fort possible qu'elle ne m'aurait pas
remarqué parmi la douzaine de jeunes gens qui
étaient là et qui tous, sauf mon ami Jubert, appartenaient aux Ponts et Chaussées.

Ces trois mots : « Ponts et Chaussées », ont gardé
pour nous un sens presque comique, et il suffit qu'un
de nous les prononce pour nous faire sourire ; si
nous les entendons quelque part, nous ne pouvons,
maintenant encore, nous empêcher de nous regarder
d'un air entendu.

Il faudrait, pour bien faire, donner ici toute la
généalogie des Schoëller, des Kurt et des Léonard,
dans laquelle je me suis longtemps embrouillé, et qui
représente la famille « du côté de ma femme »,
comme nous disons.

Si vous allez en Alsace, de Strasbourg à Mulhouse, vous en entendrez probablement parler. C'est
un Kurt, je crois, de Scharrachbergheim, qui a été le
premier, sous Napoléon, à établir la tradition quasi
dynastique des Ponts et Chaussées. Il paraît qu'il a
été fameux en son temps, s'est allié à des Schoëller
qui appartenaient à la même administration.

Les Léonard, à leur tour, sont entrés dans la famille, et depuis, de père en fils, de frère en beau-frère ou en cousin, tout le monde, ou presque, fait partie du même corps, au point qu'on a considéré comme une déchéance le fait qu'un Kurt soit devenu un des plus gros brasseurs de Colmar.

Tout cela, ce soir-là, je ne faisais encore que le deviner, grâce aux quelques indications que Jubert m'avait données.

Et, quand nous sommes sortis, par une pluie battante, négligeant cette fois de prendre un fiacre que nous aurions d'ailleurs eu de la peine à trouver dans le quartier, je n'étais pas loin de regretter à mon tour d'avoir mal choisi ma carrière.

— Qu'est-ce que tu en dis ?

— De quoi ?

— De Louise ! Je ne veux pas te faire de reproches. La situation n'en était pas moins embarrassante. Tu as vu avec quel tact elle t'a mis à l'aise, sans en avoir l'air ? C'est une jeune fille étonnante. Alice Perret est plus brillante, mais…

Je ne savais qui était Alice Perret. De toute la soirée, je n'avais connu que la jeune fille en bleu pâle qui, entre les danses, venait bavarder avec moi.

— Alice est celle qui a chanté. Je crois qu'elle ne tardera pas à se fiancer avec le garçon qui l'a accompagnée, Louis, dont les parents sont très riches.

Nous nous sommes quittés très tard, cette nuit-là. À chaque ondée, nous entrions dans quelque bistro encore ouvert pour boire un café et nous mettre à l'abri. Félix ne consentait pas à me lâcher, me parlant d'abondance de Louise, essayant de me forcer à reconnaître que c'était la jeune fille idéale.

— Je sais que je n'ai pas beaucoup de chances. C'est parce que ses parents voudraient lui trouver un mari dans les Ponts et Chaussées qu'ils l'ont envoyée chez son oncle Léonard. Tu comprends, il n'y en a plus de disponibles à Colmar ou à Mulhouse, ou alors ils appartiennent déjà à la famille. Voilà deux mois qu'elle est arrivée. Elle doit passer tout l'hiver à Paris.

— Elle le sait ?

— Quoi ?

— Qu'on lui cherche un mari dans les Ponts et Chaussées.

— Bien entendu. Mais cela lui est égal. C'est une jeune fille très personnelle, beaucoup plus que tu ne peux le penser. Tu n'as pas eu le temps de l'apprécier. Vendredi prochain, tu essayeras de lui parler davantage. Si tu dansais, ce serait déjà plus facile. Pourquoi, d'ici là, ne prendrais-tu pas deux ou trois leçons ?

Je ne pris pas de leçons de danse. Heureusement. Car Louise, contrairement à ce que pensait le brave Jubert, ne détestait rien autant que de tournoyer au bras d'un cavalier.

C'est à deux semaines de là que se passa un petit incident auquel, sur le moment, j'attachai une grande importance et qui en eut peut-être, mais dans un sens différent.

Les jeunes ingénieurs qui fréquentaient chez les Léonard formaient une bande à part, affectaient d'employer entre eux des mots qui n'avaient de sens que pour les gens de leur confrérie.

Est-ce que je les détestais ? C'est probable. Et je n'aimais pas leur obstination à m'appeler le commissaire de police. C'était devenu un jeu qui me lassait.

— Hé ! commissaire... me lançait-on d'un bout à l'autre du salon.

Or, cette fois-là, alors que Jubert et Louise bavardaient dans un coin, près d'une plante verte que je revois encore, un petit jeune homme à lunettes s'approcha d'eux et leur confia quelque chose à voix basse, avec un coup d'œil amusé dans ma direction.

Quelques instants plus tard, je demandai à mon ami :

— Qu'est-ce qu'il a raconté ?

Et lui, gêné, évasif :

— Rien.

— Une méchanceté ?

— Je t'en parlerai dehors.

Le garçon à lunettes répéta son manège dans d'autres groupes, et tout le monde semblait beaucoup s'amuser à mes dépens.

Tout le monde sauf Louise, qui, ce soir-là, refusa plusieurs danses, qu'elle passa à causer avec moi.

Une fois dehors, je questionnai Félix.

— Qu'est-ce qu'il a dit ?

— Réponds-moi d'abord franchement. Qu'est-ce que tu faisais avant d'être secrétaire du commissaire ?

— Mais... J'étais dans la police...

— Avec un uniforme ?

Voilà ! C'était la grosse affaire. Le type à lunettes avait dû me reconnaître pour m'avoir vu en tenue de sergent de ville.

Imaginez maintenant un agent de police parmi ces messieurs des Ponts et Chaussées !

— Qu'est-ce qu'elle a dit ? demandai-je, la gorge serrée.

— Elle a été très chic. Elle est toujours très chic. Tu ne veux pas me croire, mais tu verras...

Pauvre vieux Jubert !

— Elle lui a répliqué que l'uniforme t'allait certainement beaucoup mieux qu'il ne lui aurait été à lui.

Je ne suis quand même pas allé boulevard Beaumarchais le vendredi suivant. J'ai évité de rencontrer Jubert. C'est lui qui, à quinze jours de là, est venu me relancer.

— À propos, on s'est inquiété de toi, vendredi.

— Qui ?

— Mme Léonard. Elle m'a demandé si tu étais malade.

— J'ai été très occupé.

J'étais sûr que, si Mme Léonard avait parlé de moi, c'était parce que sa nièce...

Allons ! Je ne crois pas utile d'entrer dans ces détails-là. Je vais déjà avoir assez de mal à obtenir que tout ce que je viens d'écrire n'aille pas au panier.

Pendant près de trois mois, Jubert a joué son rôle sans se douter de rien, sans d'ailleurs que nous essayions de le tromper le moins du monde. C'était lui qui venait me chercher à mon hôtel et qui me faisait mon nœud de cravate sous prétexte que je ne savais pas m'habiller. C'était lui encore qui me disait, quand il me voyait seul dans un coin du salon :

— Tu devrais t'occuper de Louise. Tu n'es pas poli.

C'était lui qui, quand nous sortions, insistait :

— Tu as tort de croire que tu ne l'intéresses pas. Elle t'aime beaucoup, au contraire. Elle me pose toujours des questions à ton sujet.

Vers Noël, l'amie qui louchait s'est fiancée avec le pianiste, et on a cessé de les voir boulevard Beaumarchais.

Je ne sais pas si l'attitude de Louise commençait à décourager les autres, si nous étions moins discrets que nous croyions l'être. Toujours est-il que, chaque vendredi, l'assistance était un peu moins nombreuse chez Anselme et Géraldine.

La grande explication avec Jubert eut lieu en février, dans ma chambre. Ce vendredi-là, il n'était pas en habit, je le remarquai tout de suite. Il avait l'air amer et résigné de certains grands rôles de la Comédie-Française.

— Je suis venu *quand même* faire ton nœud de cravate ! me dit-il avec un rictus.

— Tu n'es pas libre ?

— Je suis complètement libre, au contraire, libre comme l'air, libre comme je ne l'ai jamais été.

Et, debout devant moi, ma cravate blanche à la main, son regard plongeant dans le mien :

— Louise m'a tout dit.

Je tombai des nues. Car, à moi, elle n'avait encore rien dit. Je ne lui avais rien dit non plus.

— De quoi veux-tu parler ?

— De toi et d'elle.

— Mais...

— Je lui ai posé la question. Je suis allé la voir exprès, hier.

— Mais quelle question ?

— Je lui ai demandé si elle voulait m'épouser.

— Elle t'a répondu que non ?

— Elle m'a répondu que non, qu'elle m'aimait beaucoup, que je resterais toujours son meilleur ami, mais que…

— Elle t'a parlé de moi ?

— Pas précisément.

— Alors ?

— J'ai compris ! J'aurais dû comprendre dès le premier soir, quand tu mangeais les petits fours et qu'elle te regardait avec indulgence. Quand les femmes regardent avec cette indulgence-là un homme qui se comporte comme tu le faisais…

Pauvre Jubert ! Nous l'avons perdu de vue presque tout de suite, comme nous avons perdu de vue tous ces messieurs des Ponts et Chaussées, en dehors de l'oncle Léonard.

Pendant des années, nous n'avons pas su ce qu'il était devenu. Et j'avais près de cinquante ans quand, un jour, sur la Canebière, à Marseille, j'entrai dans une pharmacie pour acheter de l'aspirine. Je n'avais pas lu le nom sur la devanture. J'entendis une exclamation :

— Maigret !

— Jubert !

— Qu'est-ce que tu deviens ? Je suis bête de te poser la question puisque je le sais depuis longtemps par les journaux. Comment va Louise ?

Puis il me parla de son fils aîné qui, par une gentille ironie du sort, préparait son examen des Ponts et Chaussées.

Avec Jubert en moins boulevard Beaumarchais, les soirées du vendredi devenaient de plus en plus clairsemées et souvent, maintenant, il n'y avait personne pour tenir le piano. Dans ces occasions-là, c'était Louise qui jouait et moi qui tournais les pages pendant qu'un couple ou deux dansaient dans la salle à manger devenue trop grande.

Je ne crois pas avoir demandé à Louise si elle acceptait de m'épouser. La plupart du temps, nous parlions de ma carrière, de la police, du métier d'inspecteur.

Je lui dis combien je gagnerais quand je serais enfin nommé au Quai des Orfèvres, ajoutant que cela prendrait encore au moins trois ans et que, jusque-là, mon traitement serait insuffisant pour entretenir dignement un ménage.

Je lui racontai aussi les deux ou trois entrevues que j'avais eues avec Xavier Guichard, déjà le grand patron, qui n'avait pas oublié mon père et m'avait plus ou moins pris sous sa protection.

— Je ne sais pas si vous aimez Paris. Car, vous comprenez, je serai obligé de passer toute ma vie à Paris.

— On peut y mener une existence aussi tranquille qu'en province, n'est-ce pas ?

Enfin, un vendredi, je ne trouvai aucun des invités, seulement Géraldine qui vint m'ouvrir elle-même la porte, vêtue de soie noire, et qui me dit avec une certaine solennité :

— Entrez !

Louise n'était pas dans le salon. Il n'y avait pas de plateau avec des gâteaux, pas de rafraîchissements. Le printemps était venu, et on ne voyait pas non plus de feu dans l'âtre. Il me semblait qu'il n'y avait rien à quoi me raccrocher et j'avais gardé mon chapeau à la main, gêné de mon habit, de mes escarpins vernis.

— Dites-moi, jeune homme, quelles sont vos intentions ?

Cela a probablement été un des moments les plus pénibles de ma vie. La voix me paraissait sèche, accusatrice. Je n'osais pas lever les yeux et ne voyais, sur le tapis à ramages, que le bord d'une robe noire, le bout d'une chaussure très pointue qui dépassait. Mes oreilles devinrent rouges.

— Je vous jure... balbutiai-je.

— Je ne vous demande pas de jurer. Je vous demande si vous avez l'intention de l'épouser.

Je la regardai enfin et je crois n'avoir jamais vu un visage de vieille femme exprimer autant d'affectueuse malice.

— Mais bien sûr !

Il paraît — on me l'a assez raconté par la suite — que je me levai comme un diable à ressort, que je répétai d'une voix plus forte :

— Bien sûr !

Que je criai presque, une troisième fois :

— Bien sûr, voyons !

Elle n'éleva même pas la voix pour appeler :

— Louise !

Et celle-ci, qui se tenait derrière une porte entr'ouverte, entra, toute gauche, aussi rouge que moi.

— Qu'est-ce que je t'avais dit ? prononça la tante.

— Pourquoi ? intervins-je. Elle ne le croyait pas ?

— Je n'étais pas sûre. C'est tante...

Passons, car je suis persuadé que la censure conjugale couperait le passage.

Le vieux Léonard, lui, je dois le dire, a montré moins d'enthousiasme et ne m'a jamais pardonné de ne pas appartenir aux Ponts et Chaussées. Très vieux, quasi centenaire, cloué dans son fauteuil par ses infir-mités, il hochait la tête en me regardant, comme s'il y avait quelque chose qui clochait désormais dans la marche du monde.

— Il faudra que vous preniez un congé pour aller à Colmar. Que penseriez-vous des vacances de Pâques ?

C'est la vieille Géraldine qui écrivit aux parents de Louise, en plusieurs fois – pour les préparer au choc, comme elle disait –, afin de leur annoncer la nouvelle.

À Pâques, je n'ai obtenu que tout juste quarante-huit heures de congé. J'en ai passé la plus grande partie dans les trains qui n'étaient pas aussi rapides alors qu'aujourd'hui.

J'ai été reçu correctement, sans délire.

— Le meilleur moyen de savoir si vos intentions à tous deux sont sérieuses est de vous tenir éloignés l'un de l'autre pendant quelque temps. Louise restera ici cet été. À l'automne, vous reviendrez nous voir.

— J'ai le droit de lui écrire ?

— Sans exagération. Par exemple, une fois par semaine.

Cela paraît drôle à présent. Cela ne l'était pas du tout en ce temps-là.

Je m'étais promis, sans que cela révèle la moindre férocité cachée, de choisir Jubert comme garçon d'hon-neur. Quand je suis allé pour le voir à la pharmacie du boulevard Saint-Michel, il n'y était plus et on ne savait pas ce qu'il était devenu.

J'ai passé une partie de l'été à chercher un apparte-ment et j'ai trouvé celui du boulevard Richard-Lenoir.

— En attendant quelque chose de mieux, tu comprends ? Quand je serai nommé inspecteur...

5

*Qui traite un peu pêle-mêle
des chaussettes à clous, des apaches,
des prostituées, des bouches de chaleur,
des trottoirs et des gares*

Voilà quelques années, il a été question, entre
quelques-uns, de fonder une sorte de club, plus probablement un dîner mensuel, qui devait s'appeler le
« Dîner des Chaussettes à clous ». On s'est réuni
pour l'apéritif, en tout cas, à la *Brasserie Dauphine*.
On a discuté aux fins de savoir qui serait ou ne serait
pas admis. Et on s'est demandé fort sérieusement si
ceux de l'autre maison, je veux dire de la rue des
Saussaies, seraient considérés comme des nôtres.

Puis, ainsi qu'il fallait s'y attendre, les choses en
sont restées là. À cette époque, nous étions encore
au moins quatre, parmi les commissaires de la Police
Judiciaire, à être assez fiers du nom de « chaussettes
à clous » qui nous a été donné jadis par des chansonniers et que certains jeunes inspecteurs à peine sortis
des écoles employaient parfois entre eux pour dési-
gner ceux des anciens qui sont passés par le cadre.

Autrefois, en effet, il fallait de nombreuses années
pour acquérir ses galons et les examens ne suffisaient

pas. Un inspecteur, avant d'espérer de l'avancement, devait avoir usé ses semelles à peu près dans tous les services.

Il n'est pas facile de donner aux nouvelles générations une idée à peu près exacte de ce que cela signifiait.

« Souliers à clous » et « grosses moustaches », ces mots venaient tout naturellement aux lèvres lorsqu'on parlait de la police.

Et, ma foi, j'ai, moi aussi, pendant des années, porté des souliers à clous. Non pas par goût. Non pas, comme les caricaturistes semblaient l'insinuer, parce que nous considérions ces chaussures comme le summum de l'élégance et du confort, mais pour des raisons plus terre à terre.

Deux raisons, exactement. La première, c'est que notre traitement nous permettait tout juste, comme on disait, de nouer les deux bouts. J'entends souvent parler de la vie joyeuse, sans souci, des premières années du siècle. Les jeunes citent avec envie les prix de cette époque, le *londrès* à deux sous, le dîner avec vin et café à vingt sous.

Ce qu'on oublie, c'est que, au début de sa carrière, un fonctionnaire gagnait un peu moins de cent francs.

Lorsque j'étais à la voie publique, j'arpentais, dans ma journée, qui était souvent une journée de treize ou quatorze heures, des kilomètres et des kilomètres de trottoir par tous les temps.

De sorte que le problème du ressemelage des chaussures a été un de nos premiers problèmes conjugaux. Quand, en fin de mois, j'apportais mon enveloppe à ma femme, elle faisait de son contenu un certain nombre de petits tas.

— Pour le boucher... Pour le loyer... Pour le gaz...

Il ne restait presque rien pour constituer la dernière pile de pièces blanches.

— Pour tes souliers.

Le rêve était toujours d'en acheter de neufs, mais cela restait longtemps un rêve. Souvent, j'étais des semaines sans lui avouer qu'entre les clous mes semelles, devenues poreuses, buvaient avidement l'eau du ruisseau.

Si j'en parle ici, ce n'est pas par rancœur, c'est gaiement, au contraire, et je crois que c'est nécessaire pour donner une idée de la vie d'un fonctionnaire de la police.

Il n'existait pas de taxis, et les rues en eussent-elles été encombrées qu'ils nous auraient été inaccessibles, comme l'étaient les fiacres que nous n'utilisions qu'en de rares circonstances.

Au surplus, à la brigade de la voie publique, notre métier était justement d'arpenter les trottoirs, d'être dans la foule, du matin au soir ou du soir au matin.

Pourquoi, quand j'y repense, ai-je surtout un souvenir de pluie ? À croire que, pendant des années, il n'a fait que pleuvoir, à croire qu'à cette époque-là les saisons n'étaient pas les mêmes. C'est évidemment parce que la pluie ajoutait à notre tâche quelques épreuves supplémentaires. Il n'y avait pas seulement les chaussettes qui s'imbibaient. Il y avait les épaules du manteau qui se transformaient petit à petit en compresses froides, le chapeau qui dégoulinait, les mains bleues qu'on enfonçait dans les poches.

Les rues étaient moins éclairées qu'à présent. Un certain nombre d'entre elles, dans la périphérie, n'étaient pas pavées. Le soir, les fenêtres dessinaient dans le noir des carrés jaunâtres, les maisons étant encore en grande partie éclairées au pétrole, quand ce n'était pas, plus pauvrement encore, à la chandelle.

Et il y avait les apaches.

C'était une mode, tout autour des fortifications, de jouer du couteau dans l'ombre, et pas toujours pour le profit, pour le portefeuille ou la montre du bourgeois.

Il s'agissait surtout de se prouver à soi-même qu'on était un homme, une « terreur », d'épater les petites pierreuses à jupes noires plissées et à gros chignon qui faisaient le trottoir sous un bec de gaz.

Nous n'étions pas armés. Contrairement à ce que le public imagine, un policier en civil n'a pas le droit d'avoir un revolver dans sa poche et si, dans certains cas, nous en portons un, c'est contre les règlements et sous notre entière responsabilité.

Les jeunes ne pouvaient pas se le permettre. Il existait un certain nombre de rues, du côté de La Villette, de Ménilmontant, de la Porte d'Italie, où l'on hésitait à s'engager et où le vacarme de nos propres pas nous faisait parfois battre le cœur.

Le téléphone est resté longtemps aussi un mythe inaccessible à nos budgets. Il n'était pas question, lorsque j'étais retardé de plusieurs heures, d'appeler ma femme au bout du fil pour l'en avertir, de sorte qu'elle passait des soirées solitaires, sous le bec Auer de notre salle à manger, à guetter les bruits de l'escalier et à réchauffer quatre ou cinq fois le même dîner.

Quant aux moustaches des caricatures, elles sont vraies aussi. Un homme sans moustaches ne passait-il pas pour un larbin ?

J'en avais d'assez longues, acajou, un peu plus sombres que celles de mon père, terminées par des pointes effilées. Par la suite, elles se sont raccourcies jusqu'à n'être plus que des brosses à dents, avant de disparaître complètement.

Il est de fait, d'ailleurs, que la plupart des inspecteurs arboraient de grosses moustaches d'un noir de cirage comme on en voit sur les caricatures. Cela tient à ce que, pour une raison mystérieuse, la profession, pendant tout un temps, a surtout attiré les originaires du Massif central.

Il est peu de rues de Paris dans lesquelles je n'ai traîné mes semelles, l'œil aux aguets, et j'ai appris à connaître tout le petit peuple du trottoir, depuis le mendigot, le joueur d'orgue de Barbarie et la marchande de fleurs, jusqu'au spécialiste du bonneteau et au voleur à la tire, en passant par la prostituée et la vieille ivrognesse qui coule la plupart de ses nuits dans les postes de police.

J'ai « fait » les Halles, la nuit, la place Maubert, les quais et le dessous des quais.

J'ai « fait » aussi les foules, qui constituent le grand boulot, la Foire du Trône et la Foire de Neuilly, les courses à Longchamp et les manifestations patriotiques, les défilés militaires, les visites de souverains étrangers, les cortèges en landaus, les cirques ambulants et la Foire aux Puces.

Après quelques mois, quelques années de ce métier, on a en tête un répertoire étendu de silhouettes et de visages qui y restent gravés pour toujours.

Je voudrais – mais c'est difficile – donner une idée à peu près exacte de nos relations avec cette clientèle, y compris avec ceux qu'il nous arrivait périodiquement d'emmener au violon.

Inutile de dire que le côté pittoresque avait tôt fait de ne plus exister pour nous. Notre regard, dans les rues de Paris, devient par nécessité un regard professionnel, qui s'accroche à certains détails familiers, saisit telle ou telle particularité et en tire les conséquences.

Ce qui me frappe le plus, au moment de traiter ce sujet, c'est le lien qui se noue entre le policier et le gibier qu'il est chargé de traquer. Avant tout, chez le policier, sauf dans certains cas très rares, il y a une absence absolue de haine ou même de rancune.

Absence de pitié aussi, dans le sens que l'on donne d'habitude à ce mot.

Nos relations, si l'on veut, sont strictement professionnelles.

Nous en voyons trop, on le concevra sans peine, pour pouvoir encore nous étonner de certaines misères et de certaines perversions. De sorte que nous n'avons pas de colère pour les secondes, mais pas non plus, devant les premières, le serrement de cœur du passant non averti.

Ce qui existe, ce que Simenon a essayé de rendre sans y parvenir, c'est, si paradoxal que cela puisse paraître, une sorte d'esprit de famille.

Qu'on ne me fasse pas dire ce que je ne dis pas. Nous sommes des deux côtés de la barricade, c'est entendu. Mais aussi nous sommes jusqu'à un certain point dans le même bain.

La prostituée du boulevard de Clichy et l'inspecteur qui la surveille ont tous les deux de mauvais souliers et tous les deux ont mal aux pieds d'avoir arpenté des kilomètres de bitume. Ils ont à subir la même pluie, la même bise glacée. Le soir, la nuit ont pour eux la même couleur, et tous les deux voient, presque d'un œil identique, l'envers de la foule qui s'écoule autour d'eux.

Il en est bien ainsi dans une foire où le voleur à la tire se faufile parmi cette foule. Pour lui, une foire, une réunion quelconque de quelques centaines d'individus signifie, non pas réjouissances, chevaux de bois, cirques de toile ou pain d'épice, mais un certain nombre de portefeuilles dans des poches candides.

Pour le policier aussi. Et l'un comme l'autre reconnaissent du premier coup d'œil le provincial content de lui qui fera la victime idéale.

Combien de fois ne m'est-il pas arrivé de suivre pendant des heures certain « tireur » de mes connaissances, la Ficelle, par exemple, comme nous l'appelions ! Il savait que j'étais sur ses talons, que j'épiais ses moindres gestes. Il savait que je savais. De mon côté, je savais qu'il savait que j'étais là.

Son métier était de s'approprier malgré tout un portefeuille ou une montre, le mien de l'en empêcher ou de le prendre sur le fait.

Eh bien ! il arrivait à la Ficelle de se retourner et de me sourire. Je lui souriais aussi. Il lui arrivait même de m'adresser la parole, de soupirer :

— Ce sera dur !

Je n'ignorais pas qu'il était « raide comme un passe-lacet », qu'il ne mangerait le soir qu'à condition de réussir.

Il n'ignorait pas davantage mes cent francs de traitement mensuel, mes souliers percés et ma femme qui m'attendait avec impatience.

Celui-là, je l'ai arrêté au moins dix fois, gentiment, en lui disant :

— Tu es fait !

Et il en était presque aussi soulagé que moi.

Cela voulait dire qu'il mangerait au poste et coucherait à l'abri. Il y en a qui connaissent si bien la maison qu'ils demandent :

— Qui est de service cette nuit ?

Parce que certains les laissent fumer, d'autres pas.

Pendant un an et demi, les trottoirs m'ont paru un endroit idéal, car on m'avait désigné ensuite pour les grands magasins.

Au lieu de la pluie, du froid, du soleil, de la poussière, j'ai passé mes journées dans un air surchauffé, dans des relents de cheviotte, de coton écru, de linoléum et de fil mercerisé.

Il y avait alors, de distance en distance, dans les allées séparant les rayons, des bouches de chaleur qui vous envoyaient de bas en haut des bouffées sèches et brûlantes. C'était fort bien quand on arrivait mouillé. On s'installait sur une bouche de chaleur et, tout de suite, on répandait un nuage de vapeur.

Après quelques heures, on rôdait de préférence autour des portes qui, en s'ouvrant, laissaient chaque fois pénétrer un peu d'oxygène.

Il importait d'avoir l'air naturel. D'avoir l'air d'un client ! Ce qui est facile, n'est-ce pas, quand tout un étage n'est encombré que de corsets, de lingerie féminine ou d'écheveaux de soie ?

— Puis-je vous demander de me suivre sans faire de scandale ?

Certaines comprenaient tout de suite et nous accompagnaient sans mot dire dans le bureau du directeur. D'autres le prenaient de haut, répondaient d'une voix perçante ou encore piquaient une crise de nerfs.

Pourtant, ici aussi, nous avions à faire à une clientèle régulière. Que ce fût au Bon Marché, au Louvre ou au Printemps, on retrouvait certaines silhouettes familières, des femmes entre deux âges pour la plupart, qui enfouissaient des quantités inimaginables de marchandises diverses dans une poche aménagée entre leur robe et leurs jupons.

Un an et demi, avec le recul, cela ne me paraît pas grand'chose. À l'époque, chaque heure m'était à peu près aussi longue qu'une heure passée dans l'antichambre d'un dentiste.

— Tu es aux Galeries, cet après-midi ? me demandait parfois ma femme. J'ai justement quelques petites choses à y acheter.

Nous ne nous parlions pas. Nous faisions semblant de ne pas nous reconnaître. C'était délicieux. J'étais heureux de la voir aller, toute fiérote, de rayon en rayon, en m'adressant parfois un discret clin d'œil.

Je ne crois pas qu'elle se soit jamais demandé, elle non plus, si elle aurait pu épouser autre chose qu'un inspecteur de police. Elle connaissait les noms de tous mes collègues, parlait familièrement de ceux qu'elle n'avait jamais vus, de leurs manies, de leurs succès ou de leurs échecs.

J'ai mis des années à me décider, un dimanche matin que j'étais de service, à l'introduire dans la fameuse maison du Quai des Orfèvres, et elle a été sans étonnement. Elle évoluait comme chez elle, cherchait des yeux les détails qu'elle connaissait si bien par ouï-dire.

Sa seule réaction a été :

— C'est moins sale que je n'aurais cru.

— Pourquoi serait-ce sale ?

— Les endroits où ne vivent que des hommes ne sont jamais de la même propreté. Et ils ont une odeur.

Je ne l'ai pas invitée au Dépôt, où, en fait d'odeur, elle aurait été servie.

— C'est la place de qui, ici, à gauche ?

— De Torrence.

— Celui qui est si gros ? J'aurais dû m'en douter. Il est comme un enfant. Il s'amuse encore à graver ses initiales dans le bois de la table.

» Et celui qui a tant marché, le père Lagrume ?

Puisque j'ai parlé de souliers, autant raconter l'histoire qui avait apitoyé ma femme.

Lagrume, le père Lagrume, comme nous l'appelions, était notre aîné à tous, bien qu'il n'ait jamais dépassé le grade d'inspecteur. C'était un homme long et triste. L'été, il était affligé du rhume des foins et, dès les premiers froids, sa bronchite chronique lui donnait une toux caverneuse qu'on entendait d'un bout à l'autre des locaux de la Police Judiciaire.

Heureusement qu'il n'était pas souvent là. Il avait eu l'imprudence de dire un jour, en parlant de sa toux :

— Le médecin me recommande le grand air.

Depuis, il était servi. Il avait de grandes jambes, de grands pieds, et c'est à lui qu'on confiait les recherches les plus invraisemblables à travers Paris, celles qui vous obligent à parcourir la ville dans tous les sens, jour après jour, sans même l'espoir d'un résultat.

— Il n'y a qu'à confier ça à Lagrume !

Tout le monde savait ce que cela voulait dire, sauf le bonhomme, qui inscrivait gravement quelques indications dans son calepin, emportait son parapluie roulé sous le bras et s'en allait après un petit salut à la ronde.

Je me demande maintenant s'il n'était pas parfaitement conscient du rôle qu'il jouait. C'était un résigné. Il avait, depuis des années et des années, une femme malade qui l'attendait le soir pour faire le ménage dans leur pavillon de banlieue. Et, quand sa fille s'est mariée, je crois que c'est lui qui se relevait la nuit pour s'occuper du bébé.

— Lagrume, tu sens encore le caca d'enfant !

Une vieille femme avait été assassinée, rue Caulaincourt. C'était un crime banal, qui ne faisait aucun bruit dans la presse, car la victime était une petite rentière sans relations.

Ce sont presque toujours ces affaires-là les plus difficiles. Confiné dans les grands magasins – et affairé par l'approche de Noël –, je n'avais pas à m'en occuper, mais, comme tout le monde dans la maison, j'ai connu les détails de l'enquête.

Le crime avait été commis à l'aide d'un couteau de cuisine qui était resté sur les lieux. Ce couteau constituait le seul indice. C'était un couteau tout ordinaire, comme on en vend dans les quincailleries, dans les bazars, dans les moindres boutiques de quartier et le fabricant, qu'on avait retrouvé, prétendait qu'il en avait vendu des dizaines de milliers dans la région parisienne.

Il était neuf. On l'avait visiblement acheté pour la circonstance. Il portait encore, au crayon indélébile, le prix inscrit sur le manche.

C'est ce détail qui donna un vague espoir de retrouver le commerçant qui l'avait vendu.

— Lagrume ! Occupez-vous donc de ce couteau.

Il l'enveloppa dans un morceau de papier journal, le mit dans sa poche et partit.

Il partit pour un voyage dans Paris qui devait durer neuf semaines. Chaque matin, il continuait à se présenter à l'heure au bureau, où, le soir, il venait renfermer le couteau dans un tiroir. Chaque matin, on le voyait mettre l'arme dans sa poche, saisir son parapluie et s'en aller avec le même salut à la ronde.

J'ai su le nombre de magasins – l'histoire est devenue légendaire – susceptibles d'avoir vendu un couteau de ce genre. Sans dépasser les fortifications, en s'en tenant aux vingt arrondissements de Paris, c'est vertigineux.

Il n'était pas question d'utiliser des moyens de transport. Il s'agissait d'aller de rue en rue, presque de porte en porte. Lagrume avait en poche un plan de Paris, sur lequel, heure après heure, il biffait un certain nombre de rues.

Je crois qu'à la fin ses chefs ne savaient même plus à quelle tâche on l'avait attelé.

— Lagrume est disponible ?

Quelqu'un répondait qu'il était en mission, et on ne s'occupait plus de lui. C'était un peu avant les fêtes, je l'ai dit. L'hiver était pluvieux et froid, le pavé gluant, et Lagrume n'en promenait pas moins sa

bronchite et sa toux caverneuse du matin au soir,
sans se lasser, sans se demander si cela avait un sens.

La neuvième semaine, bien après le nouvel an,
alors qu'il gelait à pierre fendre, on le vit apparaître
à trois heures de l'après-midi, aussi calme, aussi
lugubre, sans la moindre étincelle de joie ou de soulagement dans les yeux.

— Le patron est là ?

— Tu as trouvé ?

— J'ai trouvé.

Pas dans une quincaillerie, ni dans un bazar, ni
chez un marchand d'articles de ménage. Il les avait
tous faits en vain.

Le couteau avait été vendu par un papetier du
boulevard Rochechouart. Le commerçant reconnut
son écriture, se souvint d'un jeune homme à foulard
vert qui lui avait acheté l'arme plus de deux mois
plus tôt.

Il en fournit un signalement assez précis, et le
jeune homme fut arrêté, exécuté l'année suivante.

Quant à Lagrume, il est mort dans la rue, non pas
de sa bronchite, mais d'un arrêt du cœur.

Avant de parler des gares, et surtout de certaine
gare du Nord avec laquelle il me semble toujours
avoir un vieux compte à régler, il faut que je touche
deux mots d'un sujet qui n'est pas sans me déplaire.

On m'a demandé souvent, en me parlant de mes
débuts et de mes différents postes :

— Avez-vous fait de la police des mœurs aussi ?

On ne l'appelle plus ainsi aujourd'hui. On dit
pudiquement la « Brigade Mondaine ».

Eh bien ! j'en ai fait partie, comme la plupart de mes confrères. Très peu de temps. À peine quelques mois.

Et, si je me rends compte à présent que c'était nécessaire, je n'en garde pas moins de cette époque un souvenir à la fois confus et un peu gêné.

J'ai parlé de la familiarité qui s'établit naturellement entre les policiers et ceux qu'ils sont chargés de surveiller.

Par la force des choses, elle existe aussi bien dans ce secteur-là que dans les autres. Plus encore dans celui-là. En effet, la clientèle de chaque inspecteur, si je puis dire, se compose d'un nombre relativement restreint de femmes que l'on retrouve presque toujours aux mêmes endroits, à la porte du même hôtel ou sous le même bec de gaz, pour l'échelon au-dessus à la terrasse des mêmes brasseries.

Je n'avais pas encore la carrure que j'ai acquise avec les années, et il paraît que je faisais plus jeune que mon âge.

Qu'on se souvienne des petits fours du boulevard Beaumarchais et on comprendra que, dans un certain domaine, j'étais plutôt timide.

La plupart des agents des mœurs étaient à tu et à toi avec les filles dont ils connaissaient le prénom ou le surnom, et c'était une tradition, quand ils les embarquaient dans le panier à salade au cours d'une rafle, de jouer au plus mal embouché, de s'envoyer à la face, en riant, les mots les plus orduriers, les plus obscènes.

Une habitude aussi que ces dames avaient prise était de retrousser leurs jupes et de montrer leur derrière dans un geste qu'elles considéraient sans doute comme l'ultime injure et qu'elles accompagnaient de paroles de défi.

Il a dû m'arriver de rougir, les premiers temps, car je rougissais encore facilement. Ma gêne n'est pas passée inaperçue, le moins qu'on puisse dire de ces femmes étant qu'elles ont une certaine connaissance des hommes.

Du coup, je suis devenu, sinon leur bête noire, tout au moins leur souffre-douleur.

Quai des Orfèvres, on ne m'a jamais appelé par mon prénom, et je suis persuadé que beaucoup de mes collègues ne le connaissent pas... Je ne l'aurais pas choisi si on m'avait demandé mon opinion. Je n'en rougis pas non plus.

S'agit-il d'une petite vengeance d'un inspecteur qui était au courant ?

J'étais plus spécialement chargé du quartier Sébastopol, qui, surtout autour des Halles, était fréquenté alors par des filles de bas étage, en particulier par un certain nombre de très vieilles prostituées dont c'était comme le refuge.

C'était là aussi que les petites bonnes à peine débarquées de Bretagne ou d'ailleurs faisaient leurs premières armes, de sorte qu'on avait les deux extrêmes : des gamines de seize ans que les souteneurs se disputaient et des harpies sans âge qui se défendaient fort bien elles-mêmes.

Un jour, la scie commença – car cela devint tout de suite une scie. Je passais devant une de ces vieilles plantée à la porte d'un hôtel crasseux, quand je l'entendis me lancer en souriant de ses dents gâtées :

— Bonsoir, Jules !

Je crus qu'elle avait lâché le nom au petit bonheur, mais, un peu plus loin, j'étais accueilli par les mêmes mots.

— Alors, Jules ?

Après quoi, quand elles étaient en groupe, elles éclataient de rire et se répandaient en commentaires difficiles à transcrire.

Je savais ce que certains auraient fait à ma place. Il ne leur en fallait pas plus pour en embarquer quelques-unes et pour les boucler à Saint-Lazare le temps de réfléchir.

L'exemple aurait suffi, et l'on m'aurait probablement traité avec un certain respect.

Je ne l'ai pas fait. Pas nécessairement par sens de la justice. Pas non plus par pitié.

Probablement parce que c'était un jeu que je ne voulais pas jouer. J'ai préféré feindre de ne pas entendre. J'espérais qu'elles se lasseraient. Mais ces filles-là sont comme les enfants qui n'en ont jamais assez d'une plaisanterie.

Le fameux Jules fut intégré à une chanson qu'on se mettait à chanter ou à crier à tue-tête dès que je me montrais. D'autres me disaient, quand je vérifiais leur carte :

— Sois pas vache, Jules ! Tu es si mignon !

Pauvre Louise ! Sa grande peur, pendant cette période-là, n'était pas de me voir succomber à quelque tentation, mais de me voir apporter une vilaine maladie à la maison. J'avais attrapé des puces. Quand je rentrais, elle me faisait déshabiller et prendre un bain, tandis qu'elle allait brosser mes vêtements sur le palier ou devant la fenêtre ouverte.

— Tu as dû en toucher, aujourd'hui. Brosse-toi bien les ongles !

Ne racontait-on pas qu'on peut attraper la syphilis rien qu'en buvant dans un verre ?

Cela n'a pas été agréable, mais j'ai appris ce que j'avais à apprendre. N'est-ce pas moi qui avais choisi mon métier ?

Je n'aurais, pour rien au monde, demandé à changer de poste. Mes chefs, d'eux-mêmes, firent le nécessaire, davantage par souci du rendement, je suppose, que par considération pour moi.

Je fus désigné aux gares. Plus exactement je fus affecté à certain bâtiment sombre et sinistre qu'on appelle la gare du Nord.

Comme pour les grands magasins, il y avait l'avantage d'être à l'abri de la pluie. Pas du froid ni du vent, car il n'y a sans doute nulle part au monde autant de courants d'air que dans un hall de gare, que dans le hall de la gare du Nord, et, pendant des mois, j'ai fait, pour les rhumes, concurrence au vieux Lagrume.

Qu'on n'imagine surtout pas que je me plaigne et que je brosse avec une complaisance vengeresse l'envers du décor.

J'étais parfaitement heureux. J'étais heureux quand j'arpentais les rues et je ne l'étais pas moins quand je surveillais les soi-disant kleptomanes dans les grands magasins.

J'avais l'impression d'avancer chaque fois d'un cran, d'apprendre un métier dont la complexité m'apparaissait chaque jour davantage.

En voyant la gare de l'Est, par exemple, je ne peux jamais m'empêcher de m'assombrir, parce qu'elle évoque pour moi des mobilisations. La gare de Lyon, au contraire, tout comme la gare Montparnasse, me fait penser aux vacances.

La gare du Nord, elle, la plus froide, la plus affairée de toutes, évoque à mes yeux une lutte âpre et amère pour le pain quotidien. Est-ce parce qu'elle conduit vers les régions de mines et d'usines ?

Le matin, les premiers trains de nuit, qui s'en viennent de Belgique et d'Allemagne, contiennent généralement quelques fraudeurs, quelques trafiquants au visage dur comme le jour vu à travers les verrières.

Ce n'est pas toujours de la petite fraude. Il y a les professionnels des trafics internationaux, avec leurs agents, leurs hommes de paille, leurs hommes de main, des gens qui jouent gros jeu et sont prêts à se défendre par tous les moyens.

Cette foule-là s'est à peine écoulée que c'est le tour des trains de banlieue, qui ne viennent pas de villages riants comme dans l'Ouest ou dans le Sud, mais d'agglomérations noires et malsaines.

En sens inverse, c'est vers la Belgique, la plus proche frontière, qu'essaient de s'envoler tous ceux qui fuient pour les raisons les plus diverses.

Des centaines de gens attendent, dans la grisaille qui sent la fumée et la sueur, s'agitent, courant des guichets aux salles de bagages, interrogeant du regard les tableaux qui annoncent les arrivées et les départs, mangeant, buvant quelque chose, parmi les enfants, les chiens et les valises, et presque toujours ce sont des gens qui n'ont pas assez dormi, que la peur d'être en retard a énervés, quelquefois simplement la peur du lendemain qu'ils vont chercher ailleurs.

J'ai passé des heures, tous les jours, à les observer, à chercher parmi ces visages un visage plus fermé, des yeux plus fixes, celui d'un homme ou d'une femme qui joue sa dernière chance.

Le train est là, qui va partir dans quelques minutes. Il n'y a plus que cent mètres à franchir, qu'à tendre un billet qu'on tient serré dans sa main. Les aiguilles avancent par saccades sur l'énorme cadran jaunâtre de l'horloge.

Quitte ou double ! C'est la liberté ou la prison. Ou pis.

Moi, avec dans mon portefeuille une photographie, ou un signalement, parfois seulement la description technique d'une oreille.

Il arrive qu'on s'aperçoive au même moment, qu'il y ait un choc de regards. Presque toujours, l'homme comprend du premier coup.

La suite dépend de son caractère, du risque qu'il court, de ses nerfs, voire d'un tout petit détail matériel, d'une porte ouverte ou fermée, d'une malle qui se trouve par hasard entre nous.

Certains essayent de fuir, et c'est la course éperdue à travers les groupes qui protestent ou se garent, à travers les wagons à l'arrêt, les voies, les aiguillages.

J'en ai connu deux, dont un tout jeune homme, qui, à trois mois de distance, ont eu une attitude identique.

Ils ont, l'un comme l'autre, plongé la main dans leur poche, comme pour y prendre une cigarette. Et l'instant d'après, au beau milieu de la foule, les yeux fixés sur moi, ils se tiraient une balle dans la tête.

Ceux-là non plus ne m'en voulaient pas, pas plus que je ne leur en voulais.

Nous faisions chacun notre métier.

Ils avaient perdu la partie, un point, c'est tout, et ils s'en allaient.

Je l'avais perdue, moi aussi, car mon rôle était de les amener vivants devant la justice.

J'ai vu partir des milliers de trains. J'en ai vu arriver des milliers d'autres, avec chaque fois la même cohue, le long chapelet de gens qui se hâtent vers on ne sait quoi.

C'est devenu chez moi un tic, comme chez mes collègues. Même si je ne suis pas de service, si, par miracle, accompagné de ma femme, je pars en vacances, mon regard glisse le long des visages, et il est bien rare qu'il ne finisse pas par s'arrêter sur quelqu'un qui a peur, quelle que soit sa façon de le cacher.

— Tu ne viens pas ? Qu'est-ce que tu as ?

Jusqu'à ce que nous soyons installés dans notre compartiment, que dis-je, jusqu'à ce que le train soit parti, ma femme n'est jamais sûre que les vacances auront vraiment lieu.

— De quoi t'occupes-tu ? Tu n'es pas de service !

Il m'est arrivé de la suivre en soupirant, en tournant une dernière fois la tête vers un visage mystérieux disparaissant dans la foule. Toujours à regret.

Et je ne pense pas que ce soit uniquement par souci professionnel, ni par amour de la justice.

Je le répète, c'est une partie qui se joue, une partie qui n'a pas de fin. Une fois qu'on l'a commencée, il est bien difficile, sinon impossible, de la quitter.

La preuve, c'est que ceux de chez nous qui finissent par prendre leur retraite, souvent contre leur gré, en arrivent presque toujours à monter une agence de police privée.

Ce n'est d'ailleurs qu'un pis-aller et je n'en connais pas un qui, après avoir grogné pendant trente ans contre les misères de la vie d'un policier, ne soit prêt à reprendre du service, fût-ce gratuitement.

J'ai gardé de la gare du Nord un souvenir sinistre. Je ne sais pas pourquoi, je la revois toujours pleine de brouillard humide et gluant des petits matins, avec sa foule mal réveillée marchant en troupeau vers les voies ou vers la rue de Maubeuge.

Les échantillons d'humanité que j'y ai rencontrés sont parmi les plus désespérés, et certaines arrestations que j'y ai effectuées m'ont laissé plutôt un sentiment de remords qu'un sentiment de satisfaction professionnelle.

À choisir, pourtant, j'aimerais mieux aller reprendre demain ma faction à l'entrée des quais que, dans une gare plus somptueuse, m'embarquer pour quelque petit coin ensoleillé de la Côte d'Azur.

6

Des étages, des étages, encore des étages !

De loin en loin, presque toujours à l'occasion de convulsions politiques, des troubles éclatent dans la rue, qui ne sont plus seulement la manifestation du mécontentement populaire. On dirait qu'à un moment une brèche se produit, que d'invisibles écluses sont ouvertes, et on voit soudain surgir dans les quartiers riches des êtres dont l'existence y est généralement ignorée, qui semblent sortir de quelque cour des miracles et qu'on regarde passer sous les fenêtres comme on regarderait des ruffians et des coupe-jarrets surgir du fond du Moyen Âge.

Ce qui m'a le plus surpris, quand ce phénomène s'est produit avec violence à la suite des émeutes du 6 février, c'est l'étonnement exprimé le lendemain par la majorité de la presse.

Cette invasion, pendant quelques heures, du centre de Paris, non par les manifestants, mais par des individus efflanqués qui répandaient autant de terreur qu'une bande de loups, alarmait tout à coup des gens qui, par profession, ont presque autant que nous la connaissance des dessous d'une capitale.

Paris a vraiment eu peur, cette fois-là. Puis Paris, dès le lendemain, l'ordre rétabli, a oublié que cette populace n'avait pas été anéantie, qu'elle était simplement rentrée dans ses terriers.

La police n'est-elle pas là pour l'y maintenir ?

Sait-on qu'il existe une brigade qui s'occupe exclusivement des quelque deux à trois cent mille Nord-Africains, Portugais et Roumains qui vivent dans la zone du XXᵉ arrondissement, qui y campent, pourrait-on dire plus justement, connaissant à peine notre langue ou ne la connaissant pas du tout, obéissant à d'autres lois, à d'autres réflexes que les nôtres ?

Nous avons, Quai des Orfèvres, des cartes où des sortes d'îlots sont marqués aux crayons de couleurs, les Juifs de la rue des Rosiers, les Italiens du quartier de l'Hôtel de Ville, les Russes des Ternes et de Denfert-Rochereau...

Beaucoup ne demandent qu'à s'assimiler, et les difficultés ne viennent pas de ceux-là, mais il y en a qui, en groupe ou isolés, se tiennent volontairement en marge et mènent, dans la foule qui ne les remarque pas, leur existence mystérieuse.

Ce sont presque toujours des gens bien-pensants, aux petites tricheries, aux petites saletés soigneusement camouflées, qui me demandent, avec un léger frémissement des lèvres que je connais bien :

— Cela ne vous arrive pas d'être dégoûté ?

Ils ne parlent pas de ceci ou cela en particulier, mais de l'ensemble de ceux à qui nous avons à faire. Ce qu'ils aimeraient, c'est que nous leur déballions des secrets bien sales, des vices inédits, toute une pouillerie dont ils pourraient s'indigner en s'en délectant secrètement.

Ceux-là employent volontiers le mot bas-fonds.

— Ce que vous devez en voir, dans les bas-fonds ?

Je préfère ne pas leur répondre. Je les regarde d'une certaine façon, sans aucune expression sur le visage, et ils doivent comprendre ce que cela veut dire, car, en général, ils prennent un air gêné et n'insistent pas.

J'ai beaucoup appris à la voie publique. J'ai appris dans les foires et dans les grands magasins, partout où des foules étaient rassemblées.

J'ai parlé de mes expériences à la gare du Nord.

Mais c'est aux garnis, sans doute, que j'ai le mieux vu les hommes, ceux, justement, qui font si peur aux gens des beaux quartiers quand d'aventure les écluses sont ouvertes.

Les chaussures à clous, ici, n'étaient plus nécessaires, car il ne s'agissait pas tant de parcourir des kilomètres de trottoir que de circuler, si je puis dire, en hauteur.

Chaque jour, je relevais les fiches de quelques dizaines, de quelques centaines d'hôtels, de meublés le plus souvent, où il était bien rare de trouver un ascenseur et où il s'agissait de grimper six ou sept étages dans des cages d'escalier étouffantes, où une âcre odeur d'humanité pauvre prenait à la gorge.

Les grands hôtels aux portes tournantes flanquées de valets en livrée ont leurs drames, eux aussi, et leurs secrets dans lesquels la police va quotidiennement fourrer le nez.

Mais c'est surtout dans des milliers d'hôtels aux noms inconnus, qu'on remarque à peine du dehors, que se terre une population flottante, difficile à saisir ailleurs et qui est rarement en règle.

Nous allions à deux. Parfois, dans des quartiers dangereux, nous étions plus nombreux. On choisissait l'heure à laquelle la plupart des gens étaient couchés, un peu après le milieu de la nuit.

C'était alors une sorte de cauchemar qui commençait, avec certains détails, toujours les mêmes, le gardien de nuit, le patron ou la patronne, couché derrière son guichet, qui s'éveillait de mauvaise grâce et essayait de se mettre d'avance à couvert.

— Vous savez bien qu'ici on n'a jamais eu d'ennuis...

Jadis, les noms étaient inscrits dans des registres. Plus tard, avec la carte d'identité obligatoire, il y a eu des fiches à remplir.

L'un de nous restait en bas. L'autre montait. Certaines fois, malgré toutes nos précautions, nous étions signalés et, du rez-de-chaussée, nous entendions la maison s'éveiller comme une ruche, des allées et venues affairées dans les chambres, des pas furtifs dans l'escalier.

Il arrivait que nous trouvions une chambre vide, le lit encore chaud, et que, tout en haut, la lucarne donnant sur les toits fût ouverte.

D'habitude, nous pouvions atteindre le premier étage sans avoir alerté les locataires et on frappait à une première porte, des grognements répondaient, des questions dans une langue presque toujours étrangère.

— Police !

Ils comprennent tous ces mots-là. Et des gens en chemise, des gens tout nus, des hommes, des femmes, des enfants s'agitaient dans une mauvaise lumière, dans la mauvaise odeur, débouclaient des malles invraisemblables pour y chercher un passeport caché sous les effets.

Il faut avoir vu l'anxiété de ces regards-là, ces gestes de somnambules et cette qualité d'humilité qu'on ne trouve guère que chez les déracinés. Dirai-je une humilité fière ?

Ils ne nous détestaient pas. Nous étions les maîtres. Nous avions – ou ils croyaient que nous avions – le plus terrible de tous les pouvoirs : celui de les renvoyer de l'autre côté de la frontière.

Pour certains, le fait d'être ici représentait des années de ruse ou de patience. Ils avaient atteint la terre promise. Ils possédaient des papiers, vrais ou faux.

Et, cependant qu'ils nous les tendaient, avec toujours la peur que nous les mettions dans notre poche, ils cherchaient instinctivement à nous amadouer avec un sourire, trouvaient quelques mots de français à balbutier :

— Missié li commissaire...

Les femmes gardaient rarement leur pudeur, et parfois on lisait une hésitation dans leur regard, elles avaient un vague geste vers le lit défait. Est-ce que nous n'étions pas tentés ? Est-ce que cela ne nous ferait pas plaisir ?

Pourtant, tout ce monde-là était fier, d'une fierté à part que je n'arrive pas à décrire. La fierté des fauves ?

Au fait, c'est un peu comme des fauves en cage qu'ils nous regardaient passer, sans savoir si nous allions les frapper ou les flatter.

Quelquefois on en voyait un, brandissant ses papiers, qui, pris de panique, se mettait à parler avec volubilité dans sa langue, gesticulant, appelant les autres à la rescousse, s'efforçant de nous faire croire qu'il était un honnête homme, que toutes les apparences étaient fausses, que...

Certains pleuraient et d'autres se tassaient dans leur coin, farouches, comme prêts à bondir, mais en réalité résignés.

Vérification d'identité. C'est ainsi que l'opération s'appelle en langage administratif. Ceux dont les papiers sont en règle sans que cela puisse faire le moindre doute sont laissés dans leur chambre, où on les entend s'enfermer avec un soupir de soulagement.

Les autres...

— Descendez !

Quand ils ne comprennent pas, il faut bien ajouter le geste. Et ils s'habillent, en parlant seuls. Ils ne savent pas ce qu'ils doivent, ce qu'ils peuvent emporter. Il leur arrive, dès que nous avons le dos tourné, d'aller chercher leur trésor dans quelque cachette pour l'enfouir dans leurs poches ou sous leur chemise.

Tout cela, au rez-de-chaussée, forme un petit groupe où on ne parle plus, où chacun ne songe qu'à son propre cas et à la façon dont il va le plaider.

Il existe, dans le quartier Saint-Antoine, des hôtels où, dans une seule chambre, il m'est arrivé de trouver sept ou huit Polonais, dont la plupart étaient couchés à même le sol.

Un seul était inscrit au registre. Le patron le savait-il ? Se faisait-il payer pour les dormeurs supplémentaires ? C'est plus que probable, mais ce sont des choses qu'il est inutile d'essayer de prouver.

Les autres n'étaient pas en règle, comme de juste. Que faisaient-ils quand ils étaient forcés de quitter au petit jour l'abri de la chambre ?

Faute de carte de travail, il leur était impossible de gagner régulièrement leur vie. Or ils n'étaient pas morts de faim. Donc ils mangeaient.

Et il y en avait, il y en a toujours des milliers, des dizaines de milliers dans leur cas.

Trouve-t-on de l'argent dans leurs poches, ou caché au-dessus de quelque armoire, ou, plus souvent, dans leurs souliers ? Il s'agit de savoir comment ils se le sont procuré, et c'est alors le genre d'interrogatoire le plus épuisant.

Même s'ils comprennent le français, ils feignent de ne pas l'entendre, vous regardant dans les yeux d'un air plein de bonne volonté, répétant inlassablement leur protestation d'innocence.

Il est inutile d'interroger les autres à leur sujet. Ils ne se trahiront pas. Ils raconteront tous la même histoire.

Or, en moyenne, soixante-cinq pour cent de crimes commis dans la région parisienne ont des étrangers pour auteurs.

Des escaliers, des escaliers et toujours des escaliers. Pas seulement de nuit, mais de jour, et des filles partout, des professionnelles et des autres, certaines jeunes et splendides, venues, Dieu sait pourquoi, du fond de leur pays.

J'en ai connu une, une Polonaise, qui partageait avec cinq hommes une chambre d'hôtel de la rue Saint-Antoine et leur désignait les mauvais coups à faire, récompensant à sa façon ceux qui avaient réussi, tandis que les autres rongeaient leur frein dans la chambre et, le plus souvent, se jetaient ensuite férocement sur le gagnant épuisé.

Deux d'entre eux étaient des brutes énormes, puissantes, et elle n'en avait pas peur, elle les tenait en respect d'un sourire ou d'un froncement de sourcils ; lors de leur interrogatoire, dans mon propre bureau, après je ne sais quelle phrase prononcée dans leur langue, je l'ai vue gifler tranquillement un des géants.

— Vous devez en voir de toutes les couleurs !

On voit, en effet, des hommes, des femmes, toutes les sortes d'hommes et de femmes, dans toutes les situations inimaginables, à tous les degrés de l'échelle. On les voit, on enregistre et on essaie de comprendre.

Non pas de comprendre je ne sais quel mystère humain. C'est peut-être contre cette idée romanesque que je proteste avec le plus d'acharnement, presque de colère. C'est une des raisons de ce livre, de ces sortes de corrections.

Simenon a essayé de l'expliquer, je le reconnais. Je n'en ai pas moins été gêné de me voir souvent, dans ses livres, certains sourires, certaines attitudes que je n'ai jamais eus et qui auraient fait hausser les épaules à mes collègues.

La personne qui l'a le mieux senti est probablement ma femme. Pourtant, lorsque je rentre de mon travail, il ne lui arrive jamais de me questionner avec curiosité, quelle que soit l'affaire dont je m'occupe.

De mon côté, je ne lui fais pas ce que l'on appelle des confidences.

Je m'assieds à table comme n'importe quel fonctionnaire qui revient de son bureau. Il m'arrivera alors, en quelques mots, comme pour moi-même, de raconter une rencontre, un interrogatoire, de parler de l'homme ou de la femme sur qui j'ai eu à enquêter :

Si elle pose une question, ce sera presque toujours une question technique.

— Dans quel quartier ?

Ou bien :

— Quel âge ?

Ou encore :

— Depuis combien de temps est-elle en France ?

Parce que ces détails ont fini par être aussi révélateurs à ses yeux qu'ils le sont pour nous.

Elle ne m'interroge pas sur les à-côtés sordides ou pitoyables.

Et Dieu sait que ce n'est pas indifférence de sa part !

— Sa femme est allée le voir au Dépôt ?

— Ce matin.

— Elle avait amené l'enfant avec elle ?

Elle s'intéresse plus particulièrement, pour des raisons sur lesquelles je n'ai pas à insister, à ceux qui ont des enfants, et ce serait une erreur de croire que les irréguliers, les malfaiteurs ou les criminels n'en ont pas.

Nous en avons eu un chez nous, une petite fille, dont j'ai envoyé la mère en prison pour le restant de ses jours, mais nous savions que le père la reprendrait dès qu'il serait redevenu un homme normal.

Elle continue à venir nous voir. C'est maintenant une jeune fille, et ma femme est assez fière de lui faire faire le tour des magasins l'après-midi.

Ce que je veux vous souligner, c'est qu'il n'entre, dans notre comportement vis-à-vis de ceux dont nous nous occupons, ni sensiblerie ni dureté, ni haine ni pitié dans le sens habituel du mot.

Nous travaillons sur des hommes. Nous observons leur comportement. Nous enregistrons des faits. Nous cherchons à en établir d'autres.

Notre connaissance est en quelque sorte technique.

Lorsque, encore jeune, je visitais un hôtel borgne de la cave au grenier, pénétrant dans les alvéoles des chambres, surprenant les gens dans leur sommeil, dans leur intimité la plus crue, examinant leurs papiers à la loupe, j'aurais presque pu dire ce que chacun deviendrait.

D'abord, certains visages m'étaient déjà familiers, car Paris n'est pas si grand que, dans un certain milieu, on ne rencontre sans cesse les mêmes individus.

Certains cas, aussi, se reproduisent presque identiquement, les mêmes causes amenant les mêmes résultats.

Le malheureux originaire d'Europe centrale, qui a économisé pendant des mois, sinon des années, pour se payer de faux passeports dans une agence clandestine de son pays et qui a cru en avoir fini quand il a franchi la frontière sans encombre, nous tombera fatalement entre les mains dans un délai de six mois à un an au maximum.

Mieux : nous pourrions le suivre en pensée dès la frontière, prévoir dans quel quartier, dans quel restaurant, dans quel hôtel il va aboutir.

Nous savons par qui il tentera de se procurer la carte de travail indispensable, vraie ou fausse ; il nous suffira d'aller le prendre dans la queue qui s'allonge chaque matin devant les grandes usines de Javel.

Pourquoi nous fâcher, lui en vouloir, quand il en arrive là où il devait fatalement arriver ?

Il en est de même de la petite bonne encore fraîche que nous voyons danser pour la première fois dans certains musettes. Lui dire de rentrer chez ses patrons et d'éviter désormais son compagnon à l'élégance voyante ?

Cela ne servirait à rien. Elle y reviendra. Nous la retrouverons dans d'autres musettes, puis, un beau soir, devant une porte d'hôtel du quartier des Halles ou de la Bastille.

Dix mille y passent chaque année en moyenne, dix mille qui quittent leur village et débarquent à Paris comme domestiques et à qui il ne faut que quelques mois, ou quelques semaines, pour effectuer le plongeon.

Est-ce si différent quand un garçon de dix-huit ou de vingt ans, qui travaillait en usine, se met à s'habiller d'une certaine façon, à prendre certaines attitudes, à s'accouder au zinc de certains bars ?

On ne tardera pas à lui voir un complet neuf, des chaussettes et une cravate en soie artificielle.

Il finira chez nous, lui aussi, le regard sournois ou penaud, après une tentative de cambriolage ou un vol à main armée, à moins qu'il se soit embauché dans la légion des voleurs de voitures.

Certains signes ne trompent jamais, et ce sont ces signes-là, en définitive, que nous apprenions à connaître quand on nous faisait passer par toutes les équipes, arpenter des kilomètres de trottoir, grimper étage après étage, pénétrer dans toutes sortes de taudis et dans toutes les foules.

C'est pourquoi le surnom de « chaussettes à clous » ne nous a jamais vexés, bien au contraire.

À quarante ans, il en est peu, Quai des Orfèvres, qui ne connaissent familièrement, par exemple, tous les voleurs à la tire. On saura même où les retrouver tel jour, à l'occasion de telle cérémonie ou de tel gala.

Comme on saura, par exemple, qu'un vol de bijoux ne tardera pas à avoir lieu, parce qu'un spécialiste, qu'on a rarement pris la main dans le sac, commence à être au bout de son rouleau. Il a quitté son hôtel du boulevard Haussmann pour un hôtel plus modeste de la République. Depuis quinze jours, il n'a pas payé sa note. La femme avec laquelle il vit commence à lui faire des scènes et ne s'est plus acheté de chapeaux depuis longtemps.

On ne peut le suivre pas à pas : il n'y aurait jamais assez de policiers pour prendre en filature tous les suspects. Mais on le tient au bout du fil. Les hommes de la voie publique sont avertis d'avoir à surveiller plus particulièrement les bijouteries.

On sait comment il opère. On sait qu'il n'opérera pas autrement.

Cela ne réussit pas toujours. Ce serait trop beau. Il arrive cependant qu'on le prenne sur le fait. Il arrive que ce soit après une entrevue discrète avec sa compagne, à qui on a fait comprendre que son avenir serait moins problématique si elle nous renseignait.

On parle beaucoup, dans les journaux, des règlements de comptes, à Montmartre ou dans le quartier de la rue Fontaine, parce que les coups de revolver dans la nuit ont toujours, pour le public, quelque chose d'excitant.

Or ce sont les affaires qui, au Quai, nous donnent le moins de souci.

Nous connaissons les bandes rivales, leurs intérêts et les points en litige entre elles. Nous connaissons aussi leurs haines ou leurs rancunes personnelles.

Un crime en amène un autre, par contrecoup. Luciano a-t-il été abattu dans un bar de la rue de Douai ? Les Corses se vengeront fatalement dans un délai plus ou moins court. Et, presque toujours, il y en aura un d'entre eux pour nous passer le tuyau.

— Quelque chose se trame contre Dédé les Pieds plats. Il le sait et ne sort plus qu'accompagné de deux tueurs.

Le jour où Dédé sera abattu à son tour, il y a neuf chances sur dix pour qu'un coup de téléphone plus ou moins mystérieux nous mette au courant de l'histoire dans tous ses détails.

— Un de moins !

Nous arrêtons les coupables quand même, mais cela a peu d'importance, car ces gens-là ne s'exterminent qu'entre eux, pour des raisons qui leur appartiennent, au nom d'un certain code qu'ils appliquent avec rigueur.

C'est à cela que Simenon faisait allusion quand, au cours de notre première entrevue, il déclarait si catégoriquement :

— Les crimes de professionnels ne m'intéressent pas.

Ce qu'il ne savait pas encore, ce qu'il a appris depuis, c'est qu'il y a fort peu d'autres crimes.

Je ne parle pas des crimes passionnels, qui sont la plupart du temps sans mystère, qui ne sont que l'aboutissement logique d'une crise aiguë entre deux ou plusieurs individus.

Je ne parle pas non plus des coups de couteau échangés un samedi ou un dimanche soir entre deux ivrognes de la Zone.

En dehors de ces accidents, les crimes les plus fréquents sont de deux sortes :

L'assassinat de quelque vieille femme solitaire, par un ou plusieurs mauvais garçons, et le meurtre d'une prostituée dans un terrain vague.

Pour le premier, il est rarissime que le coupable nous échappe. Presque toujours, c'est un jeune, un de ceux dont j'ai parlé tout à l'heure, en rupture d'usine depuis quelques mois, avide de jouer les terreurs.

Il a repéré un débit de tabac, une mercerie, un petit commerce quelconque dans une rue déserte.

Parfois, il a acheté un revolver. D'autres fois, il se contente d'un marteau ou d'une clef anglaise.

Presque toujours, il connaît la victime et, une fois sur dix au moins, celle-ci, à un moment ou à un autre, a été bonne pour lui.

Il n'était pas décidé à tuer. Il a mis un foulard sur son visage pour ne pas être reconnu.

Le mouchoir a glissé, ou bien la vieille femme s'est mise à crier.

Il a tiré. Il a frappé. S'il a tiré, il a vidé tout son barillet, ce qui est un signe de panique. S'il a frappé, il l'a fait dix fois, vingt fois, sauvagement croit-on, en réalité parce qu'il était fou de terreur.

Cela vous étonne que, quand nous l'avons devant nous, effondré en essayant encore de crâner, nous lui disions simplement :

— Idiot !

C'est rare que ceux-là n'y laissent pas leur tête. Le moins qu'ils récoltent est vingt ans, quand ils ont la chance d'intéresser à leur sort un maître du barreau.

Quant aux tueurs de prostituées, c'est un miracle quand nous leur mettons la main dessus. Ce sont les enquêtes les plus longues, les plus décourageantes, les plus écœurantes aussi que je connaisse.

Cela commence par un sac, qu'un marinier repêche du bout de sa gaffe quelque part dans la Seine et qui contient presque toujours un corps mutilé. La tête manque, ou un bras, ou les jambes.

Des semaines passent souvent avant que l'identification soit possible. Généralement, il s'agit d'une fille d'un certain âge, de celles qui n'emmènent même plus leur client à l'hôtel ou dans leur chambre, mais qui se contentent d'un seuil ou de l'abri d'une palissade.

On a cessé de la voir dans le quartier, un quartier qui, dès la tombée de la nuit, s'enveloppe de mystère et d'ombres silencieuses.

Celles qui la connaissent n'ont pas envie d'entrer en contact avec nous. Questionnées, elles restent dans le vague.

On finit, tant bien que mal, à force de patience, par connaître quelques-uns de ses clients habituels, des isolés, eux aussi, des solitaires, des hommes sans âge qui ne laissent guère que le souvenir d'une silhouette.

L'a-t-on tuée pour son argent ? C'est improbable. Elle en avait si peu !

Est-ce un de ces vieux-là qui a soudain été pris de folie, ou bien quelqu'un est-il venu d'ailleurs, d'un autre quartier, un de ces fous qui, à intervalles réguliers, sentent approcher la crise, savent exactement ce qu'ils feront et prennent, avec une lucidité incroyable, des précautions dont les autres criminels sont incapables ?

On ne sait même pas combien ils sont. Chaque capitale a les siens qui, leur coup fait, replongent pour un temps plus ou moins long dans la vie anonyme.

Ce sont peut-être des gens respectés, des pères de famille, des employés modèles.

À quoi ils ressemblent exactement, nul ne le sait, et, quand d'aventure on en a pris un, il a presque toujours été impossible d'établir une conviction satisfaisante.

Nous avons des statistiques à peu près précises de tous les genres de crimes.

Sauf d'un.

L'empoisonnement.

Et toutes les approximations seraient fatalement fausses, en trop ou en trop peu.

Tous les trois mois, ou tous les six mois, à Paris ou en province, surtout en province, dans une très petite ville ou à la campagne, le hasard fait qu'un médecin examine de plus près un mort et soit intrigué par certaines caractéristiques.

Je dis hasard, car il s'agit habituellement d'un de ses clients, de quelqu'un qu'il a longtemps connu malade. Il est mort brusquement, dans son lit, au sein de sa famille qui donne toutes les marques traditionnelles de chagrin.

Les parents n'aiment pas entendre parler d'autopsie. Le médecin ne s'y décide que si ses soupçons sont assez forts.

Ou bien, des semaines après un enterrement, c'est une lettre anonyme qui parvient à la police et fournit des détails à première vue incroyables.

J'insiste pour montrer toutes les conditions qui doivent se réunir pour qu'une enquête de ce genre soit ouverte. Les formalités administratives sont compliquées.

La plupart du temps, il s'agit d'une femme de fermier qui attend depuis des années la mort de son mari pour se mettre en ménage avec le valet et qui a été prise d'impatience.

Elle a aidé la nature, comme certaines le disent crûment.

Parfois, c'est l'homme, mais plus rarement, qui se débarrasse ainsi d'une épouse malade devenue un poids mort dans la maison.

On les découvre par hasard. Mais dans combien d'autres cas le hasard ne joue-t-il pas ? Nous l'ignorons. Nous ne pouvons que risquer des hypothèses. Nous sommes quelques-uns, dans la maison, tout comme dans celle de la rue des Saussaies, à penser que, de tous les crimes, en particulier des crimes impunis, c'est celui qui l'emporte en fréquence.

Les autres, ceux qui intéressent les romanciers et les soi-disant psychologues, sont si peu communs qu'ils ne prennent qu'une partie insignifiante de notre activité.

Or c'est celle-là que le public connaît le mieux. Ce sont ces affaires-là que Simenon a surtout racontées et que, je suppose, il continuera à raconter.

Je veux parler des crimes qui sont soudain commis dans les milieux où l'on s'y attendrait le moins et qui sont comme l'aboutissement d'une longue et sourde fermentation.

Une rue quelconque, propre, cossue, à Paris ou ailleurs. Des gens qui ont une maison confortable, une vie familiale, une profession honorable.

Nous n'avons jamais eu à franchir leur seuil. Souvent, il s'agit de milieux où nous serions difficilement admis, où nous ferions tache, où nous sentirions gauches pour le moins.

Or quelqu'un est mort de mort violente, et nous voilà qui sonnons à la porte, qui trouvons devant nous des visages fermés, une famille dont chaque membre paraît avoir son secret.

Ici, l'expérience acquise pendant des années dans la rue, dans les gares, dans les garnis, ne joue plus. Ne joue pas non plus cette espèce de respect instinctif des petits à l'égard de l'autorité, de la police.

Personne ne craint d'être reconduit à la frontière. Personne non plus ne va être emmené dans un bureau du Quai pour y être soumis pendant des heures à un interrogatoire à la chansonnette.

Ce que nous avons devant nous, ce sont les mêmes gens bien-pensants qui nous auraient demandé en d'autres circonstances :

— Il ne vous arrive pas d'être écœuré ?

C'est chez eux que nous le sommes. Pas tout de suite. Pas toujours. Car la tâche est longue et hasardeuse.

Quand un coup de téléphone d'un ministre, d'un député, de quelque personnalité importante n'essaie pas de nous mettre hors du chemin.

Il y a tout un vernis de respectabilité à faire craquer petit à petit, il y a les secrets de famille, plus ou moins répugnants, que tout le monde s'entend à nous cacher et qu'il est indispensable de mettre à jour, sans souci des révoltes et des menaces.

Parfois ils sont cinq, ils sont six et davantage à mentir de concert sur certains points, tout en essayant sournoisement de mettre les autres dans le bain.

Simenon me décrit volontiers lourd et grognon, mal à l'aise dans ma peau, regardant les gens en dessous, avec l'air d'aboyer hargneusement mes questions.

C'est dans ces cas-là qu'il m'a vu ainsi, devant ce qu'on pourrait appeler des crimes d'amateur qu'on finit *toujours* par découvrir être des crimes d'intérêt.

Pas de crimes d'argent. Je veux dire pas de crimes commis par besoin immédiat d'argent, comme dans le cas des petites gouapes qui assassinent les vieilles femmes.

Il s'agit, derrière ces façades, d'intérêts plus compliqués, à longue échéance, qui se conjuguent avec des soucis de respectabilité. Souvent cela remonte à des années, cela cache des vies entières de tripotages et de malpropretés.

Quand les gens sont enfin acculés aux aveux, c'est un déballage ignoble, c'est surtout, presque toujours, la terreur panique des conséquences.

— Il est impossible, n'est-ce pas, que notre famille soit traînée dans la boue ? Il faut trouver une solution.

Cela arrive, je le regrette. Certains, qui auraient dû ne quitter mon bureau que pour un cachot de la Santé, ont disparu de la circulation, parce qu'il existe des influences contre lesquelles un inspecteur de police, et même un commissaire, sont impuissants.

— Il ne vous arrive pas d'être écœuré ?

Je ne l'ai jamais été quand, inspecteur du service des garnis, je passais mes journées ou mes nuits à gravir les étages de meublés malpropres et surhabités, dont chaque porte s'ouvrait sur une misère ou sur un drame.

Le mot écœurement ne convient pas non plus à mes réactions devant les quelques milliers de professionnels de toutes sortes qui me sont passés par les mains.

Ils jouaient leur partie et l'avaient perdue. Presque tous tenaient à se montrer beaux joueurs et certains, une fois condamnés, me demandaient d'aller les voir en prison, où nous bavardions comme des amis.

Je pourrais en citer plusieurs qui m'ont supplié d'assister à leur exécution et qui me réservaient leur dernier regard.

— Je serai bien, vous verrez !

Ils faisaient leur possible. Ils ne réussissaient pas toujours. J'emportais dans ma poche leurs dernières lettres, que je me chargeais de faire parvenir avec un petit mot de ma main.

Quand je rentrais, ma femme n'avait qu'à me regarder sans me poser de questions pour savoir comment cela s'était passé.

Quant aux autres, sur lesquels je préfère ne pas insister, elle connaissait aussi le sens de certaines mauvaises humeurs, d'une certaine façon de m'asseoir, le soir en rentrant, et de remplir mon assiette, et elle n'appuyait pas.

Ce qui prouve bien qu'elle n'était pas destinée aux Ponts et Chaussées !

7

D'un matin triomphant
comme une trompette de cavalerie
et d'un garçon qui n'était plus maigre,
mais qui n'était pas encore tout à fait gros

Je peux encore retrouver le goût, la couleur du soleil ce matin-là. C'était en mars. Le printemps était précoce. J'avais déjà l'habitude, chaque fois que je le pouvais, de faire à pied le chemin du boulevard Richard-Lenoir au Quai des Orfèvres.

Je n'avais pas de travail dehors, ce jour-là, mais des fiches à classer, aux garnis, dans les bureaux les plus sombres, probablement, de tout le Palais de Justice, au rez-de-chaussée, avec, sur la cour, une petite porte que j'avais laissée ouverte.

Je m'en tenais aussi près que mon travail le permettait. Je me souviens du soleil qui coupait la cour juste en deux et qui coupait aussi une voiture cellulaire en attente. Ses deux chevaux donnaient de temps en temps des coups de sabot sur le pavé, et, derrière eux, il y avait un beau tas de crottin doré, fumant dans l'air encore frisquet.

Je ne sais pourquoi la cour me rappelait certaines récréations au lycée, à la même époque de l'année,

quand l'air se met soudain à avoir une odeur et que
la peau, lorsqu'on a couru, sent comme le printemps.

J'étais seul dans le bureau. La sonnette du téléphone retentit.

— Voulez-vous dire à Maigret que le patron le
demande ?

La voix du vieux garçon de bureau, là-haut, qui a
passé près de cinquante ans à son poste.

— C'est moi.

— Alors montez.

Jusqu'au grand escalier, toujours poussiéreux, qui
paraissait gai, avec des rayons obliques de soleil
comme dans les églises. Le rapport du matin venait
de finir. Deux commissaires étaient encore en conversation, leurs dossiers sous le bras, près de la porte du
grand patron à laquelle j'allais frapper.

Et, dans le bureau, je retrouvai l'odeur des pipes
et des cigarettes de ceux qui venaient de le quitter.
Une fenêtre était ouverte derrière Xavier Guichard,
qui avait des aigrettes de soleil dans ses cheveux
blancs et soyeux.

Il ne me tendit pas la main. Il ne le faisait presque
jamais au bureau. Nous étions pourtant devenus amis
ou, plus exactement, il voulait bien nous honorer,
ma femme et moi, de son amitié. Une première fois,
il m'avait invité à aller le voir, seul, dans son appartement du boulevard Saint-Germain. Non pas la
partie riche et snob du boulevard. Il habitait, au
contraire, juste en face de la place Maubert, un grand
immeuble neuf qui se dressait parmi les maisons
branlantes et les hôtels miteux.

J'y étais retourné avec ma femme. Tout de suite, ils
s'étaient fort bien entendus tous les deux.

Il avait certainement de l'affection pour elle, pour moi, et pourtant il nous a fait souvent du mal sans le vouloir.

Au début, dès qu'il voyait Louise, il regardait sa taille avec insistance et, si nous n'avions pas l'air de comprendre, disait en toussotant :

— N'oubliez pas que je tiens à être le parrain.

C'était un célibataire endurci. En dehors de son frère, qui était chef de la police municipale, il n'avait pas de famille à Paris.

— Allons ! ne me faites pas trop attendre...

Des années avaient passé. Il avait dû se méprendre. Je me souviens qu'en m'annonçant ma première augmentation il avait ajouté :

— Cela va peut-être vous permettre de me donner un filleul.

Il n'a jamais compris pourquoi nous rougissions, pourquoi ma femme baissait les yeux, tandis que j'essayais de lui toucher la main pour la consoler.

Il paraissait très sérieux, ce matin-là, à contre-jour. Il me laissait debout, je me sentais gêné de l'insistance avec laquelle il m'examinait des pieds à la tête, comme un adjudant, à l'armée, le fait d'une recrue.

— Savez-vous, Maigret, que vous êtes en train d'épaissir ?

J'avais trente ans. Petit à petit, j'avais cessé d'être maigre, mes épaules s'étaient élargies, mon torse s'était gonflé, mais je n'avais pas encore pris ma vraie corpulence.

Cela se sentait. Je devais paraître mou, à cette époque-là, avec quelque chose d'un poupon. Cela me frappait moi-même quand je passais devant une vitrine et que je lançais un petit coup d'œil anxieux à ma silhouette.

C'était trop ou trop peu, et aucun costume ne m'allait.

— Je crois que j'engraisse, oui.

J'avais presque envie de m'en excuser et je n'avais pas encore compris qu'il s'amusait comme il aimait le faire.

— Je crois que je ferais mieux de vous changer de service.

Il y avait deux brigades dont je n'avais pas encore fait partie, celle des jeux et la brigade financière, et cette dernière était mon cauchemar, comme l'examen de trigonométrie, au collège, avait longtemps été la terreur de mes fins d'année.

— Quel âge avez-vous ?

— Trente ans.

— Bel âge ! C'est parfait. Le petit Lesueur va prendre votre place aux garnis, dès aujourd'hui, et vous vous mettrez à la disposition du commissaire Guillaume.

Il l'avait fait exprès de dire cela du bout des lèvres, comme une chose sans importance, sachant que le cœur allait me sauter dans la poitrine et que, debout devant lui, j'entendais dans mes oreilles comme des trompettes triomphantes.

Tout à coup, par un matin qu'on semblait avoir choisi tout exprès – et je ne suis pas sûr que Guichard ne l'ait pas fait –, se réalisait le rêve de ma vie.

J'entrais enfin à la Brigade Spéciale.

Un quart d'heure plus tard, je déménageais en haut mon vieux veston de bureau, mon savon, ma serviette, mes crayons et quelques papiers.

Ils étaient cinq ou six dans la grande pièce réservée aux inspecteurs de la brigade des homicides, et, avant de me faire appeler, le commissaire Guillaume me laissait m'installer, comme un nouvel élève.

— Ça s'arrose ?

Je n'allais pas dire non. À midi, j'emmenais fièrement mes nouveaux collègues à la *Brasserie Dauphine*.

Je les y avais vus souvent, à une autre table que celle que j'occupais avec mes anciens camarades, et nous les regardions avec le respect envieux qu'on accorde, au lycée, aux élèves de première qui sont aussi grands que les professeurs et que ceux-ci traitent presque sur un pied d'égalité.

La comparaison était exacte, car Guillaume était avec nous, et le commissaire aux Renseignements généraux vint nous rejoindre.

— Qu'est-ce que vous prenez ? demandai-je.

Dans notre coin, nous avions l'habitude de boire des demis, rarement un apéritif. Il ne pouvait évidemment pas en aller de même à cette table-ci.

Quelqu'un dit :

— Mandarin-curaçao.

— Mandarin pour tout le monde ?

Comme personne ne protestait, je commandais je ne sais plus combien de mandarins. C'était la première fois que j'y goûtais. Dans l'ivresse de la victoire, cela me parut à peine alcoolisé.

— On prendra bien une seconde tournée ?

N'était-ce pas le moment ou jamais de me montrer généreux ? On en prit trois, on en prit quatre. Mon nouveau patron aussi voulut offrir sa tournée.

Il y avait du soleil plein la ville. Les rues en ruisselaient. Les femmes, vêtues de clair, étaient un enchantement. Je me faufilais entre les passants. Je me regardais dans les vitrines sans me trouver si épais que ça.

Je courais. Je volais. J'exultais. Dès le bas de l'escalier, je commençais déjà le discours que j'avais préparé pour ma femme.

Et, dans la dernière volée, je m'étalai de tout mon long. Je n'avais pas eu le temps de me relever que notre porte s'ouvrait, car Louise devait s'inquiéter de mon retard.

— Tu t'es fait mal ?

C'est drôle. À partir du moment exact où je me redressai, je me sentis complètement ivre et en fus stupéfait. L'escalier tournait autour de moi. La silhouette de ma femme manquait de netteté. Je lui voyais au moins deux bouches, trois ou quatre yeux.

On le croira si on veut, c'était la première fois que cela m'arrivait de ma vie et je m'en sentais si humilié que je n'osais pas la regarder ; je me glissai dans l'appartement comme un coupable sans me souvenir des phrases si bien préparées et triomphantes.

— Je crois... Je crois que je suis un peu ivre...

J'avais de la peine à renifler. La table était mise, avec nos deux couverts face à face devant la fenêtre ouverte. Je m'étais promis de l'emmener déjeuner au restaurant, mais je n'osais plus le proposer.

De sorte que c'est d'une voix presque lugubre que je prononçai :

— Ça y est !

— Qu'est-ce qui y est ?

Peut-être s'attendait-elle à ce que je lui annonce que j'avais été mis à la porte de la police !

— Je suis nommé.

— Nommé quoi ?

Il paraît que j'avais de grosses larmes dans les yeux, de dépit, mais sans doute de joie quand même, en laissant tomber :

— À la Brigade Spéciale.

— Assieds-toi. Je vais te préparer une tasse de café bien noir.

Elle a essayé de me faire coucher, mais je n'allais pas abandonner mon nouveau poste le premier jour. J'ai bu je ne sais combien de tasses de café fort. Malgré l'insistance de Louise, je n'ai rien pu avaler de solide. J'ai pris une douche.

À deux heures, quand je me dirigeai vers le Quai des Orfèvres, j'avais le teint d'un rose un peu spécial, les yeux brillants. Je me sentais mou, la tête vide.

J'allai prendre place dans mon coin et parlai le moins possible, car je savais que ma voix était hésitante et qu'il m'arriverait d'emmêler les syllabes.

Le lendemain, comme pour me mettre à l'épreuve, on me confiait ma première arrestation. C'était rue du Roi-de-Sicile, dans un garni. L'homme était filé depuis déjà cinq jours. Il avait plusieurs meurtres à son actif. C'était un étranger, un Tchèque, si je me souviens bien, taillé en force, toujours armé, toujours sur le qui-vive.

Le problème était de l'immobiliser avant qu'il ait eu le temps de se défendre, car c'était le genre d'homme à tirer dans la foule, à abattre autant de gens que possible avant de se laisser descendre lui-même.

Il savait qu'il était au bout de son rouleau, que la police était sur ses talons, qu'elle hésitait.

Dehors, il s'arrangeait pour se tenir toujours au milieu de la foule, n'ignorant pas que nous ne pouvions pas prendre de risque.

On m'adjoignit à l'inspecteur Dufour, qui s'occupait de lui depuis plusieurs jours et qui connaissait tous ses faits et gestes.

C'est la première fois aussi que je me suis déguisé. Notre arrivée dans le misérable hôtel, habillés comme nous l'étions d'habitude, aurait provoqué une panique à la faveur de laquelle notre homme se serait peut-être enfui.

Dufour et moi, nous nous sommes vêtus de vieilles hardes et nous sommes restés, pour plus de vraisemblance, quarante-huit heures sans nous raser.

Un jeune inspecteur, spécialisé dans les serrures, s'était introduit dans l'hôtel et nous avait fabriqué une excellente clef de la porte de la chambre.

Nous prîmes une autre chambre, sur le même palier, avant que le Tchèque rentre se coucher. Il était un peu plus de onze heures quand un signal, du dehors, nous annonça que c'était lui qui montait l'escalier.

La tactique que nous suivîmes n'était pas de moi, mais de Dufour, plus ancien dans le métier.

L'homme, non loin de nous, s'enfermait, se couchait tout habillé sur son lit, devait garder au moins un revolver chargé à portée de la main.

Nous n'avons pas dormi. Nous avons attendu l'aube. Si on me demande pourquoi, je répondrai ce que mon collègue, à qui je posai la même question, dans mon impatience d'agir, m'a répondu.

Le premier réflexe du meurtrier, en nous entendant, aurait sans doute été de briser le bec de gaz qui éclairait sa chambre. Nous nous serions trouvés dans l'obscurité et nous lui aurions donné ainsi un avantage sur nous.

— Un homme a toujours moins de résistance au petit jour, m'a affirmé Dufour, ce que j'ai pu vérifier par la suite.

Nous nous sommes glissés dans le couloir. Tout le monde dormait autour de nous. C'est Dufour qui, avec des précautions infinies, a tourné la clef dans la serrure.

Comme j'étais le plus grand et le plus lourd, c'était à moi de m'élancer le premier et je le fis, d'un bond, me trouvai couché sur l'homme étendu dans son lit, le saisissant par tout ce que je pouvais saisir.

Je ne sais pas combien de temps la lutte a duré, mais elle m'a paru interminable. J'ai senti que nous roulions par terre. Je voyais, tout près de mon visage, un visage féroce. Je me souviens en particulier de dents très grandes, éblouissantes. Une main, agrippée à mon oreille, s'efforçait de l'arracher.

Je ne me rendais pas compte de ce que faisait mon collègue, mais je vis une expression de douleur, de rage, sur les traits de mon adversaire. Je le sentis relâcher peu à peu son étreinte. Quand je pus me retourner, l'inspecteur Dufour, assis en tailleur sur le plancher, avait un des pieds de l'homme dans ses mains, et on aurait juré qu'il lui avait donné une torsion d'au moins deux tours.

— Menottes ! commanda-t-il.

J'en avais déjà passé à des individus moins dangereux, à des filles récalcitrantes. C'était la première fois que j'effectuais une arrestation en brutalité et que le bruit des menottes mettait fin, pour moi, à un combat qui aurait pu mal tourner.

Quand on parle du flair d'un policier, ou de ses méthodes, de son intuition, j'ai toujours envie de riposter :

— Et le flair de votre cordonnier, de votre pâtissier ?

L'un et l'autre ont passé par des années d'apprentissage. Chacun connaît son métier, tout ce qui touche à son métier.

Il n'en est pas autrement d'un homme du Quai des Orfèvres. Et voilà pourquoi tous les récits que j'ai lus, y compris ceux de mon ami Simenon, sont plus ou moins inexacts.

Nous sommes dans notre bureau, à rédiger des rapports. Car ceci aussi, on l'oublie trop souvent, fait partie de la profession. Je dirais même que nous passons beaucoup plus de temps en paperasseries administratives qu'en enquêtes proprement dites.

On vient annoncer un monsieur d'un certain âge qui attend dans l'antichambre et qui paraît très nerveux, qui veut parler tout de suite au directeur. Inutile de dire que le directeur n'a pas le temps de recevoir tous les gens qui se présentent et qui, tous, tiennent à s'adresser à lui personnellement, car à leurs yeux leur petite affaire est la seule importante.

Il y a un mot qui revient si souvent que c'est une ritournelle, que le garçon de bureau récite comme une litanie : « C'est une question de vie ou de mort. »

— Tu le reçois, Maigret ?

Il existe un petit bureau, à côté du bureau des inspecteurs, pour ces entrevues-là.

— Asseyez-vous. Cigarette ?

Le plus souvent, le visiteur n'a pas encore eu le
temps de dire sa profession, sa situation sociale, que
nous l'avons devinée.

— C'est une affaire très délicate, tout à fait personnelle.

Un caissier de banque, ou un agent d'assurances,
un homme à la vie calme et rangée.

— Votre fille ?

Il s'agit ou de son fils, ou de sa fille, ou de sa
femme. Et nous pouvons prévoir à peu près mot
pour mot le discours qu'il va nous débiter. Non. Ce
n'est pas son fils qui a pris de l'argent dans la caisse
de ses patrons. Ce n'est pas sa femme, non plus, qui
est partie avec un jeune homme.

C'est sa fille, une jeune fille de la meilleure éducation, sur qui il n'y a jamais eu un mot à dire. Elle ne
fréquentait personne, vivait à la maison et aidait sa
mère à faire le ménage.

Ses amies étaient aussi sérieuses qu'elle. Elle ne
sortait pour ainsi dire jamais seule.

Cependant, elle a disparu en emportant une partie
de ses affaires.

Que voulez-vous répondre ? Que six cents personnes, chaque mois, disparaissent à Paris et qu'on
n'en retrouve qu'environ les deux tiers ?

— Votre fille est très jolie ?

Il a apporté plusieurs photographies, persuadé
qu'elles seront utiles pour les recherches. Tant pis si
elle est jolie, car le nombre de chances diminue. Si

elle est laide, au contraire, elle reviendra probablement dans quelques jours ou dans quelques semaines.

— Comptez sur nous. Nous ferons le nécessaire.

— Quand ?

— Tout de suite.

Il va nous téléphoner chaque jour, deux fois par jour, et il n'y a rien à lui répondre, sinon que nous n'avons pas le temps de nous occuper de la demoiselle.

Presque toujours, une brève enquête nous indique qu'un jeune homme habitant l'immeuble, ou le garçon épicier, ou le frère d'une de ses amies, a disparu le même jour qu'elle.

On ne peut pas passer Paris et la France au peigne fin pour une jeune fille en fugue, et sa photographie ira seulement, la semaine suivante, s'ajouter à la collection de photographies imprimées qu'on envoie aux commissariats, aux différents services de la police et aux frontières.

Onze heures du soir. Un coup de téléphone du centre de Police-secours, en face, dans les bâtiments de la police municipale, où tous les appels sont centralisés et viennent s'inscrire sur un tableau lumineux qui occupe la largeur d'un mur.

Le poste du Pont-de-Flandre vient d'être prévenu qu'il y a du vilain dans un bar de la rue de Crimée.

C'est tout Paris à traverser. Aujourd'hui, la Police Judiciaire dispose de quelques voitures, mais, avant, il fallait prendre un fiacre, plus tard un taxi, qu'on n'était pas sûr de se faire rembourser.

Le bar, à un coin de rue, est encore ouvert, avec une vitre brisée, des silhouettes qui se tiennent prudemment à une certaine distance, car, dans le quartier, les gens aiment autant passer inaperçus de la police.

Les agents en uniforme sont déjà là, une ambulance, parfois le commissaire du quartier ou son secrétaire.

Par terre, dans la sciure de bois et les crachats, un homme est recroquevillé sur lui-même, une main sur sa poitrine, d'où coule un filet de sang qui a formé une mare.

— Mort !

À côté de lui, sur le sol, une mallette qu'il tenait à la main au moment de sa chute s'est ouverte et laisse échapper des cartes pornographiques.

Le tenancier, inquiet, voudrait se mettre du bon côté.

— Tout était calme, comme toujours. La maison est une maison tranquille.

— Vous l'avez déjà vu ?

— Jamais.

C'était à prévoir. Il le connaît probablement comme ses poches, mais il prétendra jusqu'au bout que c'était la première fois que l'homme pénétrait dans son bar.

— Que s'est-il passé ?

Le mort est terne, entre deux âges, ou plutôt sans âge. Ses vêtements sont vieux, d'une propreté douteuse, le col de sa chemise est noir de crasse.

Inutile de chercher une famille, un appartement. Il devait coucher à la petite semaine dans les meublés de dernier ordre, d'où il partait pour faire son commerce dans les environs des Tuileries et du Palais-Royal.

— Il y avait trois ou quatre consommateurs…

Il est superflu de demander où ils sont. Ils se sont envolés et ne reviendront pas pour témoigner.

— Vous les connaissez ?

— Vaguement. De vue seulement.

Parbleu ! On pourrait faire ses réponses pour lui.

— Un inconnu est entré et s'est installé de l'autre côté du bar, juste en face de celui-là.

Le bar est en fer à cheval, avec des petits verres renversés et une forte odeur d'alcool bon marché.

— Ils ne se sont rien dit. Le premier avait l'air d'avoir peur. Il a porté sa main à sa poche pour payer…

C'est exact, car il n'y a pas d'arme sur lui.

— L'autre, sans un mot, a sorti son feu et a tiré trois fois. Il aurait sans doute continué si son revolver ne s'était pas enrayé. Puis il a enfoncé tranquillement son chapeau sur son front et est parti.

C'est signé. Il n'y a pas besoin de flair. Le milieu dans lequel il faut chercher est particulièrement restreint.

Ils ne sont pas tant que ça à s'occuper du trafic des cartes transparentes. Nous les connaissons presque tous. Périodiquement, ils nous passent par les mains, purgent une petite peine de prison et recommencent.

Les souliers du mort – qui a les pieds sales et les chaussettes trouées – portent une marque de Berlin.

C'est un nouveau venu. On a dû lui faire comprendre qu'il n'y avait pas place pour lui dans le secteur. Ou encore il n'était qu'un sous-ordre à qui on confiait de la marchandise et qui a gardé l'argent pour lui.

Cela prendra trois jours, peut-être quatre. Guère plus. Les « garnis » vont être mis tout de suite à contribution et, avant la nuit prochaine, sauront où logeait la victime.

Les « mœurs », nantis de sa photographie, feront une enquête de leur côté.

Cet après-midi, dans les alentours des Tuileries, on arrêtera quelques-uns de ces individus qui offrent tous la même camelote aux passants, avec des airs mystérieux.

On ne sera pas très gentil avec eux. Jadis, on l'était encore moins qu'aujourd'hui.

— Tu as déjà vu ce type-là ?

— Non.

— Tu es sûr de ne l'avoir jamais rencontré ?

Il existe un petit cachot bien noir, bien étroit, une sorte de placard plutôt, à l'entresol, où l'on aide les gens de cette sorte à se souvenir, et il est rare qu'après quelques heures ils ne donnent pas de grands coups dans la porte.

— Je crois que je l'ai aperçu...

— Son nom ?

— Je ne connais que son prénom : Otto.

L'écheveau se dévidera lentement, mais il se dévidera jusqu'au bout, comme un ver solitaire.

— C'est un pédé !

Bon ! Le fait qu'il s'agisse d'un pédéraste restreint encore le champ des investigations.

— Il ne fréquentait pas la rue de Bondy ?

C'est presque fatal. Il y a là certain petit bar que hantent plus ou moins tous les pédérastes d'un certain niveau social – le plus bas. Il en existe un autre rue de Lappe, qui est devenu une attraction pour touristes.

— Avec qui l'as-tu rencontré ?

C'est à peu très tout. Le reste, quand on tiendra l'homme entre quatre murs, sera de lui faire avouer et signer ses aveux.

Toutes les affaires ne sont pas aussi simples. Certaines enquêtes prennent des mois. On ne finit par arrêter certains coupables qu'après des années, parfois par hasard.

Dans tous les cas, ou à peu près, le processus est le même.

Il s'agit de *connaître.*

Connaître le milieu où un crime est commis, connaître le genre de vie, les habitudes, les mœurs, les réactions des gens qui y sont mêlés, victimes, coupables et simples témoins.

Entrer dans leur monde sans étonnement, de plain-pied, et en parler naturellement le langage.

C'est aussi vrai s'il s'agit d'un bistro de La Villette ou de la Porte d'Italie, des Arabes de la Zone, des Polonais ou des Italiens, des entraîneuses de Pigalle ou des mauvais garçons des Ternes.

C'est encore vrai s'il s'agit du monde des courses ou de celui des cercles de jeu, des spécialistes des coffres-forts ou des vols de bijoux.

Voilà pourquoi nous ne perdons pas notre temps quand, pendant des années, nous arpentons les trottoirs, montons des étages ou guettons les voleuses de grands magasins.

Comme le cordonnier, comme le pâtissier, ce sont les années d'apprentissage, à la différence qu'elles durent à peu près toute notre vie, parce que le nombre des milieux est pratiquement infini.

Les filles, les voleurs à la tire, les joueurs de bonneteau, les spécialistes du vol à l'américaine ou du lavage des chèques se reconnaissent entre eux.

On pourrait en dire autant des policiers après un certain nombre d'années de métier. Et il ne s'agit pas des chaussures à clous ni des moustaches.

Je crois que c'est dans le regard qu'il faut chercher, dans une certaine réaction – ou plutôt absence de réaction – devant certains êtres, certaines misères, certaines anomalies.

N'en déplaise aux auteurs de romans, le policier est avant tout un professionnel. C'est un *fonctionnaire*.

Il ne joue pas un jeu de devinettes, ne s'excite pas à une chasse plus ou moins passionnante.

Quand il passe une nuit sous la pluie, à surveiller une porte qui ne s'ouvre pas ou une fenêtre éclairée, quand, aux terrasses des boulevards, il cherche patiemment un visage familier, ou s'apprête à interroger pendant des heures un être pâle de terreur, il accomplit sa tâche quotidienne.

Il gagne sa vie, s'efforce de gagner aussi honnêtement que possible l'argent que le gouvernement lui donne à chaque fin de mois en rémunération de ses services.

Je sais que ma femme, quand, tout à l'heure, elle lira ces lignes, hochera la tête, me regardera d'un air de reproche, murmurera peut-être :

— Tu exagères toujours !

Elle ajoutera sans doute :

— Tu vas donner de toi et de tes collègues une idée fausse.

Elle a raison. Il est possible que j'exagère un peu en sens contraire. C'est par réaction contre les idées toutes faites qui m'ont si souvent agacé.

Combien de fois, après la parution d'un livre de Simenon, mes collègues ne m'ont-ils pas regardé, l'air goguenard, entrer dans mon bureau !

Je lisais dans leurs yeux qu'ils pensaient : « Tiens ! Voilà Dieu le Père ! »

C'est pourquoi je tiens tant à ce mot de fonctionnaire, que d'autres jugent amoindrissant.

Je l'ai été presque toute ma vie. Grâce à l'inspecteur Jacquemain, je le suis devenu au sortir de l'adolescence.

Comme mon père, en son temps, est devenu régisseur du château. Avec la même fierté. Avec le même souci de tout connaître de mon métier et d'accomplir ma tâche en conscience.

La différence entre les autres fonctionnaires et ceux du Quai des Orfèvres, c'est que ces derniers sont en quelque sorte en équilibre entre deux mondes.

Par le vêtement, par leur éducation, par leur appartement et leur façon de vivre, ils ne se distinguent en rien des autres gens de la classe moyenne et partagent son rêve d'une petite maison à la campagne.

La plus grande partie de leur temps ne s'en passe pas moins en contact avec l'envers du monde, avec le déchet, le rebut, souvent l'ennemi de la société organisée.

Cela m'a frappé souvent. C'est une situation étrange qui n'est pas sans, parfois, me causer un malaise.

Je vis dans un appartement bourgeois, où m'attendent de bonnes odeurs de plats mijotés, où tout est simple et net, propre et confortable. Par mes fenêtres, je n'aperçois que des logements pareils aux miens, des mamans qui promènent leurs enfants sur le boulevard, des ménagères qui vont faire leur marché.

J'appartiens à ce milieu, bien sûr, à ce qu'on appelle les honnêtes gens.

Mais je connais les autres aussi, je les connais assez pour qu'un certain contact se soit établi entre eux et moi. Les filles de brasserie devant lesquelles je passe, place de la République, savent que je comprends leur langage et le sens de leurs attitudes. Le voyou qui se faufile dans la foule aussi.

Et tous les autres que j'ai rencontrés, que je rencontre chaque jour dans leur intimité la plus secrète.

Cela suffit-il à créer une sorte de lien ?

Il ne s'agit pas de les excuser, de les approuver ou de les absoudre. Il ne s'agit pas non plus de les parer de je ne sais quelle auréole, comme cela a été la mode à certaine époque.

Il s'agit de les regarder simplement comme un fait, de les regarder avec le regard de la connaissance.

Sans curiosité, parce que la curiosité est vite émoussée.

Sans haine, bien sûr.

De les regarder, en somme, comme des êtres qui existent et que, pour la santé de la société, par souci de l'ordre établi, il s'agit de maintenir, bon gré mal gré, dans certaines limites et de punir quand ils les franchissent.

Ils le savent bien, eux ! Ils ne nous en veulent pas. Ils répètent volontiers :

— Vous faites votre métier.

Quant à ce qu'ils pensent de ce métier-là, je préfère ne pas essayer de le savoir.

Est-il étonnant qu'après vingt-cinq ans, trente ans de service, on ait la démarche un peu lourde, le regard plus lourd encore, parfois vide ?

— Il ne vous arrive pas d'être écœuré ?

Non ! Justement ! Et c'est probablement dans mon métier que j'ai acquis un assez solide optimisme.

Paraphrasant une sentence de mon professeur de catéchisme, je dirais volontiers : un peu de connaissance éloigne de l'homme, beaucoup de connaissance y ramène.

C'est parce que j'ai vu des malpropretés de toutes sortes que j'ai pu me rendre compte qu'elles étaient compensées par beaucoup de simple courage, de bonne volonté ou de résignation.

Les crapules intégrales sont rares, et la plupart de celles que j'ai rencontrées évoluaient malheureusement hors de ma portée, de notre champ d'action.

Quant aux autres, je me suis efforcé d'empêcher qu'elles causent trop de mal et de faire en sorte qu'elles payent pour celui qu'elles avaient commis.

Après quoi, n'est-ce pas ? les comptes sont réglés.

Il n'y a pas à y revenir.

8

La place des Vosges,
une demoiselle qui va se marier
et les petits papiers de Mme Maigret

— En somme, a dit Louise, je ne vois pas tellement de différence.

Je la regarde toujours d'un air un peu anxieux
quand elle lit ce que je viens d'écrire, m'efforçant de
répondre d'avance aux objections qu'elle va me faire.

— De différence entre quoi ?

— Entre ce que tu racontes de toi et ce que
Simenon en a dit.

— Ah !

— J'ai peut-être tort de te donner mon opinion.

— Mais non ! Mais non !

N'empêche que, si elle a raison, je me suis donné
un mal inutile. Et il est fort possible qu'elle ait
raison, que je n'aie pas su m'y prendre, présenter les
choses comme je me l'étais promis.

Ou alors la fameuse tirade sur les vérités fabri-
quées qui sont plus vraies que les vérités nues n'est
pas seulement un paradoxe.

J'ai fait de mon mieux. Seulement il y a des tas de
choses qui me paraissaient essentielles au début, des

points que je m'étais promis de développer et que j'ai abandonnés en cours de route.

Par exemple, sur un rayon de la bibliothèque sont rangés les volumes de Simenon que j'ai patiemment truffés de marques au crayon bleu, et je me faisais d'avance un plaisir de rectifier toutes les erreurs qu'il a commises, soit parce qu'il ne savait pas, soit pour augmenter le pittoresque, souvent parce qu'il n'avait pas le courage de me passer un coup de téléphone pour vérifier un détail.

À quoi bon ! Cela me donnerait l'air d'un bonhomme tatillon, et je commence à croire, moi aussi, que cela n'a pas tellement d'importance.

Une de ses manies qui m'a le plus irrité, parfois, est celle de mêler les dates, de placer au début de ma carrière des enquêtes qui ont eu lieu sur le tard, et vice versa, de sorte que parfois mes inspecteurs sont tout jeunes alors qu'ils étaient pères de famille et rassis à l'époque en question, ou le contraire.

J'avais même l'intention, je l'avoue maintenant que j'y ai renoncé, d'établir, grâce aux cahiers de coupures de journaux que ma femme a tenus à jour, une chronologie des principales affaires auxquelles j'ai été mêlé.

— Pourquoi pas ? m'a répondu Simenon. Excellente idée. On pourra corriger mes livres pour la prochaine édition.

Il a ajouté sans ironie :

— Seulement, mon vieux Maigret, il faudra que vous soyez assez gentil pour faire le travail vous-même, car je n'ai jamais eu le courage de me relire.

J'ai dit ce que j'avais à dire, en somme, et tant pis si je l'ai mal dit. Mes collègues comprendront, et tous ceux qui sont plus ou moins du métier, et c'est surtout pour ceux-là que je tenais à mettre les choses au point, à parler, non pas tant de moi que de notre profession.

Il faut croire qu'une question importante m'a échappé. J'entends ma femme qui ouvre avec précaution la porte de la salle à manger où je travaille, s'avance sur la pointe des pieds.

Elle vient de poser un petit bout de papier sur la table avant de se retirer comme elle était entrée. Je lis, au crayon :

« Place des Vosges. »

Et je ne peux m'empêcher de sourire avec une intime satisfaction, car cela prouve qu'elle aussi a des détails à rectifier, tout au moins un, et, en définitive, pour la même raison que moi, par fidélité.

Elle, c'est par fidélité à notre appartement du boulevard Richard-Lenoir, que nous n'avons jamais abandonné, que nous gardons encore maintenant, bien qu'il ne nous serve que quelques jours par an depuis que nous vivons à la campagne.

Dans plusieurs de ses livres, Simenon nous faisait vivre place des Vosges sans fournir la moindre explication.

J'exécute donc la commission de ma femme. Il est exact que, pendant un certain nombre de mois, nous avons habité la place des Vosges. Mais nous n'y étions pas dans nos meubles.

Cette année-là, notre propriétaire s'était enfin décidé à entreprendre le ravalement dont l'immeuble avait besoin depuis longtemps. Des ouvriers ont dressé devant la façade des échafaudages qui encadraient nos fenêtres. D'autres, à l'intérieur, se

mettaient à percer des murs et les planchers pour installer le chauffage central. On nous avait promis que
cela durerait trois semaines au plus. Après deux
semaines, on n'était nulle part, et juste à ce
moment-là une grève s'est déclarée dans le bâtiment,
grève dont il était impossible de prévoir la durée.

Simenon partait pour l'Afrique, où il devait passer
près d'un an.

— Pourquoi, en attendant la fin des travaux, ne
vous installeriez-vous pas dans mon appartement de
la place des Vosges ?

C'est ainsi que nous y avons vécu, au 21, pour être
précis, sans que l'on puisse nous taxer d'infidélité à
notre bon vieux boulevard.

Il y a eu une époque, aussi, où, sans m'en avertir,
il m'a mis à la retraite, alors que je n'y étais pas
encore et qu'il me restait à accomplir plusieurs
années de service.

Nous venions d'acheter notre maison de Meung-
sur-Loire et nous passions tous les dimanches que
j'avais de libres à l'aménager. Il est venu nous y voir.
Le cadre l'a tellement enchanté que, dans le livre suivant, il anticipait sur les événements, me vieillissait
sans vergogne et m'y installait définitivement.

— Cela change un peu l'atmosphère, m'a-t-il dit,
quand je lui en ai parlé. *Je commençais à en avoir
assez du Quai des Orfèvres.*

Qu'on me permette de souligner cette phrase, que
je trouve énorme. C'est *lui*, comprenez-vous, lui qui
commençait à en avoir assez du *Quai*, de *mon*
bureau, du travail quotidien à la Police Judiciaire !

Ce qui ne l'a pas empêché par la suite et qui ne
l'empêchera probablement pas dans l'avenir de

raconter des enquêtes plus anciennes, toujours sans
fournir de dates, me donnant tantôt soixante ans et
tantôt quarante-cinq.

Ma femme, à nouveau. Ici, je n'ai pas de bureau. Je
n'en ai pas besoin. Quand il m'arrive de travailler, je
m'installe à la table de la salle à manger, et Louise
en est quitte pour rester dans la cuisine, ce qui ne
lui déplaît pas. Je la regarde, croyant qu'elle veut me
dire quelque chose. Mais c'est un autre petit papier
qu'elle tient à la main, qu'elle vient timidement
déposer devant moi.

Une liste, cette fois-ci, comme quand je vais à la
ville et qu'elle m'écrit sur une page déchirée de carnet
ce que j'ai à lui rapporter.

Mon neveu vient en tête, et je comprends pourquoi. C'est le fils de sa sœur. Je l'ai fait entrer dans la
police, jadis, à un âge où il croyait avoir le feu sacré.

Simenon a parlé de lui, puis le gamin a soudain
disparu de ses livres, et je devine les scrupules de
Louise. Elle se dit que, pour certains lecteurs, cela a
dû paraître équivoque, comme si son neveu avait fait
des bêtises.

La vérité est toute simple. Il ne s'est pas montré
aussi brillant qu'il l'avait espéré. Et il n'a pas résisté
longtemps aux insistances de son beau-père, fabri-
quant de savon à Marseille, qui lui offrait une place
dans son usine.

Le nom de Torrence vient ensuite sur la liste, le
gros Torrence, le bruyant Torrence (je crois que,
quelque part, Simenon l'a donné pour mort à la place
d'un autre inspecteur, effectivement tué à mes côtés,
celui-là, dans un hôtel des Champs-Élysées).

Torrence n'avait pas de beau-père dans le savon. Mais il avait un terrible appétit de vie en même temps qu'un sens des affaires assez peu compatible avec l'existence d'un fonctionnaire.

Il nous a quittés pour fonder une agence de police privée, une agence fort sérieuse, je le dis tout de suite, car ce n'est pas toujours le cas. Et pendant longtemps il a continué à venir au Quai nous demander un coup de main, un renseignement, ou simplement respirer un peu l'air de la maison.

Il possède une grosse auto américaine qui s'arrête de temps en temps devant notre porte et, chaque fois, il est accompagné d'une jolie femme, toujours différente, qu'il nous présente avec la même sincérité comme sa fiancée.

Je lis le troisième nom, le petit Janvier, comme nous l'avons toujours appelé. Il est encore au Quai. Sans doute continue-t-on à l'appeler le petit ?

Dans sa dernière lettre, il m'annonce, non sans une certaine mélancolie, que sa fille va épouser un poly-technicien.

Enfin Lucas qui, lui, à l'heure qu'il est, est proba-blement assis comme d'habitude dans mon bureau, à ma place, à fumer une de mes pipes qu'il m'a demandé, les larmes aux yeux, de lui laisser comme souvenir.

Un dernier mot termine la liste. J'ai d'abord cru que c'était un nom, mais je ne parviens pas à le lire.

Je viens d'aller jusqu'à la cuisine où j'ai été tout surpris de trouver un soleil épais, car j'ai fermé les volets pour travailler dans une pénombre que je crois favorable.

— Fini ?

— Non. Il y a un mot que je ne peux pas lire.

Elle a été toute gênée.

— Cela n'a aucune importance.

— Qu'est-ce que c'est ?

— Rien. N'y fais pas attention.

Bien entendu, j'ai insisté.

— La prunelle ! m'a-t-elle avoué enfin en détournant la tête.

Elle savait que j'allais éclater de rire, et je n'y ai pas manqué.

Quand il s'agissait de mon fameux chapeau melon, de mon pardessus à col de velours, de mon poêle à charbon et de mon tisonnier, je sentais bien qu'elle considérait comme enfantine mon insistance à rectifier.

Elle n'en a pas moins griffonné, en le faisant exprès d'être illisible, j'en suis sûr, par une sorte de honte, le mot « prunelle » au bas de la liste, et c'est un peu comme quand, sur la liste des courses à faire en ville, elle ajoute un article bien féminin, qu'elle ne me demande d'acheter qu'avec quelque gêne.

Simenon a parlé de certaine bouteille qu'il y avait toujours dans notre buffet du boulevard Richard-Lenoir – qu'il y a maintenant encore ici – et dont ma belle-sœur, suivant une tradition devenue sacrée, nous apporte une provision d'Alsace lors de son voyage annuel.

Il a écrit étourdiment que c'était de la prunelle.

Or c'est de l'eau-de-vie de framboise. Et, pour un Alsacien, cela fait, paraît-il, une terrible différence.

— J'ai rectifié, Louise. Ta sœur sera contente.

J'ai laissé, cette fois, la porte de la cuisine ouverte.

— Rien d'autre ?

— Dis aux Simenon que je suis en train de tricoter des chaussons pour...

— Mais il ne s'agit pas d'une lettre, voyons !

— C'est vrai. Note-le pour quand tu leur écriras. Qu'ils n'oublient pas la photo qu'ils ont promise.

Elle ajouta :

— Je peux mettre la table ?

C'est tout.

Meung-sur-Loire, le 27 septembre 1950.

Table

Le Livre de Poche s'engage pour l'environnement en réduisant l'empreinte carbone de ses livres. Celle de cet exemplaire est de : **450 g éq. CO$_2$** Rendez-vous sur www.livredepoche-durable.fr

PAPIER À BASE DE FIBRES CERTIFIÉES

Composition réalisée par FACOMPO, LISIEUX

Achevé d'imprimer en France par
CPI BUSSIÈRE (18200 Saint-Amand-Montrond)
en juillet 2020
N° d'impression : 2052415
Dépôt légal 1re publication : mai 2011
Édition 04 - juillet 2020
LIBRAIRIE GÉNÉRALE FRANÇAISE
21, rue du Montparnasse – 75298 Paris Cedex 06

31/6125/4